RONYA OTHMANN

DIE SOMMER

Roman

Carl Hanser Verlag

5. Auflage 2021

ISBN 978-3-446-26760-2
© Ronya Othmann
© 2020 Carl Hanser Verlag GmbH & Co. KG, München
Dieses Werk wurde vermittelt durch
die Literarische Agentur Michael Gaeb
Umschlag: Peter-Andreas Hassiepen, München
Motiv: Ronya Othmann
Satz: Satz für Satz, Wangen im Allgäu
Druck und Bindung: GGP Media GmbH, Pößneck
Printed in Germany

Ji bo bavê min, ji bo malbata min, ji bo xwişkên min.
Berxwedan jîyane.

AN DER HAUPTSTRASSE gab es ein Schild, auf dem in abgeplatzten Buchstaben ein Name stand: Tel Khatoun. Das Schild stand schief, vielleicht vom Wind. Nur wenige Meter hinter ihm zweigte ein schmaler Schotterweg von der Hauptstraße ab. Er führte an Gartenzäunen entlang in das Dorf. Das Dorf hatte früher einen anderen Namen gehabt. Es hieß erst Tel Khatoun, seit auch alle anderen Dörfer und Städte in der Gegend neue Namen bekommen hatten.

Es war bloß ein Dorf von vielen Dörfern zwischen Tirbespî und Rmelan. Eines, in das niemand sich einfach so verirrte. Eines, in das man nur kam, wenn man die Menschen kannte, die dort lebten.

Leyla konnte den Weg ins Dorf im Kopf gehen. Vom metallenen Schild Tel Khatouns zehn Schritte bis zur Abzweigung, dann fünfzehn Schritte bis zum Garten der Großeltern, dort dann zwischen dem Garten der Großeltern und dem Garten der Nachbarn dreihundert Schritte auf dem Schotterweg, wo einem meist schon die Hühner entgegenkamen, schließlich links am Brunnen vorbei zum Haus der Großeltern.

Das Haus der Großeltern lag am Anfang des Dorfes. Sein Garten schob sich wie eine lange grüne Zunge in die Landschaft hinein. Ging man an den Olivenbäumen, Orangenbäumen, Beeten und Tabakpflanzen vorbei bis zum hinteren Maschendrahtzaun, konnte man zurück auf die Hauptstraße blicken, von der man gekommen war. Ringsum lagen Felder, und hinter den Feldern erhob sich in der Ferne eine Bergkette, die Grenze zur Türkei.

Hätte Leyla nicht gewusst, was sich an dieser Grenze abgespielt hatte, vielleicht hätte sie die Berge schön gefunden.

Das Haus war aus demselben Lehm wie die Landschaft und hatte auch ihre Farbe. Allerdings war Leyla immer nur in den Sommern im Dorf gewesen. Vom Vater wusste sie, dass das Land im Frühling grün bewachsen war, dass viel mehr Pflanzen blühten, dass die Erde feucht und klumpig war. Das Gras blich erst im Lauf der Sommermonate unter der Sonne aus, die Hitze trocknete die Erde, der Wind trieb immer mehr Staub vor sich her. Jedes Jahr verödete die Landschaft, je weiter die Sommer voranschritten.

Ganze Tage hatte Leyla damit verbracht, auf den dünnen Schaumstoffmatten im Haus zu liegen und an die Decke zu starren. Die Deckenbalken waren dicke Baumstämme, deren Äste abgeschnitten und deren Rinde abgehobelt war. Über ihnen wölbte sich das Stroh. Darüber war das Dach mit einer Schicht Lehm abgedeckt, damit kein Regen einsickerte. Die Fenster waren klein und tief, die Wände dick gegen die Hitze im Sommer und die Kälte im Winter. Es gab nur zwei schmale Türen. Die eine aus Metall führte zum Hof und zur Straße, die andere aus Holz nach hinten in den Garten.

Um das Haus zu bauen, waren irgendwann vor vielen Jahren alle Männer des Dorfes zusammengekommen. Sie hatten Ziegel aus Lehm gebrannt, sie geschleppt und gestapelt. Drei Tage lang hatten sie gearbeitet, bis das Haus stand.

Im Hof neben dem Haus lebten Hühner, wie in allen Höfen des Dorfes. Überall lag ihr versprenkelter Kot auf dem staubigen Boden. Zwei Hochbetten auf hohen, schmalen Metallfüßen standen dort, das waren die Sommerbetten. Im Winter schliefen sie auf den Schafwollmatratzen und Teppichen drinnen im Haus.

Das Haus war nicht groß, nur zwei Zimmer und ein kleiner

Durchgangsraum. Es gab keine Möbel, nur auf dem Boden Kissen mit Löchern im Bezug und die dünnen Matratzen. Die Wände waren weiß gestrichen, aber die Farbe bröckelte herunter. Unter ihr kam ein Gemisch aus Lehm und Stroh zum Vorschein, das man über die gebrannten Lehmziegel gestrichen hatte. In der Mitte beider Räume hingen große Ventilatoren an der Decke, die sich die Sommer über unablässig drehten.

Zum Hof der Großeltern gehörten kleinere Häuschen, die nicht zum Wohnen da waren. In einem befanden sich Küche und Dusche, in einem anderen die Speisekammer. Eine Hütte war für die Hühner, eine weitere für die Bienen, und irgendwann später in einem Sommer gab es sogar ein Plumpsklo.

Das Dorf war so flach wie die Landschaft, die es umgab. Nur in der Dorfmitte gab es einen Berg, für die Toten. Es war nicht wirklich ein Berg, eher ein kleiner Hügel. Leyla fragte sich oft, ob dieser Hügel von Menschen errichtet worden war oder ob die Menschen sich den Hügel ausgesucht hatten, um rings um ihn herum ihr Dorf zu errichten. Oder aber, ob er langsam angewachsen war, angestiegen durch die Generationen von Toten, die hier im Laufe der Jahrhunderte beerdigt worden waren. Denn auch in anderen Dörfern gab es solche Hügel.

Den Tag, an dem man die Kleider wechselt, nannte die Großmutter das Sterben. Leyla stellte sich immer wieder vor, wie all den Sterbenden Stapel frisch gewaschener Kleidung überreicht wurden, ihr Stoff grob und ihre Farbe wie die von Erde.

Dieser Satz der Großmutter über den Tag, an dem man seine Kleider wechselt, fiel ihr jetzt plötzlich wieder ein, als sie die leere Straße entlangging. Es regnete nicht, aber die Luft war feucht.

An der Haltestelle zeigte die Tafel nur noch fünf Minuten. Außer ihr warteten drei Männer. Der eine saß auf der Bank und tippte etwas in sein Handy, der andere trug eine orange Warnweste und hielt einen dampfenden Kaffeebecher in der Hand. Der dritte stand einfach nur da, rauchte und sah in die Luft. Sie bewegten nicht einmal den Kopf, als Leyla sich zu ihnen stellte. Die Minuten fielen auf der Anzeigetafel von fünf auf vier, von vier auf drei, von drei auf zwei, von zwei auf eins. Dann kam die Straßenbahn.

Leyla setzte ihren Rucksack wieder auf.

Eine Geschichte, dachte sie, erzählt man immer vom Ende her. Auch wenn man mit dem Anfang beginnt.

1

JEDEN SOMMER FLOGEN sie in das Land, in dem der Vater aufgewachsen war. Das Land hatte zwei Namen. Der eine stand auf Landkarten, Globen und offiziellen Papieren.

Den anderen Namen benutzten sie in der Familie.

Beiden Namen konnte man jeweils eine Fläche zuordnen. Legte man die Flächen der beiden Länder übereinander, gab es Überschneidungen.

Das eine Land war Syrien, die Syrische Arabische Republik. Das andere war Kurdistan, ihr Land. Kurdistan lag in der Syrischen Arabischen Republik, reichte aber darüber hinaus. Es hatte keine offiziell anerkannten Grenzen. Der Vater sagte, dass sie die rechtmäßigen Besitzer des Landes waren, dass sie aber trotzdem nur geduldet waren und oft nicht einmal das.

Leyla würde Kurdistan später im Schulatlas suchen, vergeblich. Die Europäer sind daran schuld, sagte der Vater und knackte einen Sonnenblumenkern zwischen seinen Zähnen, genauer gesagt Frankreich und Großbritannien, die es vor hundert Jahren mit Druckbleistift und Lineal am Zeichenbrett unter sich aufgeteilt haben. Seitdem erstreckt sich unser Land über vier Staaten.

Du darfst den Namen des Landes niemandem verraten, sagte der Vater. Wenn dich jemand fragt, wohin wir unterwegs sind, dann sagst du, zu deinen Großeltern.

Die Reise in das Land der Großeltern war lang. Immer mussten sie an mehreren Flughäfen umsteigen. Manchmal hatten sie nur ein paar Stunden Aufenthalt, manchmal einen ganzen Tag oder noch länger. Leyla machte das nichts aus, im Gegenteil, sie wäre gerne länger an den Flughäfen geblieben. Sie liebte die aufgeräumten, klimatisierten Wartehallen, die Transitbereiche mit den Duty-free-Shops, in denen man teure Parfüms, teures Make-up und teuren Alkohol kaufen konnte, die langen Gänge, durch die täglich hunderte Menschen gingen ohne Spuren zu hinterlassen, aus allen Himmelsrichtungen und in alle Himmelsrichtungen. Leyla liebte, dass sich alle hier gleich fremd waren, das Personal den Passagieren, die Passagiere den anderen Passagieren, in gewisser Weise sogar die Flughäfen ihren Umgebungen. Wenn sie dann endlich ankamen und aus dem Flugzeug stiegen und ihnen ein heißer Wind entgegenblies – wie sehr liebte Leyla diesen Moment. Sie blieb jedes Mal für ein paar Sekunden auf der Gangway stehen, atmete tief ein und sah hinaus in die Landschaft. Sie wäre dort oben auch länger geblieben, hätten die Passagiere hinter ihr nicht gedrängt und hätte die Mutter sie nicht am Arm gepackt und weitergezogen.

Die Palmen hinter der Landebahn, die trockene Erde. Die große Glasfront mit den Sternornamenten, der glatte Fliesenboden. Die lebensgroßen, in Gold gerahmten Porträts des Präsidenten und des Präsidentenvaters, war das in Aleppo oder in Damaskus gewesen, sie wusste es nicht mehr. Heute gab es dort nur noch Inlandsflüge, wenn überhaupt, sie hatten ja auch auf den Flugplätzen gekämpft. Militärflugzeuge waren dort gestartet und gelandet, sie hatte die Bilder im Fernsehen gesehen, sie wollte nicht an sie denken. Davon war damals nichts zu ahnen gewesen, als sie in allen Sommerferien zu ihren Großeltern reiste. Oder doch? Ihr fielen die Männer dort an den Flughäfen ein, alle beim Geheimdienst, wie der Vater sagte, mit ihren Bundfaltenhosen, den gebügelten Hemden, den nach hinten gekämmten Haaren. Der Vater bestach sie, damit sie aufhörten, Fragen zu stellen, und sie passieren ließen. Damals hatte sie nicht verstanden, warum der Vater den Männern wortlos Whiskyflaschen über den Tisch schob, ihnen Feuerzeuge und Taschenlampen zusteckte. Die Beamten erwarteten das wie eine Bezahlung, als eine Gebühr, die weder mündlich eingefordert wurde noch schriftlich festgehalten war, von der aber jeder wusste, dass man sie zu zahlen hatte, um durchgelassen zu werden. Damit sie keine Probleme machen, wie der Vater dazu sagte.

Leyla beachtete die Schikanen der Beamten und die Bestechungsgeschenke des Vaters nie groß. Die Beamten und er sprachen Arabisch miteinander, und Leyla verstand kein Arabisch. Sie war beschäftigt damit, ihr neues Kleid zurechtzuzupfen und in ihren schwarzen Lackschühchen mit den weißen Schleifen über die glänzenden Fliesen zu springen. Wer die Fugen berührte, war tot, ihr Spiel, das sie unterwegs immer spielte, ungeduldig, dass es weiterging.

Mit den neuen Lackschühchen, mit den weißen Strümpfen mit dem Tüllbesatz, mit dem neuen Kleid mit seinem schwingendem Saum, seinen weißen Punkten und dem Spitzenkragen kam sich Leyla vor wie eine Prinzessin, zu schön für den Staub im Dorf. Kamen sie an, schickte die Großmutter sie als Erstes zum Umziehen, bevor sie mit den Cousins spielen durfte.

Der Vater hatte ihr das Kleid gekauft, in Qamishlo. Am liebsten ging Leyla mit ihm oder mit der Tante einkaufen. Die Mutter hätte ihr ein solches Kleid nie gekauft. Sie hätte gesagt, was willst du damit, das ist aus Plastik. Das wird sofort dreckig. Das hält nicht warm. Darin schwitzt du nur. Das ist unpraktisch. Für die Mutter mussten die Dinge immer praktisch sein. Das hatte auch mit ihrem Beruf zu tun, die Mutter war Krankenschwester. Und im Krankenhaus war alles praktisch, von der Arbeitskleidung, den Betten und den Handdesinfektionsmitteln bis zum Gebäude. Praktisch stand auf derselben Stufe wie vernünftig. Ob etwas praktisch war, zählte viel mehr, als ob es schön war. Aber was die Mutter praktisch fand, fand Leyla hässlich. Das schloss sich aus, fand sie. Entweder man fror oder man schwitzte, entweder man konnte sich bewegen oder man war schön. Alles zugleich ging nicht.

Weder in der Familie der Mutter noch in der Familie des Vaters war irgendwer schön. In der Familie der Mutter, der Schwarzwaldfamilie, waren es vielleicht gerade noch so die Urgroßmutter und ihre Schwestern gewesen, als sie junge Frauen waren. Leyla betrachtete die alten Sepiafotografien von ihnen gerne. Wäscherinnen waren die Schwestern gewesen und hohlwangig, mit fiebrigem Glanz in den Augen und schwachem Lächeln auf den Lippen.

Sie selbst stand oft vor dem Spiegel im Badezimmer und versuchte, dieses Lächeln nachzuahmen. Doch wie sie sich auch bemühte, es wurde eine Grimasse.

Nach dem letzten Krieg in Deutschland hatte man in der Familie der Mutter viel gegessen, es waren die fünfziger und sechziger Jahre gewesen. In der Küche von Leylas Eltern gab es ein Kochbuch, das die Schwarzwaldgroßmutter der Mutter zur Hochzeit geschenkt hatte, Leyla konnte sich nicht erinnern, dass die Mutter jemals daraus gekocht hatte. In der ordentlichen Handschrift der Schwarzwaldgroßmutter standen in dem grünen linierten Buch *Meine Lieblingsrezepte*: Maultaschen, Schupfnudeln und Sülze. Landjäger, kalte Platte, Ochsenbrust in Meerrettichsoße. Vanilleecken, Pfannkuchen, Pudding.

Die Fettleibigkeit war man in der Familie der Mutter nicht mehr losgeworden. Im Alter litten ihre Verwandten an Diabetes, starben an Herzinfarkten oder Schlaganfällen. Waren sie jünger, versuchten sie eine Diät nach der anderen, gaben dann schließlich auf und kauften nur noch weite Kleidung. Die Mutter war eine Ausnahme, sie hatte mit den Traditionen ihrer Familie gebrochen. Schön war sie trotzdem nicht, fand Leyla. Immer hatte sie denselben zweckmäßigen Haarschnitt, benutzte niemals Makeup oder Nagellack, trug im Krankenhaus ihre weißen Kittel und zu Hause ähnlich praktische Kleidung, bloß in Farbe.

In der Familie des Vaters arbeiteten alle auf dem Feld, und in Deutschland dann auf dem Bau, oder, wenn sie vorangekommen waren, in eigenen Dönerbuden. Die Verwandten des Vaters hatten rissige Hände, krumme Rücken, verhärtete Gesichtszüge. Sie rauchten fast ausnahmslos, rauchten zu Hause, rauchten auf dem Weg zur Arbeit, rauchten in allen Arbeitspausen. Ihre Körper waren ihr Werkzeug, das bald schon Spuren von Abnutzung und Verschleiß trug. Sie stemmten ihre Hände in die Hüften, rieben sich mit den Fäusten die Schultern, sagten, mir tut der Rücken weh. Vom vielen Stehen schmerzten ununterbrochen ihre Füße.

Schlimmer waren die Arbeitsunfälle. Oder das, was Onkel Nûrî passierte, und das in der Familie des Vaters immer wieder erzählt wurde, sobald von Arbeit die Rede war. Damals arbeitete Onkel Nûrî im Straßenbau. Eine Knochenarbeit, sagte der Vater dazu. Es war Herbst, der Onkel erkältete sich. Eine harmlose Erkältung, er dachte, es werde schon vorübergehen. Aber die Erkältung blieb.

Morgen gehe ich zum Arzt, sagte der Onkel zu seiner Frau. Und am nächsten Tag wieder, morgen gehe ich wirklich zum Arzt. Aber statt zum Arzt ging der Onkel immer weiter zur Arbeit.

Irgendwann fuhren die Eltern mit Leyla nach Hannover und besuchten Onkel Nûrî im Krankenhaus. Da lag er schon im Koma. Eine Erkältung, sagten die Ärzte. Eine Erkältung, die der Onkel so lange verschleppt hatte, bis sie in den Kopf gewandert und eine Hirnhautentzündung geworden war.

Es dauerte einige Tage, bis der Onkel aus seinem Koma erwachte, und ein paar Monate, bis er aus dem Krankenhaus entlassen wurde, aber gesund wurde er nie mehr. Onkel Nûrî vergaß, und vergessen ist das Schlimmste, sagte der Vater. Wenn Onkel Nûrî zu Mittag gegessen hatte, konnte er sich eine Stunde später nicht mehr daran erinnern.

Kam der Vater von der Arbeit nach Hause, kam er wortlos zur Tür herein, anders als Leylas Mutter, die jedes Mal ein lautes *Ich bin wieder da* rief. Er hatte dann den Staub der Baustellen in seinen Haaren, auf seiner Haut, in seiner Kleidung. Er duschte und zog sich um, bevor er sich müde an den Küchentisch setzte und hastig aß.
  Danach ging er in das Wohnzimmer und schaltete den Fernseher ein. Er guckte die Abendnachrichten in drei verschiedenen Sprachen. Er sagte, Leyla, hol mir die Sonnenblumenkerne aus der Küche, Leyla, hol mir ein Glas Wasser. Und Leyla ging in die Küche, holte die Sonnenblumenkerne und das Glas Wasser und durfte mitgucken, bis sie müde wurde und einschlief und die Mutter sie ins Bett trug. Eine Zeit lang versuchte die Mutter, feste Bettzeiten durchzusetzen, wie im Krankenhaus, wo alle Besuchszeiten klar geregelt waren und die Nachtruhe um neun begann. Die Mutter liebte klare Regelungen. Den Vater wiederum kümmerten sie nicht. Wenn die Mutter Nachtschicht hatte, durfte Leyla so viele Süßigkeiten essen, wie sie wollte. Der Vater ließ Leyla auch Cola trinken, kaufte ihr Döner und Chicken Nuggets. War die Mutter nicht da, schlief Leyla stundenlang vor dem Fernseher ein.
  An manchen Abenden aber blieb der Vater länger am Küchentisch sitzen. Er griff nach der Tüte mit den gesalzenen Sonnenblumenkernen, knackte sie zwischen seinen Zähnen, spuckte die

Schalen auf einen Teller. Die Schalen häuften sich, während der Vater sprach.

Auf eine Papierserviette malte er mit einem Kugelschreiber kleine Kreuze.

Die Kreuzchen sind Minen, sagte Leylas Vater. Es war, sagte er, immer nur ein Meter zwischen dem einen Tod und dem anderen. Alle Tode zusammen ergaben ein quadratisches Muster. Wer trittsicher war, konnte den Tod überlisten. Wer aber danebentrat, der verlor einen Arm, ein Bein, sein Leben.

Der Vater sagte, dass nachts oft Leute über die Grenze gingen. Sie hatten Familie und Freunde auf der anderen Seite und trieben Handel. Die Grenze war nah. Explodierte eine Mine, hörte man es im Dorf.

Es gab Personenminen und es gab Panzerminen, sagte der Vater. Die Panzerminen sahen aus wie Plastikteller. Einmal fand mein Nachbar so einen Teller. Er dachte, so etwas kann man immer gut gebrauchen, als Wassertränke für die Hühner zum Beispiel. Er hatte Glück, er hat nur eine Hand verloren.

Leyla dachte daran, wie sie noch im Sommer hinaus in die Felder gerannt war. Der Vater sagte zwar, die Minen seien vor Jahren entfernt worden. Aber was, dachte sie, wenn man auch nur eine einzige Mine vergessen hatte?

Es war, als hätte der Vater ein Buch im Kopf, das er nur aufzuschlagen brauchte, dachte Leyla. Sie musste ihm nur ein einziges Stichwort geben, solange er noch am Küchentisch saß und nicht schon ins Wohnzimmer gegangen war, und schon lachte der Vater auf, griff nach der Tüte mit den Sonnenblumenkernen und begann zu erzählen.

Erzähl mir die Geschichte von Aziz und den Hühnern, sagte Leyla.

Heute nicht mehr, sagte der Vater. Ich bin so müde von der Arbeit.

Bitte, sagte Leyla. Nur die eine.

Der Vater seufzte. Na gut, sagte er, nur die eine, aber danach ist Schluss, und ich mache es kurz.

Nur wenige im Dorf konnten Arabisch, fing der Vater an, stand auf, goss sich ein Glas Wasser ein, setzte sich wieder. Auch wenn er nur kurz sagte, Leyla wusste, dass es länger werden würde.

Eigentlich konnten nur die Jüngeren Arabisch, sagte der Vater, die, die eine Schule besucht hatten. Und unser Nachbar Aziz hatte wie meine Eltern nie eine Schule besucht.

Wie mein Vater hatte auch er ein kleines Radio, eines, das mit Batterien betrieben wurde und das er mit auf die Felder nahm oder wie mein Vater auf das Hausdach, weil dort der Empfang am besten war.

Alle paar Tage rief er mich zu sich, damit ich ihm die Abendnachrichten übersetzte. Er sagte seiner Frau, sie solle mir Tee und Kûlîçe bringen, weil er wusste, wie gern ich ihre Kekse aß. Für Kûlîçe war ich immer bereit zu übersetzen, sagte der Vater.

Es war der späte Sommer 1973. Ich war zwölf Jahre alt und ging schon in der Stadt zur Schule. Wenn ich frei hatte, spielte ich auf der Saz und träumte davon, eines Tages in Aleppo oder Damaskus zu studieren. Zwischen Israel und Syrien gab es Krieg.

Die Juden sind grausam, hatte der arabische Lehrer in der Schule gesagt. Sie ermorden Kinder. Mich interessierte das damals nicht, mir war noch nie ein Jude begegnet. Es gab zwar in Qamishlo eine jüdische Familie, aber die brachte ich nicht mit den Juden zusammen, von denen unser Lehrer ständig sprach. Die Juden in Qamishlo, das war die Familie Azra, sie sind dort bis heute Gewürzhändler. Du kennst sie, Leyla, wir kaufen bei ihnen ein, wenn wir in Qamishlo sind. An der Familie Azra war nichts Besonderes. Ihre Gewürze schmeckten wie alle anderen auch.

Die Lage damals war angespannt, das spürte auch ich. Deshalb wollte Aziz, dass ich jeden Abend vorbeikam, um die Nachrichten zu übersetzen. Als ob er so Kontrolle über die Situation haben könnte, saß er wie ein Besessener ununterbrochen vor dem Radio und schaltete es nicht mehr aus, und ich musste übersetzen.

Nach ein paar Tagen hatte ich keine Lust mehr.

Es waren die großen Ferien. Meine Freunde verabredeten sich jeden Nachmittag hinter der Schule zum Fußballspielen und blieben dort, bis die Sonne unterging.

Und ich saß immerzu mit Aziz vor dem Radio. Im Radio redeten und redeten die Nachrichtensprecher, das Regime war so siegessicher, als ob der Krieg schon längst gewonnen wäre. Das ärgerte mich. Und auch Aziz ärgerte mich, wie er da in einem fort vor seinem Radio saß, unruhig und ängstlich wie ein Kind. Ich dachte nicht nach, als ich ihm übersetzte: Israel ist gerade in Syrien einmarschiert.

Aziz ließ die Gebetskette, deren Perlen er eben noch zwischen seinen Fingern hin- und hergeschoben hatte, aus der Hand fallen. Es war zu spät.

Was passiert jetzt, fragte er und sah mich erschrocken an.

Warte, sei still, sie reden noch, ich muss mich konzentrieren, sagte ich.

Mir fiel nichts ein.

Aziz wurde ungeduldig, nun sag schon, was sagen sie.

Mittlerweile war der Nachrichtensprecher beim Wetter angelangt.

Sie sind schon in Damaskus, sagte ich. Auf dem Weg haben sie die Schafe von siebzehn Hirten beschlagnahmt.

Aziz sah mich entsetzt an. Was nun, fragte er.

Was nun, wiederholte ich.

Was machen die Juden mit den Schafen?

Was weiß ich, sagte ich, was sollen die Israelis schon mit den Schafen machen, vermutlich essen.

Das hört sich nicht gut an, sagte Aziz.

Am nächsten Abend kam ich wieder. Die Frau von Aziz brachte Tee und Kekse. Aziz schaltete das Radio an.

Die Israelis sind nun in Homs.

Wieder am nächsten Tag sagte ich, sie sind nun in Aleppo. Sie sind auf dem direkten Weg hierher. Morgen werden sie in Raqqa sein und übermorgen in Hasake.

Hasake, wiederholte Aziz mit Panik in der Stimme, dann sind sie ja schon fast bei uns.

Ich nickte. Überall, wo sie hinkommen, sagte ich, nehmen sie Schafe, Ziegen, Kühe, Esel mit.

Was ist mit meinen Hühnern, fragte Aziz aufgeregt. Meinst du, sie werden uns meine Hühner wegnehmen.

Natürlich, sagte ich. Sie werden dir alle deine Hühner wegnehmen.

Als ich am nächsten Abend zum Übersetzen kam, fand ich Aziz nicht im Haus. Auch im Hof war es merkwürdig still. Aber aus dem Garten kamen Lärm und großes Geschrei. Ich ging nach hinten, und auf der Erde war eine riesige Blutlache. Überall Hühnerköpfe, Federn, dazwischen Aziz' Frau mit dem Schlachtmesser und die Kinder, die umherliefen und die letzten noch lebenden Hühner einfingen. Inmitten des Chaos Aziz, der mich grimmig begrüßte und noch ein Huhn festhielt.

Was passiert hier, fragte ich, obwohl ich genau wusste, was passiert war. Aziz, sind das alle deine Hühner?

Aziz nickte. Komm morgen vorbei, zum Essen, sagte er.

Du hast doch nicht alle deine Hühner –, fragte ich und sah,

was ich angerichtet hatte. Aziz unterbrach mich. Natürlich, sagte er. Lieber essen wir sie, als dass die Feinde sie bekommen.

Drei Tage später, ich war gerade im Wohnzimmer, sah ich Aziz quer über den Hof auf unser Haus zukommen. Er hatte beide Hände zu Fäusten geballt. An seinem Gang konnte ich erkennen, wie aufgebracht er war. Er brüllte meinen Namen. Silo, wo bist du, schrie er. Komm raus, Silo, ich werde dir den Kopf abreißen, wie meinen Hühnern!

Ich sprang weg vom Fenster, verließ das Haus nach hinten in den Garten, kletterte über den Zaun und rannte über die Felder in das Nachbardorf, wo ich einen Freund besuchte und bis zum nächsten Tag blieb. Bis sich, hoffte ich, Aziz beruhigt hatte.

Die Mutter kam früher von der Arbeit. Sie hatte sich den Nachmittag freigenommen, holte Leyla aus der Schule ab, sie fuhren zusammen in die Innenstadt. Leyla hatte keine Lust, wie jeden Sommer in den Wochen vor dem Aufbruch mit der Mutter durch die Kaufhäuser und Supermärkte zu ziehen und, wie die Mutter das nannte, *vernünftige Geschenke* zu suchen. Während Leyla ständig hängen blieb, bei der Unterwäsche, die sie seltsam fand, bei den Stöckelschuhen, wo die Mutter sie weiterzog, mach nichts kaputt, sonst müssen wir das noch bezahlen.

Als Erstes gingen sie zu Karstadt, dann in kleinere Kleidungsgeschäfte, kauften Strickjacken, T-Shirts und Pullover, arbeiteten sich vor zu Kaufhof und am Ende dann zu Veneto. Dort bekam Leyla zwei Kugeln Eis, weil sie tapfer durchgehalten hatte, wie die Mutter sagte. Was noch fehlte, besorgten sie in den Supermärkten bei ihnen um die Ecke, je nach Angebot. Sie kauften alles, worum man sie das Jahr über am Telefon gebeten hatte. Ölhaltige Salben für Schrunden an den Füßen, Medikamente, Fotokameras, Mixer, Fritteusen und diese elektrischen Zahnbürsten aus der Werbung der deutschen Fernsehsender, die man über die Satellitenschüsseln auch im Dorf empfing. Alle im Dorf wussten immer, was es in den deutschen Kaufhäusern gab. Süßigkeiten und Kinderspielzeug, Strampelhosen für die Babys, die im Lauf des Jahres geboren worden waren und die auf den nach Deutschland geschickten Videokassetten stolz in die Kameras gehalten wurden.

Die Wünsche änderten sich. Im einen Jahr waren im Dorf Vitamintabletten besonders gefragt, im anderen Eisentabletten. Mal hieß es, die Frau von Xalil habe dieses Jahr eine Mikrowelle von ihrem Bruder aus Deutschland bekommen, mal, ich habe von Kawa gehört, dass es bei euch Pürierstäbe zu kaufen gibt.

Am bescheidensten waren die Wünsche der Großeltern. Der Vater musste jedes Mal mehrfach nachfragen, und jedes Mal sagten die beiden, sie bräuchten nichts. Mit nichts kommen wir nicht, sagte der Vater, und dann erwiderte der Großvater irgendwann, er könne einen Hut gegen die Sonne brauchen und die Großmutter ein neues Taschenmesser.

Und am Ende kauften Leylas Eltern die Whiskyflaschen, die blinkenden Feuerzeuge und das Parfüm, um die Beamten zu bestechen.

Zu Hause stopfte die Mutter alles in Koffer und Tüten und legte die Klamotten dazu, aus denen Leyla im Laufe des Jahres hinausgewachsen war. Für Bücher war dann kaum noch Platz, gerade mal für ein oder zwei. Nimm eines mit, das du mehrmals lesen kannst, sagte der Vater. Leyla konnte sich nicht entscheiden, legte alle ihre Bücher auf den Boden vor sich und griff blind zu. *Sara, die kleine Prinzessin.*

Das Reisegepäck war auf zwanzig Kilogramm pro Passagier begrenzt. War es etwas mehr, ließ Syrian Air mit sich reden, aber Bücher waren schwer. Leyla rechnete aus, wie viele Seiten pro Tag sie haben würde. Die Tage im Dorf waren lang, und die Mittagshitze drückte. Alle Familien zogen sich in ihre Häuser zurück, lagen unter den Ventilatoren und schliefen. Es gab nichts zu tun, und Leyla langweilte sich. Nur mit Büchern konnte sie die langen Mittagsstunden füllen.

Weil sie so viel las, sagten die Leute im Dorf, Leyla sei ein ernstes Mädchen. Auch Zozan, ihre Cousine, hielt sie für altklug und arrogant. Zumindest kam es Leyla so vor. Vielleicht war Zozan aber auch nur neidisch. Leyla war das einzige Kind im Dorf, das Bücher besaß.

Jahre später fragte sie sich, warum sie und Zozan nie Freundinnen geworden waren. Es hatte doch alles dafür gesprochen. Sie waren fast im selben Alter, zwei Cousinen, die alle Sommer miteinander verbrachten.

Die Bücher waren nicht das Einzige, das Leyla von den anderen Kindern trennte. Es war auch ihr Stolpern, wenn sie mit Zozan im Dorf unterwegs war. Sie wusste nicht, wo die Gräben verliefen und man springen musste beim Rennen, beim Fangenspielen. Die anderen Kinder kannten alle Gräben, in denen das Abwasser floss, die offene Kanalisation des Dorfes, vom Frühjahr an unsichtbar, wenn das Gras hoch gewachsen war. Alle machten sie einfach einen Satz darüber, ohne nachzudenken. Ihre Füße wussten die Wege auch nachts, im Dunkeln, wenn der Strom ausfiel und Leyla immer wieder in den Morast tappte und sich schämte. Zozan sagte, Leyla habe keine Augen im Kopf, und erzählte jedem im Dorf davon, ob die anderen es wissen wollten oder nicht. Die ach so schlaue Cousine aus Deutschland, Almanya, wie Zozan dazu sagte, sei doch tatsächlich in den dreckigen Schlamm gefallen.

Und es waren auch die Wörter, die Leyla beim Sprechen fehlten, und ihre Aussprache, dass sie das R nicht so rollen konnte wie alle anderen. Sie klang so albern, dass Zozan sie nachäffte, wenn sie sich mit ihren Freundinnen traf und Leyla mitbrachte, weil die Großmutter gesagt hatte, nimm Leyla mit, doch Zozan tat es nur widerwillig und dachte, Leyla würde sie nicht verstehen. Leyla stand neben Zozan und ihren Freundinnen und kam sich vor wie ein stummer Hund, trottete ihnen einfach nur hinterher. Irgendwann sprach sie nur noch, wenn sie angesprochen wurde.

Zozan war zwei Jahre jünger, wusste aber alles besser. Wenn Leyla in der großen Blechwanne im Hof die Wäsche wusch, nahm Zozan ihr das Seifenstück aus der Hand und sagte, so geht das nicht, das macht man so. Wenn Leyla Tee kochte, sagte Zozan, du lässt ihn viel zu lange ziehen. Wenn Leyla Gurken für den Salat schnitt, waren die Stücke zu groß, wenn Leyla Weinblätter rollte, fielen sie beim Kochen auseinander, wenn sie auf den kleinen Cousin aufpasste, der damals noch ein Säugling war, fing er sofort an zu weinen.

Außer Zozan waren alle freundlich zu Leyla, und mehr als das. Kamen die Cousinen zweiten oder dritten Grades, die unzähligen echten Tanten, angeheirateten Tanten, Schwestern und Cousinen der angeheirateten Tanten aus der Stadt zu Besuch, dann überhäuften sie Leyla mit Komplimenten und Geschenken. Sie behängten sie mit Plastikarmbändern, Ketten, Haarspangen in Blümchen- oder Schmetterlingsform und glitzernden Schals, die sie an ihren Armen und Hälsen und in ihren Haaren trugen und einfach abnahmen, um sie Leyla aufzudrängen. Leyla machte das alles immer verlegen, sie fühlte sich schlecht, wenn man so großzügig zu ihr war.

Pah, sagte Zozan dazu, das machen die doch nur, weil dein Vater ihre Familien mit Geld versorgt. Täte er das nicht, würden sie verhungern. Er hat die Arztrechnung von Bêrîvans Großvater bezahlt, er hat Kawa Geld für den Schlepper gegeben, damit Kawa nach Deutschland gehen konnte.

Vielleicht hatte Zozan recht gehabt, dachte Leyla später. Und dass auch sie selbst arrogant und neunmalklug gewesen war, mindestens so sehr wie Zozan. Sie hatte auf alle herabgesehen, weil ihr Englisch besser war als Zozans bisschen Dorfschulenglisch, hatte Zozan auch dafür belächelt, wie sie sich immerzu ihre Hochzeit ausmalte, welches Kleid sie tragen, welche Frisur sie haben, wie schön geschminkt sie sein würde. Ich, hatte Leyla in einem der Sommer zu Zozan gesagt, habe andere Ziele im Leben, als einen Mann zu finden, sieben Kinder zu gebären und Brot zu backen. Wie überheblich sie damals gewesen war. Heiraten, Kinder kriegen, das war alles, wovon Zozan sich zu träumen erlauben konnte. Gegen Leylas von Nachhilfestunden geschliffenes Englisch, gegen das, was der Vater für Leyla vorgesehen hatte, Abitur, Studium, Medizin oder Jura, kam Zozan nicht an.

Aber Zozan hatte ihr auch oft die Haare geflochten, erinnerte sich Leyla. Sie saß still, während Zozan ihre Haare kämmte und bearbeitete, dabei vor sich hin summte. Als sie Zozan einmal fragte, woher sie so viele schwierige Flechtfrisuren konnte, sagte Zozan, sie habe sie sich alle ausgedacht. Irgendwann, in einem der letzten Sommer, erzählte sie Leyla, dass sie eigentlich gerne Friseurin werden würde, dass das ihr Geheimnis sei. Sie steckte Leyla Blumen aus dem Garten in die Haare und redete davon: Eines Tages werde ich meinen eigenen Friseursalon in Qahtaniyya eröffnen. Und Leyla schämte sich. Sie schämte sich dafür, wie sie, das Einzelkind aus Almanya, jeden Sommer in das Dorf gekommen war, vorsichtig aus dem Auto steigend und in ihren Lackschühchen und ihrem frischen Kleid über die staubige Erde auf die anderen zustaksend wie eine Prinzessin auf Staatsbesuch.

Die größte Auffälligkeit aller Auffälligkeiten an Leyla aber war ihre Mutter. Die so anders war als alle anderen Mütter im Dorf, die anders roch, anders redete, auch anders aussah mit ihren schulterlangen hellbraunen Haaren, die sie immer nach hinten band, *weil praktisch*, wie sie dazu sagte, und die nie wie die anderen Frauen im Dorf Röcke trug. Arabisch und Kurdisch sprach sie, weil sie vor der Heirat bei einer Hilfsorganisation als Krankenpflegerin gearbeitet hatte und erst lange in den Libanon und später in den Iran und dann den Irak geschickt worden war. Dort hatte sie während der Anfal-Operation, Saddam Husseins Völkermord an den Kurden, kurdische Flüchtlinge versorgt und ein notdürftiges Kurdisch gelernt, das anders als das Kurdisch war, das man im Dorf sprach, und sie in den Augen der Dorfbewohner noch merkwürdiger machte. Hinzu kam für alle, dass sie schweigsam war und nie tratschte, und schon gar nicht über die Dinge redete, die sie im Irak gesehen hatte.

Deine Mutter ist eine Spionin, hatte Zozan einmal gesagt. Wer sagt das, hatte Leyla gefragt. Das Dorf sagt das, sagte Zozan.

Als die Behörden dem Vater einmal sein Sondervisum nicht ausstellten, mit dem er sicher ein- und ausreisen konnte, und Leyla noch zu klein war, um allein zu reisen, beschloss die Mutter, mitzufahren. Sie packte einen Koffer wie für einen ihrer früheren Einsätze, mit Medikamenten, Verbandsmaterial, sterilen Kompressen und Impfungen.

Schon nach ein paar Tagen kamen die ersten Frauen aus dem Dorf. Sie sagten, sie hätten gehört, dass eine Krankenpflegerin aus Almanya da sei. Die Mutter lernte schnell. Unter ihr notdürftiges Kurdisch aus dem Irak mischten sich bald schon neue Wörter aus dem Dorf. *Essen*, *Trinken*, *müde*, *Schmerzen*, *Kinder* und *Tomaten* sagte sie nun im Dorfdialekt, benutzte dazu ihre Brocken Arabisch, die sie im Libanon und an der Volkshochschule gelernt hatte. Ihr Sprachgemisch war so praktisch wie ein Notkrankenhaus, das man einfach irgendwie in die Landschaft gesetzt hatte und das funktionierte, obwohl an allen Ecken etwas fehlte, alles schnell gehen musste und keine Zeit blieb, Höflichkeitsfloskeln oder Sprichwörter auszutauschen. Mit der Zeit gewöhnte sich die Mutter an das Dorf und das Dorf sich an sie. Die Frauen im Dorf sagten später in den Sommern mit ihr, sie sei zwar eine Spionin, aber eine, die auch Spritzen setzen könne.

Der Großvater saß die meiste Zeit auf einem Teppich, schlief, drehte Zigaretten, rauchte und aß gesalzene Sonnenblumenkerne. Er war immer dort, wo sich die Familie gerade aufhielt, wanderte an seinem Gehstock mit seiner Tabakdose, der Kette mit den großen runden Perlen, die er, während er sprach oder einfach nur dasaß, immerzu zwischen seinen Fingern hin- und herschob, mit Kissen, Teppich und Matte, die man ihm hinterhertrug, vom Haus in den Garten oder in den Hof und wieder zurück.

Er hatte immer dieselbe Kleidung an, şal û şapik, wie es die meisten alten Männer im Dorf trugen, eine weite Hose und ein Hemd in Braun, Olive oder Grautönen, für ihn genäht von der Großmutter, die Hose mit einem breiten, meterlangen Stoffschal um die Taille gewickelt. Immer trug er einen Hut und hatte seinen Gehstock aus Holz dabei. Seine Augen waren trüb, Leyla fand, dass es aussah, als habe jemand Milch über die Augäpfel gegossen. Leyla dachte, es liege an dieser Milch in den Augen, dass der Großvater blind war, er könne nicht hindurchsehen. Seine Augen hatten nicht immer diese trübe Farbe gehabt. Die Großmutter sagte, früher seien sie dunkelbraun gewesen, die Farbe von Walnüssen, fast schwarz.

Niemand wusste sein genaues Alter, nicht einmal er selbst.

Wie auch die Großmutter nicht wusste, wie alt sie war, so wenig wie alle anderen alten Leute im Dorf. Lange dachte Leyla, der Großvater wäre der älteste Mensch der Welt. Er erinnerte sich an Dinge, die vor hundert, zweihundert Jahren passiert waren. Er konnte von Kriegen erzählen, von Schlachten, von Mem û Zîn, als wäre er selbst dabei gewesen. Er musste ganz einfach bei alldem dabei gewesen sein, so gut kannte er sich aus. Die Geschichte von Mem û Zîn war die traurigste Geschichte, die Leyla je gehört hatte. Der Schreiber am Hof Mem aus der Alan-Familie und die Prinzessin Zîn aus der Botan-Familie verliebten sich. Sie wollten heiraten, doch wurde das durch eine Intrige verhindert. Bakir, ein böser Mensch, tötete Mem. Als Zîn von Mems Tod erfuhr, brach sie an seinem Grab zusammen und starb ebenfalls. Womit die Geschichte nicht zu Ende war: Der Tod von Mem und Zîn sprach sich rasend schnell herum, das Volk wurde wütend und tötete zur Rache den bösen Bakir, der als Demütigung unter den Füßen von Mem und Zîn begraben wurde. Aber ein Dornbusch, genährt von Bakirs Blut, wuchs aus ihm heraus. Die Wurzeln des Dornbusches griffen so tief in die Erde und schoben sich so wuchtig zwischen die Gräber von Mem und Zîn, dass die beiden auch im Tod voneinander getrennt waren.

Manchmal bekam der Großvater Besuch von einem Freund, an dessen Namen sich Leyla später nicht mehr erinnern konnte. In der Familie hatten sie ihn nur *den Armenier* genannt. Er kam ins Dorf, blieb zum Tee oder auch für ein paar Tage. Der Armenier war in derselben Gegend aufgewachsen wie der Großvater, Beşiri hieß sie, in der Nähe von Batman. Ob die zwei sich schon damals gekannt hatten oder nur ihre Familien miteinander in Verbindung standen, wusste Leyla nicht.

Der Armenier hatte auch andere Bekannte im Dorf, die ihn

einluden. Doch eigentlich kam er nur, um den Großvater zu besuchen. Sie saßen stundenlang im Hof oder im Wohnzimmer, rauchten, tranken Tee und aßen Obst, das ihnen Zozan, die Großmutter oder Leyla brachten, und manchmal setzte Leyla sich dazu. Solange sie still saß, durfte sie bleiben, der Großvater und der Armenier beachteten sie nicht weiter. Sie waren vollkommen damit beschäftigt, ihre Erinnerungen abzugleichen, sprachen über Familien, Dörfer und Namen, die Leyla noch nie gehört hatte. Der Armenier war ein paar Jahre jünger als der Großvater. Heute wusste Leyla, dass beide, der Großvater und der Armenier, die von ihnen ausgesprochenen Namen, die Familien und Dörfer auch nur aus Erzählungen kennen konnten, weil sie alle schon lange verschwunden waren, als die zwei geboren wurden. 1915, 1916, las Leyla Jahre später, als sie studierte, und hatte plötzlich Jahreszahlen für das, worüber die beiden immer wieder gesprochen hatten.

Von den Armeniern erzählte der Großvater, die im Dorf ihre Nachbarn gewesen waren und die in den Nachbardörfern gelebt hatten, in Kurukanah und Maribe, und in den nächsten Städten, in Kars, Diyarbakir, Van, die Handwerker gewesen waren und Öfen gebaut hatten, die Familie Tigran, die Familie Gasparyan, die Familie Gagarjah, oder hieß sie anders? Aber das waren Schreiner gewesen, und die Familie Soundso Schmiede. Manche waren Bauern und hielten sich Vieh, genau wie die Familie des Großvaters. Es war eine gute Gegend für Landwirtschaft gewesen, die Böden in der Nähe des Tigris waren fruchtbar. Bis zu jenem Tag, sagte der Großvater, an dem die Soldaten in die Dörfer und Städte kamen. Es war Sommer, sie kamen auf Pferden. Die Hufe ihrer Pferde schlugen dumpf auf den Boden und wirbelten Staub hoch. Die Soldaten trieben die Familien zusammen. Nur wenige konnten sich verstecken, unter anderem Frau Sona, selbst der Vater konnte sich noch gut an sie als alte Frau erinnern. Bis zu ihrem Tod kam sie immer wieder in das Dorf, um ihre Familie zu besuchen, wie sie sagte, Mutter, Vater, Schwestern und Brüder, allerdings nicht ihre leibliche Mutter, ihr leiblicher Vater, ihre leiblichen Schwestern und Brüder. Sie hatten ihr als kleines Mädchen êzîdische Kleider angezogen, lange weiße Hosen unter dem Rock, ein weißes Kopftuch, und sie als Tochter einer êzîdischen Familie vor den Soldaten versteckt. Frau Sona blieb bei der Familie, bis sie heiratete, hatte keinen anderen Ort, an den sie zurückkehren konnte, weil alle anderen in die großen Gräber getrieben worden waren, die sie zuvor unter Aufsicht der Soldaten ausheben mussten, bei vierzig Grad, im Hochsommer. Dort wächst bis heute nichts mehr, sagte der Großvater, weil der Boden blutgetränkt ist. Und andere, sagte er, starben in der syrischen Wüste, oder im Tigris, wo die Soldaten all jenen, die sich an Grasbüscheln und Sträuchern festklammerten, um nicht vom Strom mitgerissen zu werden, mit ihren Säbeln die Hände abschlugen.

Aus einem Dorf in dieser Gegend kam auch der Sänger Karapetê Xaço, dessen Lieder der Armenier und der Großvater manchmal zusammen hörten und die der Großvater mitsang. Karapetê Xaços Dorf in der Provinz Batman hieß Bileyder. Außer ihm überlebten nur ein Bruder und zwei Schwestern, Xaço war damals fünfzehn Jahre alt. Er ging zur französischen Fremdenlegion, blieb dort die nächsten fünfzehn Jahre, heiratete eine Frau aus Qamishlo und zog schließlich mit seiner Familie nach Erevan. Er war einer der besten Dengbêj, die es je gegeben hatte. Jeden Tag um Viertel vor vier am Nachmittag und um Viertel vor neun, sagte der Großvater, bin ich, als wir endlich ein Radio hatten, ein kleines tragbares, mit Batterien, Nûrî hat es mir gekauft, auf das Dach gestiegen, weil dort der Empfang am besten war, und habe die kurdische Sendung von Radio Erevan gehört. Zweimal am Tag eine halbe Stunde. Dort habe ich Xaços Stimme gehört, immer wieder. Arm ist er gestorben, sagte der Großvater. Ich singe für vierzig Millionen Kurden, vierzig Millionen Kurden können mich nicht ernähren, soll er gesagt haben. Seine Stimme, wie die einer Nachtigall. Leyla, hast du schon mal etwas so Schönes gehört, fragte der Großvater, und der Armenier und der Großvater sahen sie an.

Das Gehen fiel ihm schwer. Er schaffte nur noch wenige Schritte, nach vorne gebeugt und auf seinen Stock gestützt. Mit der anderen Hand tastete er nach der Hauswand, den Schultern seiner Kinder und Enkelkinder, suchte Halt. Hatte er etwas gefunden, klammerte er sich mit zitternder Hand daran, so dass seine Knöchel weiß hervortraten.

Immer rief er nach der Großmutter, wenn er etwas brauchte oder sich einfach nur langweilte. Und er langweilte sich oft, glaubte Leyla, er konnte ja kaum gehen und war blind, Leyla hatte ihn nie anders kennengelernt.

Aber früher, sagte die Großmutter, sei er so beschäftigt gewesen wie sie, mit den Feldern, mit den Tieren, mit dem Tee und dem Tabak, den er hinüber in die Türkei gebracht habe, um ihn dort zu verkaufen. Seit der Großvater erblindet und erlahmt war, sagte der Vater, arbeitete die Großmutter doppelt so hart. Oder sogar dreimal so viel, weil der Großvater ja ständig ihre Hilfe brauchte, nicht einmal ankleiden konnte er sich mehr selbst.

Leyla, setz dich zum Großvater, sagte der Vater, er freut sich, wenn du bei ihm bist. Und Leyla saß auch gerne beim Großvater, aber nach einiger Zeit wurde ihr immer langweilig, und sie begann dann, ihre Mückenstiche aufzukratzen oder die Flusen vom Teppich abzuzupfen. Der Großvater tastete nach seinem Tabak, ich kann meinen Tabak nicht finden, Leyla, hast du meinen Tabak gesehen? Er tastete nach seiner Tasse, die Tasse war leer, Leyla, kannst du mir Wasser bringen, ich habe Durst?

Leyla holte ihm Wasser, setzte sich wieder neben ihn. Er streckte seine Hand aus, befühlte ihr Haar, Zozan, nein, Leyla, du bist es. An der Länge der Zöpfe unterschied der Großvater seine Enkeltöchter.

Er begann, über seine Schwiegertochter Havîn zu reden, sie sei so faul. Immer ist sie so faul. Kannst du mir erklären, warum sie so faul ist, Leyla? Schon einen Tag, sagte der Großvater, nachdem Memo sie geheiratet hat, habe ich gesagt, wir schicken sie wieder zurück, sie ist den Brautpreis nicht wert. Havîn war eines seiner Lieblingsthemen, der Großvater wurde nicht müde zu erzählen, was sie schon wieder falsch gemacht hatte. Ihre Kûlîçe schmecken nicht, sagte der Großvater, wenn sie schon backt, was sie ja selten tut, weil sie so faul ist. Aber sie schmecken einfach nicht. Was er nicht verstehe, denn Kûlîçe backen sei ja wirklich nicht schwer. Selbst Zozan könne das besser als ihre Mutter.

Leyla glaubte, dass das Schimpfen die Lieblingsbeschäftigung des Großvaters war, meist über Menschen, die Leyla nicht kannte. Dieser oder jener würde lügen, diese oder jene hätte zwei Gesichter, sagte der Großvater, und Leyla, du stimmst mir doch zu? Und Leyla nickte für sich und sagte laut Ja, obwohl sie nicht wusste, von wem der Großvater sprach.

Ständig rief er die Großmutter zu sich. Meist kam sie dann auch gleich, aber manchmal, wenn sie beschäftigt war oder keine Lust hatte, tat sie so, als hätte sie ihn nicht gehört. Sie lief dann einfach an ihm vorbei, während er nach ihr rief, Hawa! Hawa! Quer über den Hof ging sie und schaute über ihn hinweg, und er kriegte nichts mit in seiner Blindheit. Leyla fand das manchmal so komisch, dass sie lachen musste, und der Großvater wurde dann wütend, was ist denn so lustig, hör auf zu lachen.

Jeden Morgen zu Sonnenaufgang, wenn alle anderen noch schliefen, stand die Großmutter auf und sprach ihre Morgengebete. Leyla wurde von ihrer leisen Stimme wach. Sie brauchte immer einen Moment, bis sie begriff, was die Großmutter da tat. Die Großmutter war die Einzige in der Familie, die betete. Leyla hatte nie zuvor jemanden beten gesehen. Sie war fasziniert.

Als er ein Kind gewesen war, habe auch der Großvater gebetet, sagte die Großmutter, als Leyla sie danach fragte. Aber dann seien seine beiden Schwestern gestorben, plötzlich, an sinnlosen Kinderkrankheiten. Gott gibt das Leben und er nimmt es wieder, sagte die Großmutter. Der Großvater war von da an Einzelkind. Und konnte nur noch über Gott schimpfen.

Zwei schöne Schwestern habe ich gehabt, mit langen schwarzen Haaren und zarten Gesichtern, rief der Großvater. Warum hat Gott mir nicht wenigstens eine einzige Schwester lassen können?

Da der Großvater auf Gott nicht gut zu sprechen war, war die Großmutter für alle religiösen Verpflichtungen der Familie zuständig. Sie fastete, kochte für die Festtage und versorgte die Sheikhs, Pîrs und Qewals, wenn sie zu Besuch kamen. Mittwochs wusch sie sich nicht. Vor vielen Jahren hatte sie sogar einmal mit ihrem jüngsten Sohn Memo eine Pilgerreise nach Lalish unternommen, obwohl sie sonst nie das Dorf verließ. Ihren Kindern und Enkelkindern brachte sie bei, die Hymne von Sherfedîn zu singen, nicht zu fluchen, nicht auf den Boden zu spucken und niemals die Farbe Blau zu tragen.

Nach dem Morgengebet, das sie sitzend im Bett verrichtete, stand sie auf, vorsichtig, um die neben ihr schlafenden Enkelkinder nicht zu wecken, stieg die Leiter vom Hochbett hinunter in den Hof und ging die Hühner füttern, das Frühstück zubereiten, Tee kochen, den Garten bewässern, Brot backen, Unkraut jäten, Beete umgraben, säen, ernten, den Zaun reparieren. Wurde es heißer, ging sie ins Haus, flickte Kleidung, bereitete das Mittagessen zu, aß und schlief, bis es wieder kühler war. Dann ging sie wieder raus, füllte den Wasserkanister in der Küche, pflückte Weintrauben, sortierte die überreifen Trauben für den Raki aus, fädelte Okraschoten auf Garn, hängte sie zum Trocknen in die Speisekammer, kümmerte sich um die Bienen. Zwischendurch kochte sie Tee für die Nachbarn, die zu Besuch kamen, versorgte den Großvater mit Essen und Wasser, wusch ihn, hütete die Enkelkinder. Sie tröstete sie, wenn sie sich wehgetan hatten und weinten, deckte sie mit einer Decke zu, damit sie sich nicht verkühlten, wenn sie unter dem Ventilator eingeschlafen waren, zog Mîran und Roda auseinander, wenn diese in einen Streit geraten waren und sich prügelten, wiegte den kleinen Roda in ihren Armen, bis er einschlief.

Dabei waren Leyla und Zozan immer an ihrer Seite, als wären sie die rechte und linke Hand der Großmutter. War Besuch ins Wohnzimmer gekommen und wollte sie ihm Obst und Tee bringen, drückte sie Leyla Roda in die Arme. Aber kaum hatte die Großmutter den Raum verlassen, öffnete der Säugling seinen zahnlosen Mund und fing an zu brüllen. Sein Gesicht lief rot an, seine Augen tränten, und egal, was Leyla machte, ob sie seinen Rücken tätschelte, ihn mit Grimassen abzulenken versuchte, ihn in ihren Armen schaukelte, er hörte nicht auf zu weinen. Er brüllte so heftig, dass Leyla erschrak und sich fragte, was sie falsch gemacht hatte. Hatte sie ihm versehentlich wehgetan, konnte sogar er, noch ein Säugling, sie schon nicht leiden? Selbst den Tränen nah, gab sie auf und trug den Säugling in die Küche, wo er sich in den Armen der Großmutter sofort beruhigte.

In einem der späteren Sommer wurde die Großmutter plötzlich krank. Sie klappte zusammen. Leyla kam vom Fußballspielen mit Mîran, Welat und Roda zurück und fand die Großmutter im Wohnzimmer, liegend. Tante Pero und Onkel Memo saßen neben ihr. Tante Pero fühlte ihren Puls, hatte ihr die Hand auf die Stirn gelegt. Leyla erschrak, als sie die Großmutter so sah, und fing an zu weinen. Die Großmutter lag reglos und hatte die Augen geschlossen, ihre Hand schlaff in der anderen Hand der Tante. Leyla, geh rüber zu Zozan, sagte die Tante. Aber Leyla wollte nicht gehen. Sie setzte sich.

Irgendwann schlug die Großmutter wieder ihre Augen auf. Nichts, sagte Tante Pero, bringt die Großmutter so schnell um. Doch Leyla tröstete das nicht. Selbst wenn die Großmutter jetzt nicht starb, eines Tages würde sie sterben müssen. Sie hatte noch nie daran gedacht, aber plötzlich war es für sie offensichtlich. Die Großmutter war alt. Eines Tages würde sie einfach nicht mehr da sein.

Die Großmutter blieb liegen. Die Tante flößte ihr lauwarmen Tee ein. Mir ist schwindelig, sagte die Großmutter leise. Ihr Kreislauf spielte verrückt. Ihre Stimme klang schwach, als käme sie von weit her. Sie drehte ihren Kopf weg und starrte die Wand an, als ob selbst das Sehen sie anstrengte. Schließlich schloss sie die Augen wieder, aber sie schlief nicht. Leyla saß neben ihr und beobachtete, wie ihr Brustkorb sich leicht hob und senkte. Ich kann nicht aufstehen, sagte die Großmutter. Die Tante brachte eine Schüssel Hühnersuppe. Ich habe keinen Hunger, sagte die Großmutter.

Weil die Großmutter krank war, kam im Haushalt sofort alles durcheinander. Niemand wusste mehr, was wo in der Speisekammer zu finden war. Tante Havin suchte zwar eine Weile, gab dann aber auf und stellte einfach nur Brot, Öl und Zatar auf das Tablett. Sie sagte, das müsse reichen, und setzte sich wieder vor den Fernseher, um ihre ägyptische Serie weiterzugucken.

Die Enkelkinder begannen zu streiten und prügelten sich im Hof. Onkel Memo war mit dem Vater in die Stadt gefahren, um Medikamente zu kaufen. Die Zwiebeln blieben zu lange in der Sonne liegen und vertrockneten. Ein Huhn wurde von einem Auto angefahren. Zwei Truthähne verirrten sich in den Feldern, und Leyla und Zozan rannten ihnen hinterher und versuchten, sie einzufangen, was nicht einfach war, weil Leyla Angst vor den Truthähnen hatte und wegrannte, sobald sie ihr zu nahe kamen. Dazu kam Leylas Angst vor Schlangen, die überall in den Feldern sein konnten, sie wusste nicht worauf zuerst achten, auf den Boden oder die Truthähne. Irgendwann schrie Zozan, dass sie sich endlich zusammenreißen solle, die Truthähne würden sie schon nicht umbringen.

Leyla lief weinend zurück zum Haus. Von der Hitze war ihr schwindelig, sie musste sich hinsetzen und Wasser trinken. Aber nicht zu lange, weil Zozan draußen wartete. Leyla ging Mîran, Welat und Roda suchen und dann mit ihnen wieder hinaus in die Felder zu Zozan und den Truthähnen. Schließlich kamen sie alle wieder zurück zum Haus, zerkratzt und erschöpft. Onkel Memo und der Vater waren endlich aus der Stadt zurück. Wir schaffen es nicht alleine, sagte Leyla.

Drei Tage lang aßen sie Joghurt mit Brot, das von Tag zu Tag trockener und weniger wurde. Sie mussten dringend wieder backen, aber ohne die Anleitung der Großmutter wussten sie nicht, wie sie es anfangen sollten. Der Vater fütterte die Hühner und bewässerte den Garten, aber dann kamen Leute zu Besuch, und alles geriet durcheinander. Die Früchte fielen im Garten von den Bäumen, die Vögel pickten die Weintrauben auf. Zweimal am Tag kam Tante Pero von nebenan herüber, sah nach der Großmutter und versuchte mit Zozan die wichtigsten Arbeiten zu erledigen. Sie bereitete mit Leyla und Zozan den Brotteig vor, heizte den

Ofen an. Es ist gut, wenn ihr lernt, das auch alleine zu machen, sagte sie. Dann ging sie wieder zurück, um sich um ihren eigenen Haushalt, den Garten und ihre drei Kinder zu kümmern.

So ging es ein, zwei Wochen, bis die Großmutter sich wieder besser fühlte und von ihrem Krankenlager aus Anweisungen geben konnte. Kaum konnte sie sich wieder auf den Beinen halten, mahlte sie auch schon wieder Getreide, buk Brot, kochte, kümmerte sich um den Garten, brühte den Tee auf.

Tante Havîn war keine große Hilfe gewesen, als die Großmutter krank war, dachte Leyla. Sie war wie Leyla und Zozan auf die Anweisungen der Großmutter angewiesen. Die Großmutter sagte, Tante Havîn ist das Arbeiten nicht gewohnt, sie ist in der Stadt aufgewachsen. Der Großvater sagte, sie ist einfach nur faul.

Ihre Mutter, hatte Zozan erzählt, sei im Juli geboren worden, deswegen habe man sie Havîn genannt, Sommer.

Tante Havîn hatte die Schule in der Stadt besucht, bis zur neunten Klasse. Als sie achtzehn wurde, lieh sich Onkel Memo bei Leylas Vater in Deutschland Geld, um den Brautpreis zu bezahlen. So konnten er und Havîn heiraten und sie kam zu ihm und seinen Eltern auf das Dorf. Die beiden feierten eine große Hochzeit. Hunderte Gäste kamen, ein Zurne-Spieler, ein Trommler, Qereçî, die Leute tanzten drei Tage und drei Nächte. Zozan und Leyla sahen sich das Hochzeitsvideo oft an. Tante Havîn blickte zu Boden. Ihre Lippen waren hellrot angemalt und dunkelrot umrandet, wie es damals in Mode gewesen war, künstliche Wimpern, ihr Gesicht bleich geschminkt. Sie lächelte nicht, die Hochzeit war eine ernste Sache. Sie war so gekleidet, wie Leyla und Zozan sich Prinzessinnen vorstellten, mit einem bauschigen weißen Kleid mit viel Tüll und glitzernden Pailletten, das pechschwarze Haar hochgesteckt. Die Locken, mit Haarspray fixiert, fielen ihr ins Gesicht, nicht einmal ein Sturm hätte sie durcheinanderbringen können.

Die Havîn, die Leyla kannte, war eine träge, aufgedunsene Frau, die fünf Kinder geboren hatte, über Hornhaut an den Füßen klagte und die Tage mit ihren geliebten ägyptischen Fernsehserien zubrachte. Liebesdramen waren das, über Männer, die Ärzte waren, und Frauen, die elegante Kleidung trugen und selbst wenn sie weinten, was ständig vorkam, schön aussahen, und die Havîn mit ihren Schwestern und Schwägerinnen von Anfang bis Ende durchdiskutierte, wenn sie aus der Stadt zu Besuch kamen.

Die Großmutter sagte, die erste Ernte auf dem Feld sei ein Schock für Tante Havîn gewesen.

Sie habe bei ihrer Ankunft keine Ahnung gehabt, wie man Getreide mahlte, wie man Hühner schlachtete, wann es Zeit war, Tomaten anzupflanzen. Einmal habe sie einen ganzen Sack voll Knoblauch in der Sonne liegen lassen, der ganze Knoblauch sei vertrocknet. Drei Wochen seien sie und Onkel Memo verheiratet gewesen, da habe der Großvater gesagt, die schicken wir wieder zurück, die ist den Brautpreis nicht wert. Das erzählte auch der Großvater immer wieder und zählte dann die Frauen aus dem Dorf auf, die sein Sohn stattdessen hätte heiraten können. Die wären die harte Arbeit auf dem Feld gewöhnt gewesen, das wäre besser gegangen, sagte er. Aber die jungen Menschen seien nicht mehr vernünftig, sie sähen zu viele Filme. Bei ihm selbst hätten doch auch die Eltern entschieden, Eltern wüssten eben, was gut für ihre Kinder sei. Eine Schwiegertochter müsse doch auch nicht nur mit dem Sohn, sondern mit der ganzen Familie auskommen. Aber Memo wollte nicht auf mich hören, sagte der Großvater und seufzte.

Erst nach dem fünften Kind begann Havîn, die Pille zu nehmen. Das wusste Leyla, weil die Mutter Havîn in einem Sommer die Pille hatte mitbringen sollen. Die Mutter hatte die Tante auch beruhigen müssen. Die Leute haben mir gesagt, sagte Tante Havîn, man kann nie wieder Kinder bekommen, wenn man einmal die Pille nimmt. Wenn ich gewusst hätte, dass das nicht stimmt, hätte ich sie natürlich schon früher genommen.

Ihre Schwestern und Schwägerinnen kamen alle paar Wochen zu Besuch. Sie hatten fließendes Wasser in ihren Stadthäusern und Wohnungen, keine Wassertanks über dem Badezimmer und der Küche, die man jeden Morgen auffüllen musste, bevor man duschen oder den Abwasch machen konnte, wodurch das Wasser im Sommer immer zu warm war oder früh am Morgen und im Winter viel zu kalt. Die Schwestern und Schwägerinnen hatten Toiletten und gefliese Badezimmer. Weil sie nicht auf den Feldern arbeiten mussten, hatten sie auch genug Zeit, ihre Häuser zu putzen, bei ihnen glänzten die Böden, lag nicht wie überall im Dorf Hühnerkot herum. Sie konnten täglich Blusen tragen, Röcke, die nicht dreckig wurden von Staub oder Schlamm, Sandalen mit dünnen Riemen, die für Straßenpflaster und Asphalt gemacht waren und zu gut für den Lehmboden im Dorf.

Wirklich ausgelassen sah Leyla Tante Havîn nur, wenn dieser Besuch aus der Stadt da war und alle Frauen zusammen in der Küche standen, Tante Evîn rauchend, Tante Rengîn mit dem Baby auf dem Arm und Havîn zwischen ihnen, ihre neuen Küchengeräte vorführend. Das ist ein Mixer, sagte Havîn stolz und holte ihn aus der Schachtel. Er glänzte noch.

Alles ganz neu, sagte sie. Der Mixer ist gut, wenn man Babybrei machen will. Die Schwestern und Schwägerinnen nickten anerkennend. Kann ich mal ausprobieren, fragte Tante Rengîn und drückte ihr Baby Tante Evîn in den Arm.

Tante Havîn setzte Tee auf. Fast hatte sie in solchen Augenblicken etwas von einem Mädchen, dachte Leyla, die auf der Arbeitsfläche neben dem Waschbecken saß und schon so lange schwieg, dass sie vergessen worden war. Tante Havîn wirkte jung, wenn Tante Rengîn und Tante Evîn zu Besuch waren.

Komm, gib mir auch eine Kippe, Evîn, sagte Tante Havîn.

Du rauchst doch nicht, antwortete Evîn und lachte.

Doch, gib mir auch mal eine, sagte Havîn, oder bist du geizig?

Da hat doch dein Mann was dagegen, dass du rauchst, sagte Tante Evîn und zog spöttisch ihre frisch gezupften Brauen nach oben.

Mein Mann hat mir gar nichts zu sagen, sagte Tante Havîn, und wenn schon, er hat nur Angst, dass ich ihm seine Zigaretten wegrauche. Mensch, Evîn, lass mich auch mal probieren!

Tante Evîn holte ihre Schachtel Marlboros hervor, zog eine Zigarette heraus und gab sie Tante Havîn.

Feuerzeug, sagte Tante Havîn.

Wie du willst. Tante Evîn gab es ihr, aber Tante Havîn stellte sich ungeschickt an, sie musste mehrmals anzünden, die Zigarette ging immer wieder aus. Tante Rengîn stand daneben und lachte so heftig, dass der Tee aus dem Glas in ihrer rechten Hand schwappte.

Tante Havîn zog theatralisch den Rauch ein und fing sofort an zu husten. Die Frauen brachen in Gelächter aus, und Tante Havîn, mit noch vom Husten tränenden Augen, lachte mit.

Wenn sie schon in eine Familie auf dem Dorf eingeheiratet hatte, dann machte die Verwandtschaft aus Almanya wenigstens manches wieder gut. Vielleicht ließ sich dafür sogar der Hühnerkot aushalten, dachte Leyla. Nach den Besuchen war Tante Havîn meist noch ein paar Stunden gut gelaunt. Sie strich Leyla über das Haar, und Leyla konnte sie fast gut leiden in diesen Momenten.

Aber das hielt nur so lange an, bis die Großmutter wieder nach Havîn rief, sie solle in den Garten kommen, oder der Großvater wieder losschimpfte, sitz nicht so faul herum, und Havîn wieder daran erinnerte, wo sie eigentlich war, nämlich in einem Dorf, in dem niemals irgendetwas passierte, außer, dass täglich für mindestens fünf Stunden der Strom ausfiel. Dann verfiel Tante Havîn wieder in ihre gewohnte Trägheit, zog sich zum Fernseher zurück oder legte sich schlafen, hoffte wahrscheinlich einfach nur, dass man sie wenigstens in Ruhe ließ, wenn sie schon ihr selbst gewähltes Unglück niemals wieder rückgängig machen konnte.

Die Tage gingen dahin wie die Hühner, die im Hof herumstaksten, ruhig und unaufgeregt, nichts geschah, und Leyla wusste bald schon nicht mehr, welcher Wochentag war und wann es gewesen war, dass Tante Rengîn und Tante Evîn aus der Stadt zu Besuch gekommen waren, vor vier oder fünf oder sechs Tagen vielleicht? Je stärker die Zeit ineinander überging und je weniger Leyla sagen konnte, wie lange sie schon im Dorf war, desto unruhiger wurde sie. Saßen sie beim Mittagessen oder bewässerten am späten Nachmittag den Garten, stellte sich Leyla vor, bald träte eine Katastrophe ein. Sie wusste, Katastrophen kündigten sich nicht immer an. Sie wusste, Katastrophen konnten plötzlich kommen, wie damals vor vielen Jahren, als der Vater der Großmutter im Schatten eines Baumes gelegen hatte und Mittagsschlaf machte und Männer kamen und ihn töteten. Sie wusste, dass sich niemals ankündigte, was die Großmutter *Ferman* nannte.

Leyla stellte sich vor, die Welt werde bald schon untergehen, durch ein Erdbeben, eine Flut. Wie damals, als die Sintflut kam, die Großmutter hatte ihr von dem Hügel bei Sheikhan erzählt, auf den sich in uralten Zeiten von allen Menschen auf der Welt nur eine alte Frau und eine Kuh hatten retten können. Wenn die Sintflut käme, dachte Leyla, und sie ein Flugzeug hätte, um auf diesen Hügel zu fliegen, und wenn sie dann nur einen einzigen weiteren Menschen retten könnte, oder zwei weitere Menschen, oder drei, vier, zehn, zwanzig, wenn jedenfalls nicht alle überleben könnten, wer sollte das dann sein, den sie mitnähme in ihrem Flugzeug, wen wählte sie aus? Und dann schämte sie sich für ihren Gedanken. Wer war sie, Gott, der über Tod und Leben ihrer Leute zu entscheiden hatte?

Sie saß in der Sonne und schrieb die Namen der vor dem Tod zu rettenden Menschen mit einem Ästchen auf den Boden.

Sie verwischte die Namen wieder, die Erde staubte. Sie zeichnete Muster, die nichts bedeuteten. Mittags, wenn alle schliefen, sprang sie barfuß von Schatten zu Schatten. Wenn sie doch einmal danebensprang, in einen Sonnenfleck, musste sie schnell sein, der Boden glühte. Sie stellte sich vor, sie ginge über Lava.

Die Großmutter, dachte Leyla. Sie würde die Großmutter als Erste mit in ihr Flugzeug nehmen.

Von allen Schwestern und Schwägerinnen von Tante Havîn mochte Leyla Tante Evîn am meisten. Im Dorf sagten die Leute, Havîn wäre die hübschere, wenn sie nicht immer so ein Gesicht ziehen würde, und Tante Evîn ist die klügere der beiden Schwestern. Leyla fand, Tante Evîn war das, was die Leute eine Erscheinung nannten. Sie hatte eine große Nase, eine tiefe Stimme, ein schallendes Lachen. Wenn sie sprach, dann laut und mit Nachdruck. Sie war nie zu übersehen. Zu allem gab sie Kommentare ab, aber Leyla hatte nicht das Gefühl, dass das irgendwen störte, im Gegenteil, die Leute schienen ihre Meinung zu schätzen. War Tante Evîn zu Besuch im Dorf, wollten alle Kinder mit ihr befreundet sein, überhaupt alle wollten von ihr gemocht werden.

Schenkte sie jemandem ihre Aufmerksamkeit, war das so etwas wie eine Auszeichnung.

Das lag daran, dass Tante Evîn erwachsen war, aber anders erwachsen als die Eltern und Großeltern. Auf unbestimmte Art war sie gleichzeitig jung, wirkte sorgloser als die anderen. Sie lachte viel, machte Witze, und trotzdem hatten alle Respekt vor ihr. Vielleicht, weil sie unverheiratet war und seit vielen Jahren ihre kranke Mutter pflegte. Leyla erinnerte sich, wie oft Tante Evîn, wenn sie bei ihr in der Stadt zu Besuch waren, mitten im Satz aufsprang, weil ihre Mutter nach ihr rief und Durst hatte oder Schmerzen oder auf die Toilette musste. Nicht einmal auf die Toilette konnte die Mutter alleine gehen.

Leyla wusste nicht, an was für einer Krankheit Tante Evîns Mutter litt. Vielleicht hatte man es ihr nicht gesagt, oder sie hatte es wieder vergessen. Die meiste Zeit lag die Mutter in ihrem Krankenzimmer und schlief. Rief sie mit dünner Stimme nach Tante Evîn, dann machte sie das so leise, dass Leyla es kaum hörte. Tante Evîn aber hörte es immer, egal, wie leise gerufen wurde. Meine Mutter, sagte sie dann und stand abrupt auf.

Manchmal bei ihren Besuchen, wenn der Vater sagte, los, Leyla, geh ihr Guten Tag sagen, unterhielt Evîns Mutter sich mit ihr. Aber nie lange, Leyla glaubte, dass selbst die kleinste Unterhaltung die Mutter überforderte. Tante Evîns Mutter sprach mit schwacher Stimme, und am Ende jedes Satzes drohte ihre Stimme völlig wegzukippen, so dass Leyla Mühe hatte, sie zu verstehen. Tante Evîns Mutter aber sah Leylas ratlose Miene und wiederholte ihre Sätze, bis Leyla noch verwirrter schaute und die Mutter sie abermals wiederholte, so lange, bis ihre Stimme nur noch ein Krächzen war, das zu ersticktem Husten wurde. Leyla überkam dann Panik, die arme Frau war schier am Ersticken, weil Leyla ihren Satz nicht verstanden hatte, und beim nächsten Mal nickte

Leyla von Anfang an eifrig, auch wenn sie wieder kein Wort von dem verstand, was Tante Evîns Mutter sagte.

Das ist schon viel Arbeit mit deiner Mutter, oder, sagte Leyla einmal, aber Tante Evîn zuckte nur mit den Schultern, ein wenig verwundert, was Leyla so dumm fragte. Was hätte sie denn sonst mit ihrer Mutter machen sollen, als ihr Essen zu geben und sie zu pflegen?

Leyla, stimmt es wirklich, dass ihr in Almanya Häuser habt, in die ihr eure Eltern bringt, wenn sie alt und krank werden, fragte Tante Evîn ein anderes Mal.

Später, als Tante Evîns Mutter gestorben war, pflegte Tante Evîn ihren Vater, der den Tod seiner Frau nicht verwinden konnte und den darüber seine Kräfte verließen. Als ihr ältester Bruder heiratete, kümmerte sie sich danach um dessen Kinder, die in ihrem Haushalt groß wurden. Und dann wurde sie auf einmal fünfundzwanzig Jahre alt. Als Leyla das hörte, konnte sie es nicht glauben. Nie hatte sie Tante Evîn mit irgendeinem Alter in Verbindung gebracht, so absurd ihr das im Nachhinein erschien, nie hatte sie daran gedacht, dass auch Tante Evîn wie alle anderen Menschen altern könnte. Auf Leyla wirkte Tante Evîn noch immer so jung, dass sie selbst die kleinen Fältchen, die sich mit den Jahren auf Tante Evîns Gesicht abzeichneten, die sich mehrten und größer wurden, nicht als etwas begriff, das mit dem Alter kam. Für Leyla waren es Lachfältchen. Und als in einem der Sommer graue Strähnen in Tante Evîns dunkelbraunem Haar auftauchten, fiel es Leyla erst spät auf, weil Tante Evîn vermutlich die ersten grauen Härchen herausgerissen hatte, ehe sie jemand bemerken konnte. Nicht viel später begann Evîn dann schon, ihre Haare zu färben, und Leyla gewöhnte sich rasch daran, dass Evîns Haar nun eine Nuance dunkler war und nahm es bald gar nicht mehr wahr.

Mit fünfundzwanzig Jahren, sagten die Leute im Dorf, findet Evîn keinen Mann mehr. Bestenfalls einen Witwer, wenn sie Glück hat.

Aber Leyla konnte sich nicht vorstellen, dass Evîn ernsthaft nach einem Witwer Ausschau hielt. Dazu schien sie immer zu beschäftigt.

Besuchten sie Evîn in der Stadt, machte sie Kebab und Pommes für alle, zu trinken gab es Pepsi und Seven Up. Sie spazierte mit Leyla und Zozan zur Hauptstraße, wo die Geschäfte waren, und kaufte ihnen dort Eis. Hinterher zeigte sie Leyla die Bücher, die sie für ihren Schulabschluss in Englisch hatte lesen müssen und die sie auf einem Regalbrett in ihrem Schlafzimmer aufbewahrte, Charles Dickens' *Weihnachtsgeschichte*, Charlotte Brontës *Jane Eyre* in Auszügen. Leyla fühlte sich auf einmal schüchtern. Allein mit Evîn in dem Raum, in dem einfach nur ein Bett stand, daneben der Schrank mit Tante Evîns und Tante Rengîns Kleidung, ein Spiegel an der Wand, unter ihm ein Ablagebrett, auf dem eine Schachtel Zigaretten und Nagellackfläschchen standen, wusste Leyla nicht, was sie sagen sollte. Hier in diesem Zimmer schlief Tante Evîn also, im Winter zumindest, im Sommer schliefen hier alle auf dem Dach. Zum Glück sprach Tante Evîn einfach immer weiter. Aber Leyla konnte sich nicht konzentrieren, starrte Tante Evîn bloß an und nickte zu allem. Ihre Wangen liefen rot an, fingen an zu glühen. Ach, lass uns wieder runter ins Wohnzimmer gehen, sagte Evîn plötzlich, zog eine Packung Marlboros aus ihrer Jeans und strich ihr enges T-Shirt glatt.

Leyla hatte Evîn nie ungeschminkt gesehen, selbst bei größter Hitze trug sie zumindest Lidschatten und Wimperntusche. Sie lackierte sich die Fingernägel, was im Dorf niemand machte, weil der Lack bei der Arbeit sowieso absplitterte. Um ihre Hände und die Nägel zu schützen, zog Tante Evîn sich zum Putzen und Abwaschen gelbe Plastikhandschuhe über und cremte sonst ständig ihre Hände ein, mit einer Handcreme, die sie wie die Marlboros immer bei sich hatte.

Einmal, als Evîn bei ihnen im Dorf zu Besuch war, vergaß sie im Wohnzimmer auf der Fensterbank ihre Packung Marlboros.

Leyla legte schnell ein Buch darüber, bevor es jemand anderes bemerkte. Sie wartete bis zum Abend und war ganz unruhig. Ungeduldig wartete sie auf einen Moment, in dem niemand sie beobachtete. Solche Momente waren selten. Während Leyla in Deutschland die Nachmittage nach der Schule allein zu Hause oder höchstens draußen mit Bernadette verbrachte, war sie in ihren Sommern bei den Großeltern selten allein. Alle schliefen sie zusammen auf den metallenen Hochbetten, ganz am Rand die Großmutter und neben ihr die Enkelkinder, ein paar Meter weiter der Großvater auf einem eigenen kleinen Bett, weil er zu alt war, um auf das Hochbett hinaufzuklettern, die anderen Männer nicht weit entfernt von ihm auf dem Dach über der Küche. Die Tage verbrachten sie gemeinsam im großen Wohnzimmer unter dem Ventilator und abends, sobald es kühler wurde, zusammen auf dem Hof, wo die Großmutter dann Matten und Kissen auslegte und die Nachbarn zum Teetrinken vorbeikamen. Manchmal ging Leyla mit der Ausrede in den Garten, etwas arbeiten zu wollen, nur um allein zu sein. Aber meist kam auch dann jemand mit, die Großmutter, um ihr zu helfen, Zozan, um ihr zu sagen, dass sie etwas nicht richtig machte, Mîran, Welat und Roda, weil sie sich immer langweilten und es ihre liebste Beschäftigung war, Leyla auf die Nerven zu gehen. Nicht einmal beim Duschen war sie vor den dreien sicher. Selbst wenn sie die Tür hinter sich abschloss, kletterten Mîran, Welat und Roda auf die Mauer und sahen durch das Fenster hinein in das Häuschen mit der Brause. Bis sie sich den Schaum aus den Haaren gewaschen, ihre Kleidung angezogen hatte und aus dem Badezimmer an der Großmutter und Zozan vorbei durch die Küche gerannt war, drauf und dran, die Cousins zu ohrfeigen, hatten sich diese längst davongemacht.

Die Cousins liebten es auch, Frösche und Eidechsen zu fangen und sie so lange mit Steinen und Stöcken zu traktieren, bis sie elendig starben. Weil sie sahen, dass Leyla das hasste und wütend wurde, taten sie es umso lieber.

In das Dorf, auf den Hügel in seiner Mitte und selbst in die Felder hinaus ging Leyla nie alleine. Ohne dass das irgendjemandem auch nur auffiel, war Spazierengehen unmöglich, weil das Land flach war, außerhalb des Dorfes keine Bäume wuchsen und man immerzu in Sichtweite blieb. Leyla fragte sich manchmal, was ihr lieber war, die langen, einsamen Nachmittage in Deutschland oder die heißen Sommer im Dorf, ununterbrochen umgeben von der Familie. Je mehr Wochen im Dorf verstrichen, desto stärker sehnte sie sich danach, wieder alleine zu sein.

Stand aber die Abreise bevor, wurde sie nervös. Wenn Zozan sich zu diesem Zeitpunkt über sie lustig machte, ließ sie es längst einfach über sich ergehen, aber wenn die Cousins an ihren Haaren zogen oder ihr Buch versteckten, wurde sie schnell wütend, und am Tag der Abreise schließlich weinte sie in das geblümte Kleid ihrer Großmutter, ihrer *Yadê*.

Als Tante Evîn ihre Zigaretten vergaß, dauerte es lange, bis Leyla endlich allein im Wohnzimmer war. Sie nahm die Packung, steckte sie in ihre Hosentasche und schob sie später in der Mauer hinter dem Hühnerstall zwischen zwei Lehmzicgcl.

Am nächsten Tag wartete sie bis zum Mittag. Schließlich war es draußen so heiß, dass alle anderen im Wohnzimmer unter dem Ventilator schliefen, nur Zozan und die Großmutter bereiteten schon in der Küche das Essen vor. Leyla holte die Zigarettenpackung aus dem Versteck in der Mauer, ging zum Waschbecken hinter der Küche, wo das rosa Seifenstück lag, mit dem sie sich jeden Morgen das Gesicht wusch, und stellte sich vor den Spiegel. Doch ohne Evîns enge Jeans und grellbunte T-Shirts sah die Zigarette in ihrem Mund falsch aus. Das Dorf war nicht der richtige Ort für Marlboros, dachte Leyla. Sie trug einen weiten Rock, den ihr die Tante im Jahr zuvor genäht hatte, ein von der Sonne ausgebleichtes T-Shirt, blickte auf den Hühnerkot vor sich auf dem Boden. Das Dorf war ein Ort für die selbstgedrehten Zigaretten des Großvaters, Marlboros waren Zigaretten für die Stadt.

Trotzdem nahm Leyla das Feuerzeug, das sie aus der Tabakdose des Großvaters geklaut hatte, und zündete die Zigarette an. Sie zog, traute sich aber nicht einzuatmen, jedes Husten konnte sie verraten. Sie blies den Rauch aus ihren Backen und löschte hastig die Spitze an der Hauswand.

Die nächsten Tage wartete sie auf einen passenden Moment, die Marlboros in ihren Koffer zu packen. Doch wie sollte sie die Zigaretten in Deutschland wieder aus dem Koffer nehmen, ohne dass die Eltern davon etwas merkten? Schließlich ließ sie die Packung in ihrem Versteck.

Im nächsten Sommer ging sie nach ihrer Ankunft als Erstes zur Mauer hinter dem Hühnerstall, doch die Marlboros waren nicht mehr da.

Onkel Memo war mit Leyla und Zozan in die Stadt gefahren. Sie hatten bei Tante Havîns und Tante Evîns Eltern und ihrem Bruder gegessen und waren dann wie jedes Mal zur Straße mit den Geschäften und zum Markt spaziert. Die Läden waren nicht ausgeleuchtet und hatten keine polierten Glasschaufenster, wie Leyla das aus Deutschland kannte, sie waren fensterlose Garagen, in denen sich die Waren auf wackligen Tischen und in Blechregalen stapelten. Auch die angebotene Kleidung war anders als die, die gerade in Deutschland modern war. Alles glitzerte, die Röcke reichten bis zu den Fußknöcheln, die Ärmel bis zu den Ellenbogen. Während man in Deutschland schlichte Kleidung schätzte, mochte man hier alles glanzvoll und protzig. *Unpraktisch*, hätte die Mutter gesagt. Überall gefälschte Markenlogos, Pailletten, Aufdrucke. Und Plastik, Plastik, überall Plastik: Die Schuhe, die sich auf den Tischen stapelten, die Armbänder, die Halsketten, das Spielzeug. Die Waren, genäht in chinesischen Fabriken, kamen auf LKWs durch Steppe, Staub und Gebirge, auf der alten Seidenstraße, wie der Vater Leyla erzählt hatte, vorbei an unzähligen Großstädten und kleinen Dörfern, bis sie irgendwann hier in Tirbespî in einem der fensterlosen Garagenläden auf einen Plastiktisch gestapelt wurden oder davor auf Kleiderbügeln baumelten.

Sucht euch etwas aus, sagte der Onkel, und Zozan stürzte sich auf die Kleidung und zog sofort eine geblümte pinke Bluse mit Trompetenärmeln heraus, während Leyla lange zögerte. Am Ende entschied sie sich für ein gelbes T-Shirt, das mit Strasssteinen aus Plastik beklebt und mit einem Schmetterlingsschwarm bedruckt war, weil Evîn ein ähnliches hatte. Leyla wusste, dass sie dieses T-Shirt in Deutschland niemals woanders als zu Hause tragen würde, schon gar nicht in der Schule, wo man sie dafür ausgelacht hätte. Aber die Mutter war nicht da, sie war im Dorf geblieben und half der Großmutter beim Brotbacken, und weil sie nicht da war und nicht sagen konnte, das ziehst du doch zu Hause niemals an, nickte der Onkel, und der Verkäufer packte das T-Shirt zu Zozans Bluse in die Plastiktüte, und Onkel Memo verhandelte. Am Ende ging der Verkäufer nicht mit dem Preis runter, legte aber noch eine Garnitur glitzernder Socken dazu, und er und der Onkel schienen zufrieden zu sein.

Bevor sich Onkel Memo mit ihnen wieder auf den Rückweg machte, gingen sie noch zum Schneider und holten ein Kleid ab, für das die Tante eine Woche vorher bei Leyla Maß genommen hatte. Es war über und über mit grünen Pailletten bestickt. Ein bisschen, fand Leyla, sah sie damit aus wie ein Fisch oder eine Meerjungfrau, die vielen Pailletten waren wie Schuppen.

Leyla trug das grüne Paillettenkleid später nur, wenn sie auf eine Hochzeit gingen. Zurück in Deutschland legte sie die Klamotten alle in das oberste Fach ihres Schrankes, und als sie sie im nächsten Sommer hervorholte, waren sie schon zu klein.

Den vielen Plastikschmuck, den sie in ihren Sommern geschenkt bekam, all die Haarspangen und Ketten, räumte sie in Deutschland in Schuhschachteln. Manchmal, wenn sie alleine zu Hause war, holte sie die Schachteln hervor, zog die Armreifen über die Handknöchel und steckte sich die Schmetterlinge ins Haar, machte dann ihre Hausaufgaben oder las. Bevor die Eltern nach Hause kamen, legte Leyla sie wieder zurück in die Schachteln, stellte die Schachteln zurück in den Schrank.

Die Großeltern waren Cousin und Cousine. Sie waren sich schon als Kinder versprochen worden. In welchem Jahr sie geheiratet hatten, konnte niemand mehr sagen. Sie mussten noch sehr jung gewesen sein, vierzehn vielleicht, fünfzehn, sechzehn. Fotos von der Hochzeit gab es nicht.

Leyla fragte sich manchmal, ob die Großeltern damals glücklich oder unglücklich gewesen waren. Wahrscheinlich hatten sich aber nicht einmal die Großeltern selbst jemals diese Frage gestellt.

Krankheiten waren Unglück, Unfälle und schlechte Ernten waren Unglück. Die Vertreibungen, als sie ein Kind gewesen war, von denen die Großmutter erzählte, der Ferman, die Massaker, wie einmal das Dorf umzingelt wurde, in dem sie aufwuchs, und alle êzîdischen Familien über Nacht fliehen mussten. Das ist Unglück, sagte die Großmutter. Dass Onkel Nûrîs älteste Tochter, ihr erstes Enkelkind, starb, als es noch ein Säugling war. Dass der kleine Aram, der Nachbarsjunge, von einer Schlange gebissen wurde. Dass der Geheimdienst die verbotenen Bücher des Vaters fand, die Liste der Demokratischen Partei Kurdistans, die Nûrî für den Vater aufbewahrt hatte. Das alles war Unglück. Dass sie den Großvater und Nûrî verhafteten, dass die Familie ihre Felder verlor.

Dass der Vater sein Aufwachsen im Dorf überhaupt überlebt hatte, grenzte an ein Wunder. Die Großmutter redete nie darüber, aber der Vater erzählte davon. Kinder waren im Dorf gestorben wie Fliegen. Sie wurden von Skorpionen gebissen, hatten Krankheiten und Unfälle. Ein Kind aus dem Dorf, erzählte der Vater, sei elend daran krepiert, dass ein ganzes Bienenvolk auf es losgegangen sei und es so sehr gestochen habe, dass es nicht mehr atmen konnte.

Es gab nicht nur die zwei Brüder des Vaters, den älteren Nûrî und den jüngeren Memo, und seine Schwester Pero. Es gab noch viele weitere Geschwister, die das Kindesalter bloß nicht überlebt hatten. Wie viele es genau waren, darüber war die Familie uneinig.

Ein Kind sei im Schlaf gestorben, als es noch sehr klein war, Selim. Ein anderes Kind sei schon tot zur Welt gekommen, ein anderes, auch ein Junge, schon älter gewesen, drei, vier Jahre. Er konnte schon sprechen, sagte der Vater, Mizgîn war sein Name. Ein kluges Kind, sehr süß. Es war Hochsommer. Es lag im Wohnzimmer und machte seinen Mittagsschlaf, die Großmutter hatte ein feuchtes Tuch über seinen Körper gelegt, gegen die Hitze. Bevor Mizgîn einschlief, soll er noch gefragt haben: Wann kommt Nûrî wieder?

Nûrî war viel älter als der Vater und arbeitete damals schon einige hundert Kilometer entfernt auf Montage, Brunnen graben, er kam nur alle paar Wochen nach Hause. Mizgîn hat nach ihm gefragt, hat dann kurz geschlafen und ist dann vor meinen Augen gestorben, sagte der Vater. Der kleine Junge ist aufgewacht, aufgestanden, bei der Wohnzimmertür zusammengebrochen. Der Nachbar ist noch herübergerannt, um den Puls zu fühlen. Wir haben ihn am selben Tag begraben. Der Großvater hat die ganze Nacht geweint, und am nächsten Morgen hat die Großmutter gesagt: Vielleicht hat Gott ihn gebraucht.

Der Vater erzählte, die Großmutter habe die Haare ihrer Kinder nicht geschnitten, bis die Kinder so alt waren, dass sie sprechen konnten. Das sollte sie vor Unglück und Krankheiten schützen. Doch die langen Haare und die vielen Gebete änderten nichts daran, dass es keine Ärzte gab im Dorf, und auch nicht in der nächsten Stadt.

In der Familie sagte man, die Großmutter habe ihr Leben lang nicht geweint, jedes ihrer Kinder und Enkelkinder bestätigte das. Manchmal wurde der Grund ihrer nicht geweinten Tränen bei den Kindern gesucht, die sie zu Grabe getragen hatte, manchmal bei ihrem Vater, den man ermordet hatte, als sie noch klein war, manchmal bei ihrem einzigen Bruder, der vor Jahrzehnten nach Mossul gegangen war und nie wiederkam. Wann aber der genaue Zeitpunkt gewesen war, an dem ihre Tränen versiegten, das konnte niemand sagen.

Telefonierte die Großmutter mit Leylas Familie in Deutschland, wollte sie immer zuerst wissen, ob alle ihre Kinder und Enkelkinder gesund waren. Versicherten sie ihr, dass es allen gut ging, teilte die Großmutter mit, wie es der Familie im Dorf ging, und in Tirbespî, Aleppo und Afrîn.

Weil sie selbst ohne Vater aufgewachsen war, mit vier Geschwistern und einer Mutter, die von morgens bis abends arbeitete, um ihre Kinder durchzubringen, dankte sie Gott dafür, dass sie keine Witwe war. Der Großvater war für sie ein guter Ehemann, und er war am Leben, das musste reichen. Er hatte für die Familie gesorgt, hatte die Felder bestellt, hatte Waren über die Grenze geschmuggelt. Die Großmutter hatte er nie geschlagen, zumindest hörte Leyla nie davon. Vielleicht war die Großmutter nicht von Anfang an in ihn verliebt gewesen. Aber vielleicht war das dann doch mit der Zeit gekommen, wie die Leute im Dorf sagten.

Als die Großmutter selbst ein kleines Mädchen gewesen war, hatten ihre Schwestern ihr jeden Morgen ihr schwarzes Haar zu zwei Zöpfen geflochten. Seyro die linke Seite, sagte die Großmutter, und Besê die rechte. Jetzt war ihr Haar weiß, aber sie trug die Haare immer noch gleich, nur dass sie die Zöpfe längst selbst flocht. Leyla liebte es, ihr dabei zuzusehen, zu beobachten, wie sie nach dem Haarewaschen sorgfältig mit ihrem grünen Plastikkamm durch ihr nasses Haar fuhr. Der Kamm war einer der wenigen Gegenstände, die der Großmutter und wirklich nur der Großmutter gehörten. Sie hütete ihn wie einen Schatz und versteckte ihn vor den Enkelkindern auf der Ablage über der Tür, zusammen mit einem Taschenmesser, einem in ein Stofftuch gewickelten Stück Seife, einem Metallkästchen mit Nadel und Faden und ein paar alten Fotos, um die ein Stück Garn gewickelt und geknotet war.

So selten wie der Anblick der Besitztümer der Großmutter war der Anblick ihrer langen, weißen Zöpfe, die sie tagsüber unter geblümten Kopftüchern versteckte und die alle anderen nur nach der Haarwäsche zu sehen bekamen.

Die Haut der Großmutter war furchig wie Rinde. Sie war die kleinste und zierlichste Frau im Dorf. Wären da nicht ihr Kopftuch und ihre faltige Haut gewesen, fast hätte sie wie ein Mädchen ausgesehen. Lachte sie, so hielt sie sich die Hand vor den Mund, als zieme es sich nicht, laut zu lachen. Sie war dünn, ihre Arme sehnig, ihre Hände knöchern. Leyla wunderte sich oft, wie stark diese dünnen Arme waren, wie schwer sie tragen konnten, wie unermüdlich sie waren. Der Großmutterkörper, dachte Leyla, bestand aus nichts als Muskeln, Sehnen und Knochen. Es gab kein Gramm Fett an ihm. Wahrscheinlich hätte er unter anderen Umständen ganz andere Formen angenommen. Es war die Feldarbeit, die sich ihn zu ihrem Werkzeug gemacht hatte, zu ihrem Lasttier. Er war wie ein Maulesel, bei dem jeder Muskel und jede Faser im Dienst der Arbeit stand.

Die Großmutter ging mit dem Oberkörper leicht nach vorne gebeugt. Sie sah immer wie gebückt aus, wirkte dadurch noch kleiner, als sie ohnehin schon war.

Sie stemmte oft die Hände in die Seiten, rieb sich den Rücken. Mir tut das Kreuz weh, sagte sie dann. Ihr Rücken hatte so viele Kinder und Enkelkinder getragen, Getreidesäcke und Wasserkanister, dass er irgendwann darunter verbogen war und sie seitdem einen Buckel hatte.

Man konnte die jahrzehntelange Arbeit nicht nur am Körper der Großmutter ablesen, am Buckel, an den Muskeln und an ihren verhornten Händen, sondern auch an ihren Bewegungen. Warf sie etwa den Hühnern ihre Körner hin, dann tat sie das mit immer derselben Handbewegung. Die Metallschüssel mit den Getreidekörnern in ihrer linken, griff sie die Körner mit der rechten Hand und schleuderte sie auf eine regelmäßige Weise, die sich nie änderte, Leyla konnte sie noch Jahre später wie einen Film vor sich sehen. Bewässerte die Großmutter den Garten, hielt dabei den Schlauch, ging von Beet zu Beet, kniete auf der Erde, zupfte Unkraut, grub den Acker mit der Hacke um oder fegte den Hof, dann waren ihre Bewegungen anders als die von Leyla, wenn diese dieselben Arbeiten verrichtete. Bei Leyla sah unbeholfen aus, was bei der Großmutter bei jeder Bewegung wie das Getriebe einer Maschine erschien.

Nichts an der Großmutter ließ jemals an irgendetwas Zweifel aufkommen. Sie wusste einfach immer, was zu tun war. Hätte jemand Leyla gefragt, wer der klügste Mensch überhaupt war, sie hätte geantwortet: die Großmutter. Hatte etwa Leyla Ohrenschmerzen, dann band die Großmutter Zwiebeln in Baumwolltaschentücher und legte sie ihr auf die Ohren. Sie konnte wie niemand sonst Mehl und Wasser so zu Brotteig mischen, dass er nicht innen an der Ofenwand kleben blieb und in die Glut fiel. Verirrte sich eine Schlange in die Speisekammer oder das Wohnzimmer, stellte sie eine Metallschüssel auf einem Dreifuß auf und gab Schafwolle und Kräuter hinein. Die Großmutter zündete die Mischung an, sie brannte nicht, aber Rauch stieg auf, beißender, stinkender Rauch. Die Schlangen können den Geruch nicht leiden, sagte die Großmutter.

Nimm dich in Acht vor den Schlangen, das sagte sie oft. Wenn du in den Garten gehst, zieh dir geschlossene Schuhe an. Pass auf, wohin du trittst. Wenn du spazieren gehst, lauf nicht ins Gestrüpp oder in die Felder. Spiel nicht in den Ruinen. Sonst ergeht es dir wie Aram, sagte sie. Aram, der von einer schwarzen Schlange gebissen worden und gestorben war, war die eine Geschichte, die man Leyla immer wieder über die Schlangen erzählte, die andere, wie der Großvater einmal nach seinem Mittagsschlaf unter seinem Kopfkissen eine Schlange gefunden hatte.

In den Sommern schliefen sie nicht nur wegen der Hitze draußen auf dem Dach oder in den Hochbetten, sondern auch wegen der Schlangen. Aber Leyla traute beiden Orten nicht. Wer sagte denn, dass Schlangen nicht auch klettern und sich hochschlängeln konnten, die Metallstäbe des Hochbetts hinauf?

Ihre Angst vor den Schlangen verließ Leyla auch zurück in Deutschland nicht. Die ausdruckslosen Augen dieser Tiere, wie lautlos sie über den Boden glitten. Leyla lief auch in Deutschland nicht hinaus in die Felder, wenn das Gras hoch stand. Sie trug immer geschlossene Schuhe, hob keine Steine vom Boden auf.

Manchmal träumte sie, dass die Schlangen in Deutschland auftauchten, in ihrem Fahrradkorb, unter ihrer Schultasche, unter ihrem Bett bei den Wollmäusen aus Staub, hinter den dicken Winterpullovern in ihrem vollgestopften Kleiderschrank. Sie wachte auf, konnte sich nicht bewegen, musste das Licht anschalten und unter ihrem Bett nachsehen, ob da auch wirklich keine Schlange aus dem Dorf war.

Leyla hielt sich immer an die Großmutter. Seit dem frühesten Sommer, sie war vielleicht drei oder vier Jahre alt, als sie das erste Mal in das Land gereist waren, aus dem der Vater kam. Seit Leyla die Großmutter das erste Mal gesehen hatte, folgte sie ihr.

Bewässerte die Großmutter die Pflanzen, hielt Leyla den Wasserschlauch, fütterte die Großmutter die Hühner, füllte Leyla die Näpfe mit Wasser. Sie folgte der Großmutter in die Küche, wo die Großmutter den Boden putzte. Sie stand neben ihr am Lehmofen, wenn sie Brot buk. Sie wartete auf sie, wenn sie in der Kammer hinter der Küche duschte. Sie saß vor der Tür, wenn sie wieder einmal alle Enkelkinder aus dem Schlafzimmer geworfen hatte, um ihre Sprechstunden abzuhalten, in denen sie die Leiden der Dorffrauen mit Kräutern und anderen geheimen Methoden behandelte. Die Großmutter als Verbündete zu haben war gut, das wusste Leyla. War sie bei der Großmutter, hatte sie plötzlich keine Angst mehr vor Schlangen oder Skorpionen, und auch Zozans verächtliche Blicke störten sie nicht mehr. Leyla vergrub einfach nur das Gesicht in die geblümte Schürze der Großmutter, wenn die Cousins sie ärgerten. Sie schlief neben der Großmutter ein, wachte neben ihr auf.

Die Großmutter ist eine alte Frau, sagte die Mutter. Wer weiß, wie lange sie es noch macht.

Jedes Jahr, bevor sie ins Auto nach Aleppo stiegen, um dort noch ein paar Tage bei Tante Xezal und Onkel Sleiman zu verbringen und dann weiter zum Flughafen zu fahren, zurück nach Deutschland für zehn lange Monate, dachte Leyla, dass das nun das letzte Mal war, dass sie die Großmutter sah.

Wäre ich so alt wie die Großmutter, dachte Leyla, ich hätte längst keine Geduld mehr, so höflich zu sein. Die Großmutter war nämlich wirklich sehr höflich. Sogar zu den Hühnern. Wenn sie morgens die Hühner fütterte, sprach sie mit ihnen. Wenn sie sich ins Haus verirrten, verscheuchte sie sie, aber blieb freundlich dabei, nie warf sie wie Zozan oder Tante Havîn Schuhe nach ihnen.

Die Großmutter lästerte auch nicht wie die anderen Frauen aus dem Dorf beim Teetrinken. In Wahrheit kamen die Frauen des Dorfes nämlich nicht für den Tee zu Besuch, sondern für das Reden. Sie liebten es, immer und immer wieder über alle Leute zu reden, ihre Krankheiten zu beklagen, die Nachbarinnen für deren Krankheiten zu bemitleiden, sich über die Marotten der Cousinen kaputtzulachen. Stundenlang konnten alle Frauen gemeinsam darüber lästern, dass Leylas Vater keine Êzîdin geheiratet hatte. Aber immerhin eine Krankenschwester, sagten sie dann. Auch der Großvater lästerte, worüber die Frauen in ihrem Kreis dann wiederum lästerten. Sie sprachen im Wohnzimmer immer wieder darüber, wie er den ganzen Tag draußen im Hof auf seiner Matte saß und schimpfte.

Die Großmutter saß zwischen ihnen, hielt ihr Teeglas in der Hand und lästerte niemals, schimpfte nicht, behielt für sich, was sie über andere Leute wusste. Der Vater sagte, die Großmutter ist eine religiöse Frau. Und obwohl der Vater ständig über religiöse Menschen klagte, sie sind ungebildet, sie wissen es nicht besser, war es ein Kompliment, wenn er es über seine Mutter sagte: Sie ist gläubig.

Zozan machte sich lustig über Leyla. Sie sagte, Leyla folge der Großmutter wie ein Hund, wenn Leyla in die Küche oder das Wohnzimmer kam und nach einer Schere oder der Garnspule suchte, um sie der Großmutter zu bringen. Leyla ist fleißig, sagte der Onkel und gab Zozan eine Ohrfeige. Aber ich bin das ganze Jahr fleißig, rief Zozan, und sagte dann nichts mehr, zog höchstens die Augenbrauen hoch, wenn Leyla wieder einmal mit der Großmutter aus dem Garten kam.

In einem der Sommer, als Leyla schon zwölf oder dreizehn Jahre alt war, legte die Großmutter Leyla und sich zwei Plastikbrettchen auf den Küchenboden. Heute machen wir Aprax, sagte sie und stellte eine Schüssel voller Weinblätter und eine zweite mit Reis, Bohnen und Lauchzwiebeln daneben. Leyla und sie schnitten die Lauchzwiebeln klein und vermengten sie mit den Bohnen, dem Reis und dem Tomatenmark. Dann legte die Großmutter sich und Leyla jeweils ein Weinblatt auf das Brettchen. So, sagte die Großmutter, häufte das Reisgemisch in die Mitte des Blattes und rollte es ein. Leylas erstes Weinblatt fiel gleich wieder auseinander. Die Großmutter gab ihr ein neues.

Die Weinblätter stapelten sie in einem Topf voller Zitronenscheiben und Knoblauch. Die Großmutter legte einen Teller über sie, damit sie beim Kochen nicht hochgeschwemmt werden konnten, kippte heißes Wasser darüber, stellte den Topf auf den Herd.

Heute machen wir Kutilk, sagte die Großmutter am nächsten Tag, als sie Besuch von Verwandten aus der Stadt erwarteten, und Leyla und sie brieten Zwiebeln und Hackfleisch und ummantelten das Gemisch mit Grieß.

Und heute machen wir Dew, sagte die Großmutter. Zwei Teile Joghurt, ein Teil Wasser und eine Prise Salz. Sie mischten es in einer Schüssel, rührten mit dem Schneebesen, bis es schaumig war, gaben getrocknete Minze dazu.

Von wem, sagte die Großmutter beim Abendessen zum Großvater, hätte Leyla das Kochen auch lernen können, wenn sie eine deutsche Mutter hat. Dabei ist es so wichtig, schließlich wird auch Leyla eines Tages heiraten! Die Großmutter sprach ständig vom Heiraten, weil sich in ihren Augen weder Leylas Vater noch Leylas Mutter ausreichend darum kümmerten. Sie schlug Leyla verschiedene Cousins zweiten Grades vor, was hältst du von dem, gefällt dir der, während sie zusammen Brotteig kneteten, Zwiebeln schnitten oder den Garten bewässerten. Sie brachte Leyla bei, Tee zu servieren, fremden Männern auf der Straße nicht in die Augen zu sehen, so dazusitzen, dass der Rock zu jedem Zeitpunkt die Beine bedeckte.

Eines Abends kam der Nachbar zum Tee. Er redete nicht lange, schlug einfach vor, dass Leyla seinen ältesten Sohn heiraten könne. Leyla solle ruhig noch in Deutschland die Schule fertig machen, dann werde man die Hochzeit im Dorf feiern. Der Nachbar sprach vom Brautpreis, sagte, wie viel zu zahlen er bereit sei. Es war nicht viel, der Nachbar war kein reicher Mann. Andere hätten viel mehr für Frauen für ihre Söhne bezahlt. Tante Rengîns Mann etwa sollte einen ganzen Haufen Gold für Tante Rengîn gegeben haben. Aber was kann man für Leyla schon verlangen, lachte Zozan später, als der Nachbar gegangen war, Leyla kann ja nichts. Und zu Leyla sagte sie, die wollen doch nur deinen deutschen Pass.

Sprich mir nach, sagte die Großmutter am Morgen. Leyla war noch müde, konnte die Augen kaum offen halten. Sie saßen beide aufrecht im Bett im Hof, Schulter an Schulter, und blickten zum Horizont, wo sich der erste schmale Lichtstreif abzeichnete. Schau, so, sagte die Großmutter und legte ihre Hände in ihrem Schoß übereinander. Leyla tat es ihr nach.

Amen! Amen!, sagte die Großmutter. Gott ist der Schöpfer des Ursprungs, mit der wundersamen Macht von Semsedîn. Sheikh Adî ist die Krone vom Anfang bis ins Jenseits. Gott, segne uns mit Wohltaten und wende Schaden von uns ab!

Leyla konnte der Großmutter kaum folgen. Die Worte aus ihrem Mund waren ihr fremd, sie hatte noch nie in ihrem Leben gehört, was die Großmutter sagte und wie sie es sagte. Die Worte der Großmutter kamen sehr schnell, folgten gleichförmig und wie ein einziger Fluss aufeinander, sie sprach mit jahrzehntelanger Gewohnheit. Der Großvater behauptete, dass seit dem Tag ihrer Heirat kein Morgen vergangen sei, an dem sie nicht ihr Gebet gesprochen habe. Die Großmutter selbst sprach nicht über solche Dinge, weder über ihr Beten noch über ihr Fasten. Sie betete und fastete so selbstverständlich, wie sie die Hühner fütterte oder die Wäsche von der Wäscheleine nahm.

Aber sie begann, Leyla täglich vor dem Morgengrauen zu wecken. Leyla kam das vor, als weihe die Großmutter sie in etwas ein, das größer als sie selbst war, bedeutungsvoller, als sie es mit ihrem Verstand erfassen konnte. Von Tag zu Tag bewegte sich Leyla sicherer durch den Gebetstext. Sobald sie das Morgengebet auswendig konnte und die Großmutter und sie es gemeinsam sprachen, holte die Großmutter sie auch abends und sprach mit ihr auch in Richtung der untergehenden Sonne. Oh Sheshims, wache über uns und die, die mit uns sind!

Der erste Tag, an welchem Gott erschuf, sagte die Großmutter, war der Sonntag. Gott schuf einen Engel, dem er den Namen Azrail gab, welcher Tawsî Melek, der Engel Pfau, ist.
Den Engel Pfau machte er zum größten von allen Engeln.
Von den Engeln kommt nur Gutes, sagte die Großmutter.
Leyla kam durcheinander, wenn die Großmutter von den Engeln und Heiligen sprach, und behalten konnte sie auch nichts. Alle Namen und Geschichten wirbelten hin und her, wieder und wieder entglitten sie ihr. Leyla hätte sie aufschreiben müssen, ein Heft anfertigen, in dem sie sie hätte nachschlagen können. Aber als die Großmutter ihr einmal wieder sehr viel erzählt hatte und Leyla sagte, Oma, ich muss das aufschreiben, sonst vergesse ich es, schüttelte die Großmutter den Kopf und sagte, nein, aufschreiben, wozu das denn? Die Großmutter trug ihr Buch auf der Zunge.
Besser im Kopf, Leyla, sagte sie.
Da ist es vor allen sicher.

Im kleineren der beiden Wohnzimmer, wo die Familie im Winter schlief und das bei viel Besuch zum Wohnzimmer der Frauen wurde, hing neben der Tür ein kleines Bild, auf dem ein riesiger Pfau zu sehen war. Der Pfau war fast so groß wie das alte Gebäude hinter ihm mit seinen zwei Dachspitzen. Das, hatte die Großmutter Leyla erklärt, war das Heiligtum Lalish. Leyla sah immer wieder, wie die Großmutter das Bild küsste.
Als sie das Beten lernte, fing sie an, es ihrer Großmutter gleichzutun. Die Großmutter musste sie nicht einmal dazu auffordern.

Kam Leyla in das Zimmer, küsste sie das Bild. Und nicht nur dann, manchmal, wenn sie aus dem Garten kam und in die Küche wollte, machte sie einen Umweg, um das Bild zu küssen. Wie die Großmutter es ihr gesagt hatte: Sie, Leyla, vom Stamm der Xaltî, vom Xûdan der Mend, aus der Kaste der Murids, war ein Kind vom Volk des Engels Pfau. Das kam ihr sehr bedeutsam vor.

War jedoch Zozan in der Nähe, vermied Leyla es, das Bild zu küssen. Sie konnte nicht genau sagen, weshalb, vielleicht aus Angst, sich vor Zozan lächerlich zu machen. Sie selbst jedenfalls hatte Zozan nie dabei beobachtet, wie diese das Bild küsste oder auch nur beachtete. Auch sah sie Zozan nie beten.

Als Leyla aber eines Tages das Bild küsste, kam Zozan doch zufällig gerade ins Zimmer. Zozan lachte. Du kannst es so oft küssen, wie du willst, rief sie, das macht aus dir noch lange keine Êzîdin. Êzîdin ist, sagte sie und klang dabei wie eine Lehrerin, wer einen êzîdischen Vater und eine êzîdische Mutter hat. Du bist keine Êzîdin, denn dein Vater hat eine Deutsche geheiratet.

Das stimmt nicht, sagte Leyla leise und stand trotzig in der Mitte des Zimmers. Es geht immer nach dem Vater.

Wer sagt das, fragte Zozan, während sie die Matten stapelte und die Kissen in das Regal in der Wand räumte.

Opa sagt das!

Ach was, sagte Zozan und lachte wieder, das ist doch nur Opas Meinung. Außer Opa sieht das niemand so. Und jetzt sei nicht traurig. Irgendwer muss dir ja mal die Wahrheit sagen.

Die Großmutter schien das alles nicht zu interessieren. Natürlich bist du Êzîdin, mein Kind, sagte sie. Wer sagt denn solchen Unsinn. Und erzählte dann einfach weiter.

Aus seinem Schoß hat Ezda, der Schöpfer, eine weiße Perle und einen kleinen Vogel erschaffen.

Die Perle legte er auf den Rücken des Vogels, und dort lag sie tausende Jahre, bis Ezda beschloss, die Erde zu erschaffen.

Dazu pustete Gott die Perle an, dadurch wurde sie warm und schließlich rot und zerplatzte in mehrere Stücke. Aus dem größten Stück entstand die Sonne, aus den anderen Stücken formten sich die Sterne und Dampf. Aus dem Dampf entstanden Wolken. Es regnete, und das Meer entstand. Gott erschuf nun ein Schiff und setzte die sieben Engel in das Schiff. Daraufhin fuhr das Schiff nacheinander in alle Himmelsrichtungen. Da die Welt zu diesem Zeitpunkt ausschließlich aus Meer bestand, wollte Gott nun festen Boden schaffen. Er warf Lalish ins Meer, und an dieser Stelle wurde das Meer fest. Als Teile des Meers zu festem Boden geworden waren, strandeten die sieben Engel in Lalish, sagte die Großmutter.

Nachdem Adam erschaffen worden war, forderte Gott, dass Tawsî Melek vor Adam niederknie. Tawsî Melek weigerte sich. Das war eine Prüfung, sagte die Großmutter. Ich werde nur dir gehorchen, sagte Tawsî Melek zu Gott, denn du bist mein Schöpfer. So bestand Tawsî Melek die Prüfung. Denn Gottes oberstes Gebot an die Engel lautete, vor niemandem außer ihm selbst niederzuknien. Weil Tawsî Melek sich dazu selbst Gottes Befehl widersetzt hatte, wurde er zum Verwalter und Statthalter der Erde erhoben. Heute noch werfen uns die Muslime und die Christen vor, wir würden das Böse anbeten. Weil bei ihnen der Engel, der sich Gottes Befehl widersetzt hat, als böse gilt. Wir aber, sagte die Großmutter, wir sprechen den Namen des Bösen nicht einmal aus.

Jedes Jahr zu Neujahr begibt sich Tawsî Melek, der Engel Pfau, der erste der sieben Engel, auf die Erde und trifft sich mit den Cilmer, dem Ältestenrat der Êzîden, bestehend aus vierzig Menschen, sagte die Großmutter. Dieser Tag wird heute gefeiert als

Çarşema Sor, roter Mittwoch. Ich weiß nicht, ob du dich erinnern kannst, Leyla. Du warst noch sehr klein, noch nicht in der Schule. Du warst im Frühjahr hier bei uns, im April, der Braut des Jahres. Damals haben du und ich zusammen mit Zozan das Haus mit Blumen und grünen Zweigen geschmückt und Eier gefärbt, und das war Çarşema Sor. Im Hof haben wir ein Feuer gemacht und Stofffetzen hineingeworfen. Das schützt uns vor Krankheiten.

Neben dem Pfauenbild hing an einem Nagel eine Tasche, die die Großmutter gewebt hatte. In ihr verstaut waren eine Plastikflasche, gefüllt mit Wasser aus der Kanîya Sipî, der weißen Quelle, und außerdem ein getrockneter Olivenzweig, zwei Tonkugeln und ein Stoffsäckchen mit etwas Erde aus Lalish.

So, sagte die Großmutter, nahm die Gegenstände und ließ sie in ihrem Rock verschwinden, ich muss kochen. Sie stand auf und verließ das Zimmer.

Leyla hätte die Gegenstände gerne noch weiter in der Hand gehalten, sie von allen Seiten betrachtet und geküsst, wie die Großmutter es immer tat. Sie übten Anziehung auf sie aus, obwohl sie nicht wirklich etwas mit ihnen anzufangen wusste, oder vielleicht gerade deswegen. Sie waren einfach wirklich magisch. Das Wasser, was unterschied es von anderem Wasser? An einem anderen Tag hielt sie es in einem unbeobachteten Moment gegen das Licht, schüttelte es, schraubte den Deckel auf. Es hatte dieselbe Farbe wie normales Wasser, es roch auch nicht anders, und trotzdem.

Auch der Olivenzweig hätte aus dem Garten sein können, und nicht aus Lalish, wie die Großmutter versicherte.

Die Tonkugeln lege man den Toten auf die Augen, sagte die Großmutter, als Leyla sie danach fragte.

Leyla war auch fasziniert von der winzigen Kette, die die Schwester der Großmutter am Kragen ihrer Bluse befestigt trug, als sie sie in einem der Sommer in ihrem Dorf in der Nähe von Afrîn besuchten. An der Kette befestigt waren winzige blaue Plastikperlen, eine winzige aus einem Ästchen geschnitzte Hand und eine etwas größere Perle, die aussah wie ein Auge. Als Leyla mit den Enkelkindern der Großtante draußen im Hof spielte, sah sie, dass alle Kinder von den Säuglingen bis zu den Mädchen in ihrem Alter solche winzigen Perlenkettchen an ihrer Kleidung trugen.

Wofür ist das, fragte Leyla.

Das schützt, sagten die Mädchen.

Wovor schützt euch das, fragte Leyla.

Vor dem bösen Blick, antworteten die Mädchen.

Alles bedeutete etwas. Man soll nicht auf die Erde spucken, weil auch die Erde heilig ist, sagte die Großmutter etwa, während sie im Hof vor der Küche saß und das Gemüse für das Abendessen schnitt. Leyla, bitte sei so gut und hol mir aus dem Garten Petersilie.

Den Namen des Bösen soll man niemals nennen, fuhr die Großmutter fort, als Leyla ihr die Petersilie reichte. Weil Gott keinen Widersacher kennt, sagte sie, aber das habe ich dir schon gesagt.

Man soll auch keine Schlangen töten, sagte die Großmutter, während sie die Petersilie im Spülbecken wusch, denn die Schlange ist ein Zeichen der Jahreszeiten, der Zeit und des Weges. Sheikh Mend Fekhra soll scincrzcit ungeheuer viel über Schlangen gewusst haben. Die Menschen kamen zu ihm, wenn eine Schlange sie gebissen hatte. Mit Gebeten und nur ihm bekannten Kräutern konnte er jedes Gift aus dem Körper der Menschen ziehen. Sein

Wissen gab Sheikh Mend Fekhra an seinen Sohn weiter, und der wiederum an seinen Sohn und immer so weiter. Bis heute ist die Sheikh-Mend-Kaste für Schlangen zuständig, sagte die Großmutter, lockerte ihr Kopftuch ein wenig, tupfte mit einem Stofftaschentuch ihre Stirn trocken, nahm dann die Petersilie aus dem Spülbecken und legte sie auf ein Plastikbrett, um sie klein zu hacken.

Was gut und was schlecht ist, erklärte die Großmutter Leyla, während sie Zwiebeln in der Pfanne dünstete, bis sie glasig waren. Sie gab Zucchini dazu, etwas Wasser, Tomatenmark, Knoblauch. Man soll nicht töten, sagte sie, weil Gott dem Menschen das Leben gegeben und darum auch nur er das Recht hat, es ihm wieder zu nehmen.

Leyla stellte einen großen Teller mit Bulgur auf das Tablett, zählte das Besteck ab, holte Brot und kleine Schüsseln aus der Speisekammer und trug das Tablett ins Wohnzimmer, die kleine Großmutter mit dem dampfenden Trshik-Topf hinter sich.

Scham kennen, sagte die Großmutter, Scham kennen ist wichtig, und keinen Blattsalat essen. Aber vom Blattsalat erzähle ich dir später.

Als sie später in der Küche standen und abspülten, erklärte sie tatsächlich, warum man keinen Blattsalat essen durfte, und wie so oft gab es mehrere Begründungen. Die eine war, dass der arabische Name für Salat *chass* auf Kurdisch *xas*, Heiliger, bedeutete, und man also keinen Salat essen sollte, um die Heiligen zu ehren. Die andere war, dass der Sheikh Adî einmal auf der Flucht vor einem Menschen gewesen war, der ihn töten wollte. Er fand Zuflucht in einem Salatfeld und versteckte sich unter den großen Blättern. Der Salat rettete sein Leben, und seitdem war der Salat heilig und es verboten, ihn zu essen.

Die Großmutter setzte Wasser auf und gab drei Löffel Tee in die Kanne. Sie stellte vierzehn kleine Teegläser auf das Tablett, dazu die Schale mit dem Zucker.

Nach dem Teetrinken konnte Leyla nicht schlafen und lag mit dem Kopf auf den Beinen der Großmutter einfach nur da.

Die Großmutter blickte auf sie hinunter und sagte, in Lalish gebe es einen Baum in der Nähe der heiligen Quelle Kanîya Sipî. Eltern gingen zu diesem Baum, wenn ihre Kinder nicht schlafen könnten, und legten dann zurück zu Hause ein Stückchen Rinde des Baumes in die Wiege ihres Kindes. Das helfe den Kindern sofort beim Schlafen, sagte die Großmutter und schloss ihre Augen.

Als Leyla dem Vater am nächsten Morgen beim Frühstück sagte, sie wolle nach Lalish fahren, schüttelte er entsetzt den Kopf. Was erzählt die Großmutter dir, sagte er. Das ist nicht gut.

Einmal war ich in Qamishlo, sagte der Vater, und habe auf der Straße einen Mîr getroffen, von unserem Stamm. Drei Wochen später hat sich dieser Mîr bei meinem Vater beschwert, dass ich ihm nicht die Hand geküsst hätte, als ich ihn dort in der Stadt sah.

Was soll das, sagte der Vater und schüttelte wieder den Kopf, soll der Mîr sich erst die Hände waschen, bevor ich sie küsse. Nein, Leyla, sagte der Vater. Wohin man auch guckt, Religionen haben immer nur den Fortschritt verhindert, ich habe es selbst erlebt. Religionen sind dazu da, die Menschen zu unterdrücken. In der Stadt gibt es Muslime, die bei unseren Leuten auf dem Markt kein Fleisch, keinen Käse, keinen Joghurt kaufen, weil sie uns unrein finden. Leyla, ich halte nichts von Religion. Religion hat mit fehlender Bildung zu tun, die Leute wissen es einfach nicht besser. Der Vater riss ein Stück Brot ab und tunkte es in die Aprikosenmarmelade.

In Lalish, sagte die Großmutter, leben Frauen, die Tempelhüterinnen sind. Sie tragen weiß. Man nennt sie Kebani. Nur die reinsten und besten Frauen können Kebani werden. Sie dürfen die Regeln unserer Religion niemals verletzt haben, zwei Priester müssen das bestätigen. Erst dann kann die Frau zum Mîr und zum Baba Sheikh gehen und darum bitten, in den Orden aufgenommen zu werden.

Als Kebani lebt die Frau dann bis an ihr Lebensende in Lalish. Sie heiratet nie. Sie hat für die Erhaltung des Tempels zu sorgen und für dessen Bewohner und die Besucher zu kochen und in sorgenvollen Zeiten zu beten. Die höchststehende unter ihnen ist die Mutter Sherin, die man auch die Mutter der Hüterinnen nennt. Neben vielen anderen Dingen stellt sie die heiligen Çira-Lichter her, die jeden Tag im Tempel entzündet werden.

Wie schön die Kebanis mit ihren geflochtenen Zöpfen aussehen mussten, mit ihren weißen Turbanen und den langen weißen Kleidern, wie sie im Tempelhof unter den Olivenbäumen saßen und Spindeln in den Händen hielten, mit denen sie Wolle zu Kerzendochten sponnen. Wenn ich groß bin, sagte sich Leyla, will ich Kebani werden.

Dass Leyla lieber bei der Großmutter war, als mit ihrer Cousine ins Dorf zu gehen und sich über die Dinge zu unterhalten, über die sich Mädchen in ihrem Alter nun einmal unterhielten, wunderte die meisten. Ein Problem war es nicht, aber die anderen machten sich darüber lustig, Zozan natürlich, Zozans Mutter Havîn, deren Schwestern und Schwägerinnen und auch Evîn. Die alten Frauen hingegen lobten sie dafür, die alte Nachbarin Frau Xane zum Beispiel, so ein gutes Mädchen, immer bei der Großmutter. Einig waren sich alle nur darüber, dass sich Leyla nur so merkwürdig verhielt, weil sie aus Almanya kam.

In der hintersten Ecke des Gartens, kurz vor dem Zaun, hinter dem die Felder und dahinter die Bergkette und die Grenze zur Türkei kamen, wuchsen die Tabakpflanzen des Großvaters. Jeden Sommer half Leyla bei der Ernte und beim Auffädeln der Pflanzen auf Schnüre, hängte sie mit der Großmutter zum Trocknen in die Speisekammer. Abends dann saß Leyla mit dem Großvater im Hof, und er versuchte, ihr das Zigarettendrehen beizubringen. Er nahm ein Blättchen, legte es in ihre kleinen Hände und sagte, sie solle etwas Tabak aus der Dose nehmen, das Blättchen mit dem Tabak in der Mitte zwischen ihren Fingern hin und her rollen, das Papier umschlagen, das Blättchen an der einen Seite anfeuchten. Er zeigte es ihr, so macht man das, und so. Aber wie sehr sie sich auch bemühte, ihr gelang es nicht. Erst viele Jahre später, als sie sich das erste Mal selbst Tabak kaufte, erinnerte sie sich plötzlich wieder an diese Augenblicke. An den kratzigen Geruch des Tabaks, an den Großvater. Sie fragte sich zum ersten Mal, wie der Großvater es damals geschafft hatte, noch immer seine Zigaretten zu drehen, obwohl er blind war. Sie dachte daran, als sie Tabak, Filter und Blättchen vor sich auf den Tisch legte und das Drehen übte. Die ersten Versuche waren kläglich, die Zigaretten fielen genauso auseinander wie ihre ersten gefüllten Weinblätter. Ob der Großvater damals einen Filter in seine Zigaretten gelegt hatte? Bestimmt nicht, dachte sie, aber plötzlich war sie sich nicht mehr sicher. Egal, wie sehr sie sich zu erinnern versuchte, sie sah es einfach nicht vor sich. Sie würde es niemals sicher wissen. Dieses eine Detail, die Filter in den Zigaretten des Großvaters damals im Hof in den Sommern im Dorf, sie hatte es vergessen. Dass sie das hatte vergessen können. Wie konnte sie es nur vergessen.

Das Erinnern hatte erst 2011 angefangen. Obwohl, nein, eher bald danach. 2011 war noch das Jahr der Revolution gewesen, voller Nachrichten und Erwartungen, eine goldene Zukunft steht uns bevor, die Freiheit, die Demokratie, die Menschenrechte. 2011 waren sie aufgeregt gewesen, hatten den Fernseher ununterbrochen angehabt, monatelang. 2011 hatte sich Leyla noch nicht erinnert, und auch der Vater hatte noch selten von früher im Dorf erzählt. Am Küchentisch hatten sie stattdessen immer weiter über die Revolution gesprochen, die Revolution dies, die Revolution das. Ein Jahr noch, hatte der Vater gesagt und vor Freude gelacht, dann ist der Diktator weg, und wir fahren in ein freies Land.

Leylas Erinnern begann gleich darauf. Es begann mit den Massakern, den Bombardierungen, der Zerstörung, begleitete die Zerstörung, folgte auf sie. Nach jedem Schock kam Trauer, um gleich darauf vom nächsten Schock wieder fortgespült zu werden. Alles nahm kein Ende. Und die Erinnerungen breiteten sich immer weiter aus, nahmen überhand, waren nicht mehr aufzuhalten. Wie eine Wunde, dachte Leyla, aus der Blut sickert.

Einmal hatten sie einen alten Schulfreund des Vaters besucht. Er war Hirte und mit seiner Herde auf einer Weide unweit des Dorfes. Leyla war wohl noch klein, jedenfalls waren die Schafe größer als sie, es waren vielleicht achtzig, neunzig Tiere. Ihr Vater und sie blieben eine ganze Weile, die Männer unterhielten sich. Der Hirte zündete sich eine Zigarette an, hielt dem Vater die Schachtel hin. Der Vater lehnte ab, er rauchte seit vielen Jahren nicht mehr. Eigentlich wusste der Hirte das, aber er war höflich. Der Hirte hatte im Auto eine Kassette angemacht. Er drehte die Lautstärke hoch, so dass man die Musik auf der Weide hören konnte. Cizrawî sang. Ich bin eine Taube, ich sitze über dem Dach eines alten Hauses. Ich bin verliebt in einen mit schwarzen

Augen, ach. Die Musik war viel zu laut für die alten Lautsprecher, sie knarzte.

Der Hirte setzte Leyla auf seinen Esel, der Vater machte ein Foto davon. Der Hirte nahm sie wieder herunter, die Männer kümmerten sich nicht weiter um sie. Leyla streunte zwischen den Schafen umher, sprach mit ihnen, traute sich aber nicht, sie zu streicheln, ihnen in ihre schmutzstarre Wolle zu greifen. Leyla starrte die Schafe an, die Schafe starrten zurück. Sie wirkten plump, wie sie mit ihren Mäulern den Boden nach trockenen Grasbüscheln absuchten, fraßen, weitertrotteten, dickbäuchig vor lauter Wolle. Als sich die Herde irgendwann plötzlich in Bewegung setzte, überkam Leyla Panik, sie fing an zu rennen. Wie eine Lawine kamen die Schafe hinter ihr den Hügel herunter. Hunderte Hufe, die auf den staubigen Boden trommelten. Leyla rannte und rannte, bis sie nicht mehr konnte, und trotzdem noch einmal weiter, und merkte nicht, dass die Schafe längst das Interesse an ihr verloren hatten und weit hinter ihr zurückgeblieben waren. Das begriff sie erst, als sie über einen Stein stolperte, sich die Knie aufschlug und sich dahin umdrehte, wo sie die Schafe vermutete, weil sie dachte, so, das war es jetzt, jetzt fressen sie mich wie trockenes Gras. Leyla musste weinen. Weder der Vater noch der Hirte konnten sie beruhigen. Die beiden lachten und sagten, was hast du Angst vor ein paar Schafen? Weil sie nicht aufhören konnte zu weinen, gab ihr der Hirte seine Gebetskette, mit der Leyla sonst immer gerne spielte. Aber die Gebetskette interessierte sie jetzt nicht.

Der Vater trug Leyla zurück ins Auto, und beim Abendessen sagte der Onkel, ich habe gehört, du hast Angst vor Schafen, und lachte. Habt ihr denn in Almanya keine Schafe?

Dachte Leyla später daran zurück, dann konnte sie diesen Tag keinem bestimmten Sommer zuordnen, konnte die Sommer überhaupt in keine Reihenfolge bringen. Ihre Erinnerungen waren nichts als einzelne Szenen, in Teilen bruchstückhaft, alle völlig ungeordnet. Fast nie konnte sie sagen, ob etwas in diesem Jahr passiert war oder in jenem. Hatte sie etwas vergessen? Was hatte sie vergessen? Sie wurde unruhig, wenn sie an das Vergessen dachte und wenn sie wirklich vergaß. Wenn sie sich nicht mehr an Namen erinnern konnte, an Orte, daran, ob es dieses Kleinkind gewesen war, das sie im Garten herumgetragen hatte, oder jenes. Wie die Zitadelle hieß, die sie einmal besucht hatten, wo sie die Steinchen gesammelt hatte, die bei ihren Eltern in irgendeiner Kiste lagen. Jedes Mal war so etwas für sie, als ob sie mit dem Vergessen alles ein zweites Mal verloren hätte, und diesmal endgültig.

Hätte ich damals schon gewusst, was noch kommt, dachte Leyla, ich hätte eine Kamera mitgenommen. Alle meine Sommer bei den Großeltern über hätte ich alles fotografiert. Jedes Haus, jeden Stein, jede Pflanze im Garten. Ich hätte auch alles katalogisiert, eine riesige Datenbank hätte ich angelegt, 37°05′27.5″N 41°36′55.4″E hätte ich sie genannt, das waren die Koordinaten des Dorfes. Ich hätte das getan, dachte Leyla, damit nichts jemals verloren gehen kann.

Sie hätte ihre Arbeit immer weiter ausweiten können, auf die Häuser der Verwandten etwa, in Tirbespî, in Aleppo. Oder überhaupt auf Aleppo, oder Haleb. Jedes Foto dieser Städte war jetzt wertvoll. Wie sie damals, als sie ihre paar Erinnerungsfotos schossen, Leyla vor der Zitadelle, Leyla mit Onkel Sleiman und Tante Xezal im Suq, Leyla bei Familienausflügen in der Altstadt, nicht ahnten, niemals zu ahnen gewagt hätten, was danach kam. Wenn alles verloren gehen konnte, dessen Leyla sich so sicher gewesen war, was war dann überhaupt sicher, fragte sie sich jetzt.

Sie konnte es kaum ertragen, sich die Fotos ihrer nichtsahnenden Familie damals in Aleppo anzusehen. Und die Stadt von damals zu betrachten, die so schön war, dass es wehtat.

Als sie auf den Webseiten der großen Zeitungen die Vorher-Nachher-Bilder von Aleppo zum Durchklicken präsentierten, kam sie selten bis zum letzten Bild.

Sie konnte alles nicht glauben. Alles, beides, vorher und nachher, kam ihr so unwirklich vor. So unwirklich wie das letzte Stück Savon d'Alep, diese Aleppo-Seife, die nach Lorbeer und Olivenöl roch und die sie jedes Jahr mit nach Deutschland genommen hatten. So unwirklich wie die metallene Baklavadose mit der Aufschrift *Sadiq*, die sie noch kurz vor dem Rückflug im aufgeräumten, glänzenden Transitbereich mit seinen Duty-free-Shops gekauft hatten, nicht ahnend, dass dies hier jetzt gerade ihre letzte Reise gewesen war. Wie die paar lächerlichen Steine, die Leyla irgendwann einmal am Fluss gesammelt hatte. Alles Beweise, dachte Leyla, auch in zehn Jahren noch, in zwanzig, dass es das alles wirklich gegeben hatte: das Dorf, die Städte, die Menschen, die Sommer.

Hesso, erzählte der Vater, wusste nicht, wie lange er gestanden hatte. Er lehnte regungslos an den kalten Felsen gelehnt. Er fröstelte. Seine Füße schmerzten immer stärker, bis er es schließlich wagte, sich zu setzen, ganz langsam, darauf bedacht, kein Geräusch zu machen. Noch bei der kleinsten Regung hielt er inne. Die Hand hatte er die ganze Zeit an der Pistole. War das der Wind oder ein Tier? So saß er dann da, die Dämmerung musste längst vorüber sein. Hier in der Höhle war es vollkommen dunkel. Er starrte in das Schwarz. Draußen hörte er die Wölfe heulen. Er betete zu Gott, dass sie ihn hier nicht finden würden, die Wölfe nicht und die Soldaten auch nicht. Schlafen konnte er in dieser ersten Nacht keine Sekunde. Er wagte kaum zu atmen. Wenn sie kamen, dann saß er in der Falle. Die Höhle, das wusste er genau, war Fluch und Segen zugleich. Sie konnte seine Rettung oder seinen Tod bedeuten. Wie viele Nächte er hier würde bleiben müssen, wusste er nicht. Ob die anderen überlebt hatten, auch nicht. Alles war so schnell gegangen. Drei von ihnen, erfuhr er später, hatte man getötet, und zwei gefangen genommen. Und das war, wusste er, schlimmer als der Tod.

Irgendwann wurde es heller, erzählte der Vater Leyla an einem anderen Abend, er erzählte die Geschichte oft. Am Anfang dachte Hesso, er bilde es sich ein, er hatte doch keine Sekunde lang die Augen zugetan. Aber es wurde tatsächlich heller, grauer. Und dann plötzlich konnte er mit Gewissheit sagen, es wurde Tag. Obwohl er den Höhleneingang von seinem Platz aus nicht sehen konnte. Noch immer wagte er nicht, sein Versteck zu verlassen. Er trank Wasser aus seiner Flasche, erleichterte sich an Ort und Stelle, aß von den getrockneten Feigen aus seinem Beutel. Obwohl er Hunger hatte, aß er immer nur eine von ihnen. Er musste sparsam sein, wer wusste, wie lang er noch hier in der Höhle festsitzen würde.

Es gab Wasser, das aus dem Berg zu kommen schien. Ein Rinnsal an der Wand. Er dankte Gott dafür, denn das Wasser gab ihm Zeit, er musste die Höhle nicht verlassen.

Die ersten Schritte ging er mit nackten Füßen, um Geräusche zu vermeiden.

Nach drei Tagen fing er an, Steinchen aufzureihen, für jeden Tag einen kleinen Stein. Er wusch sich das Gesicht, morgens und abends. Er zählte die Nüsse und Feigen aus seinem Beutel und sah ihnen beim Schwinden zu. Polierte die Pistole mit dem Stoff seines Mantels, nahm sie auseinander und setzte sie wieder zusammen, obwohl das sinnlos war. Aber er hatte in der Höhle nichts anderes, mit dem er seine Tage und Nächte füllen konnte. Die letzte Kugel war für seinen Kopf. Er würde nicht in den Händen der Soldaten sterben.

Er schlief auf dem nackten Boden, deckte sich mit dem Mantel zu. Aber sein Schlaf war dünn. Bei jedem noch so kleinen Geräusch wachte er auf. Er sah das erst zunehmende und dann wieder abnehmende Licht am Höhlenausgang. Er legte einen neuen Stein zu den anderen.

Die Tage vergingen. Sonne schien, er hörte Regen. Er sah Grün, Licht, war das eine Falle? Nur im Dunkeln traute er sich einige Meter aus seinem Versteck hinter dem Felsvorsprung hervor. Stets blieb er im Verborgenen der Höhle. Bis ihn der Hunger immer näher zum Höhlenausgang trieb. Bis er eines Tages am Ausgang stand. Ein Schritt, ein nächster.

Er ging nachts, bei Mondlicht, wieder barfuß, um möglichst leise zu sein, nur ein paar schwankende Schritte. Der erste Feigenbaum, der erste Apfelbaum, die ersten Kräuter am Boden. Als wäre er der erste Mensch. Sie lauerten nicht direkt bei der Höhle, so viel stand fest. Aber weit traute er sich trotzdem nicht zu gehen, und auch nicht ins Tal. Er ging zurück. Dreißig Steine häufte er auf. Sein Bart war lang gewachsen, sein Haar wirr, seine Fingernägel hatten schwarze Ränder. Beim einunddreißigsten Stein beschloss er, die Höhle endgültig zu verlassen. Die Soldaten mussten glauben, dass er tot war, zumindest taten sie das vielleicht, aber vergessen hatten sie ihn sicher nicht. Mühsam stieg er nachts hinunter ins Tal. Er stolperte, stürzte. Der Mond war fast voll. Es war hell.

Als er an die Tür seines Bruders klopfte, erkannte der ihn kaum, sagte der Vater. Der Bruder sah ihn an, als wäre er von den Toten auferstanden. Und rief dann einfach nur: Hesso! Er ließ ihn hinein. Ich dachte, du kommst nicht wieder, sagte er.

Die Frau des Bruders brachte Tee und gab ihm zu essen. Er wusch sich, schlief. Er schnitt sich die Nägel und den Bart. Einen Tag blieb er. Als es wieder dunkel war, brach er auf in Richtung Grenze.

Das hier war sein Haus, sagte der Vater zu Leyla, als sie zurückkamen vom Teetrinken bei einer Familie, der vor zwei Tagen ein Kind geboren worden war. Sie standen in der Mitte des Dorfes, vor einem eingefallenen Lehmhaus.

Seit er aus der Höhle gekommen war, sagte der Vater, schlief er nie wieder in einem Bett. Alle haben gesagt, Hesso habe in der Höhle einen Handel mit Gott gemacht. Wenn du mich hier lebend rausholst, soll er zu Gott gesagt haben, werde ich dir für immer treu ergeben sein.

Er hat immer nur Brot, Zwiebeln und Knoblauch gegessen, und Feigen, weil die ihm damals in der Höhle das Leben gerettet hatten, sagte der Vater. Leyla wusste, dass die Großmutter Hesso alle paar Wochen frischen Knoblauch vor die Tür gelegt hatte, bis zu Hessos Tod.

Er hätte anders leben können, sagte der Vater, er bekam eine Rente vom Staat, wie alle, die im Irak gegen Saddams Truppen gekämpft hatten. Aber er behielt seine Rente nicht. Er teilte sie zwischen den Familien im Dorf auf, die nicht wussten, wie sie über die Winter kommen sollten, gab sie den Witwen, die ihre Kinder versorgen oder die Arztkosten für ein krankes Kind oder Medikamente für einen altersschwachen Vater bezahlen mussten.

Sein Haus verfiel seit seinem Tod vor ein paar Jahren. Einmal, beim Spielen mit den Cousins und Zozan, wollte Leyla hineinklettern, aber Zozan packte sie am Arm und zerrte sie weg. Da sind Schlangen drinnen, sagte sie.

Als sie zurück im Hof waren, hatten der Onkel und die Großmutter eine große Blechwanne aufgestellt. Zozan und Leyla sollten die Plastikeimer aus der Speisekammer bringen, in denen sie die schon Tage zuvor überreifen Trauben gesammelt hatten. Um die Plastikeimer schwärmten die Fliegen. Zozan und Leyla schütteten die Trauben in die Wanne. Die Großmutter und der Onkel zogen Schuhe und Strümpfe aus und stiegen barfuß hinein. Der Saft der Trauben spritzte. Was dann mit den zerstampften Trauben passiert war, daran konnte sich Leyla nicht erinnern. Sie wusste nur noch, dass irgendwann Raki da war und in Plastikflaschen in der Speisekammer gelagert wurde, und dass Onkel Memo ihn auf dem Schwarzmarkt verkaufte. Raki war ein Getränk, das sich erst weiß färbte, wenn man es mit Wasser vermischte. Fast magisch war das.

Einmal erzählte der Vater Leyla, dass die großen Plastikkrüge auf dem Hochzeitsvideo von Onkel Memo und Tante Havîn nicht mit Wasser, sondern mit Raki gefüllt gewesen waren. Aber Raki aus Plastikkrügen zu trinken, davon hielt Leyla nichts. Viel lieber dachte sie an Evîn, wie die in ihrer linken Hand in einem länglichen Glas einen Raki auf Eis hielt und in ihrer rechten eine Zigarette. Wie Evîn vor dem Haus stand, an die Wand gelehnt, lackierte Fingernägel, rot angemalte Lippen, als sei sie nicht im verstaubten Dorf zu Besuch, sondern befinde sich in einer der Fernsehserien, nach denen Tante Havîn so süchtig war.

Dass Leyla gern bei den Erwachsenen war und nur halbherzig mit den Cousins spielte, wussten Mîran, Welat und Roda genau. Jagten sie die Frösche am Brunnen mit Steinen, dann ekelte Leyla sich und sagte, sie sollten damit aufhören. Aber die Cousins hörten nicht auf sie, und am Ende lagen die Frösche tot auf dem Boden. Kletterten die Cousins heimlich über die Mauer auf das Haus und sprangen von Dach zu Dach, bekam Leyla Angst, sie könnten fallen, und wollte lieber still dasitzen und die Aussicht über Hof und Garten genießen. Die Cousins waren ihr oft zu anstrengend. Trotzdem war Leyla dabei, wenn sie mit dem Fahrrad, das dem Nachbarskind gehörte, die Straße hinter dem Dorf auf und ab rasten. Was sie eigentlich nicht durften, wegen der riesigen Lastwagen auf ihrem Weg in die Türkei. Mîran auf dem Fahrrad, wie er auf der Höhe der Ölpumpe zu beschleunigen begann, direkt auf den Pulk von Cousins, Leyla, den anderen Jungen zu, der schreiend in die Felder auseinanderstob. Die Jungen, die gleich darauf Mîran hinterherjagten, ihn schließlich von seinem Fahrrad rissen.

Leyla war dabei, wenn die Cousins die Hühner mit Stöcken in die Felder jagten. Sie stand daneben, lief mit. Die Cousins akzeptierten sie, weil sie anders als Zozan nie petzte.

Später fragte sich Leyla manchmal, ob sie sich weniger allein fühlen würde, wenn sie nie im Dorf gewesen wäre. Ob sie, wenn sie nicht wüsste, dass sie allein war, sich einfach nicht allein fühlen könnte.

Sie fragte sich das, wenn sie ganz für sich von der Schule nach Hause lief, die ordentliche, in regelmäßigen Abständen von grünen Bäumen gesäumte Straße entlang, weil sie den Bus verpasst hatte, nur für sich an den Bäumen und an den Autos vorbei, an den Vorgärten und leeren Hauseinfahrten, in denen nicht einmal Hühner waren. Zu Hause war es dann so still, dass sie das Gluckern in den Rohren hören konnte, die Geräusche von draußen, Autos und Flugzeuge. Sie saß einfach nur da und war nur sie selbst. Und auch wenn sie abends einzuschlafen versuchte, war da niemand, der links und rechts neben ihr lag. Ihr Atem war der einzige im Raum. Das konnte sie verrückt machen.

Und auch noch einmal später fragte sie sich das immer noch, als sie schon über Jahre hinweg nicht mehr im Dorf gewesen war, längst in der Stadt lebte und von Zwischenmiete zu Zwischenmiete zog. Ihre Mitbewohnerinnen, die die Zimmertüren hinter sich schlossen. Und sie, die das auch machte, weil sie alle es so machten, jeden Abend dieses Schließen der Zimmertüren hinter sich. Alle lagen sie in ihren Zimmern und schliefen. Und wieder Leylas Atem, der der einzige im Raum war.

Im Dorf war nie niemand da, es gab keine Klingeln, die Türen waren immer offen, die Nachbarn kamen und zogen die Schuhe vor dem Haus aus, ein richtiger Haufen von Schuhen und Plastikschlappen. Die Nachbarn blieben zum Tee, gingen erst irgendwann viel später wieder, und gleich darauf kamen die Freunde des Großvaters, und irgendwann schliefen Leyla und die Cousins auf dem Hochbett in einer Reihe ein, neben ihnen am Rand die Großmutter. Hin und wieder schlich sich Leyla davon, folgte der Schotterstraße aus dem Dorf hinaus, vorbei an den Feldern oder auch den Hügel in der Mitte des Dorfes hinauf zu den Gräbern, um von dort aus die Gegend zu überblicken. Spätnachmittags stand die Sonne tief im Westen, es war dann nicht mehr ganz so heiß. Im Osten und Süden sah Leyla die Ölpumpen, im Norden die Berge am Grenzstreifen zur Türkei, wo früher die Minen vergraben gewesen waren, und gleich unter ihr die lehmbraunen Flachdächer des Dorfes mit den Satellitenschüsseln und den Stromkabeln an ihren Masten von Hof zu Hof, bei denen Leyla nie irgendeine Ordnung oder gar ein System erkennen konnte und die es damals, als der Vater hier aufgewachsen war, noch genauso wenig wie die Satellitenschüsseln gegeben hatte.

Das hier war auch ihr Dorf, nicht nur das der Großeltern, des

Vaters, der Tanten, Onkel, Cousins und Cousinen. Von hier aus konnte sie den Garten sehen, wenn sie an ihn dachte, nannte sie ihn *unseren Garten*, mit seinen Rosensträuchern und den Olivenbäumen, die der Vater gepflanzt hatte, wenige Monate bevor er gegangen war. Von hier oben aus konnte sie das Tor vor dem Hof sehen, vor *unserem Hof*, und im Hof waren jetzt gerade *unsere Babykatzen*, gleich beim Lehmofen, in dem Leyla jeden Morgen mit der Großmutter die Brote buk.

Ein paar Häuser weiter sah sie die Dorfschule, mit Stacheldraht umzäunt, der voller Löcher war, durch die sie immer kletterten, wenn die Schule geschlossen hatte und sie auf dem Hof Fußball spielen wollten. Das alles, dachte Leyla, war jedes Jahr für die Dauer des Sommers auch ihres. Als ob sie, aber wahrscheinlich wusste sie das damals noch nicht, sondern begriff es erst später, immer wieder für die Dauer von ein paar Wochen ihr Leben unterbrechen würde, um an einem anderen Ort ein anderes Leben weiterzuführen, das sie dann nach Ablauf dieser paar Wochen erst ein Jahr später wieder fortsetzte. Und nie reichte die Zeit, immer weinte die Großmutter zum Abschied und bat den Vater, Leyla doch einfach das ganze kommende Jahr lang dazulassen.

Und Leyla wusste dann bereits, dass sie ihr Kurdisch im Laufe des Jahres wieder verlernen und die Worte im nächsten Sommer erneut mühsam zusammenklauben müssen würde. Sie würde auch nicht mehr wissen, wo die Kanalisation im Dorf verlief und wo sie springen musste. Manchmal, dachte Leyla, wäre es vielleicht besser, nie hiergekommen zu sein oder niemals wieder hierherzukommen, nichts vermissen zu müssen und nicht vermisst zu werden. Oder vielleicht wäre auch das nicht besser, aber einfacher, wenigstens.

Wenn Leyla auf dem Hügel stand, war sie froh, allein mit ihren Gedanken zu sein. Die Cousins waren wie immer mit sich selbst beschäftigt, und Zozan wäre die letzte Person gewesen, die Leyla hier hätte bei sich haben wollte. Sie schämte sich immer in genau solchen Momenten vor Zozan, als ob Zozan erraten könnte, was Leyla fühlte. Und war dann oft neidisch auf Zozan, auch wenn sie das nie zugegeben hätte. Im Gegensatz zu ihr hatte Zozan das Dorf das ganze Jahr über, immer war es ihr Zuhause. Stieg Zozan auf den Hügel, sah sie nichts, von dem sie bald schon wieder Abschied nehmen musste.

Kam Leyla nach einem Jahr zurück in das Dorf, machte sie als Erstes eine Bestandsaufnahme. Die Katzenbabys waren keine Katzenbabys mehr, der Hofhund war tot. Der Hühnerstall war umgebaut worden, Mîran hatte sein erstes Schuljahr beendet. Rengîn aus dem Nachbarhaus war in die Stadt gezogen, weil sie Evîns Bruder geheiratet hatte, die Nachbarin Um Aziz hatte eine Tochter geboren.

Sobald sie Zeit fand, ging sie dann wieder auf den Hügel, sah sich das Dorf wieder von oben an. Von dort oben wirkten alle Veränderungen geringer. Immer war es dasselbe Lehmbraun der Dächer, waren es dieselben bloß leicht gewellten Felder, war es dieselbe trockene Landschaft.

Selbst der Schwund, der damals schon längst im Gange war, war von hier oben kaum zu sehen.

Um ihn wahrzunehmen, musste man durch die Höfe gehen, vorbei an den verwaisten Häusern, ihrem bröckelnden Lehm, den zerfallenden Fassaden und verwitternden Türen, von denen der Lack abplatzte, den längst niemand mehr erneuerte. Die Schlangen nahmen die Häuser ein, der Wind trug Samen von den Feldern herbei, struppiges Kraut bewuchs die Wände und die Dächer. Die einst aus der Erde gemauerten Häuser sanken wieder zurück in den Boden, der Regen spülte das Stroh vom Dach, der Wind löste den Lehm.

Als der Vater hier gelebt hatte, waren fast zweihundert Familien da gewesen. Längst lebte nicht einmal mehr die Hälfte von ihnen hier.

Die Dämmerung spuckte die Moskitos aus, Leyla drehte sich noch einmal um und blickte nach Norden. Sie stellte sich vor, eine Kamera zu sein, ihr Kopf ein Filmstreifen. Die Berge im Norden, die Ölpumpen im Osten und Süden, die Straße nach Tirbespî im Westen. Sie machte sich auf den Weg zurück.

Vielleicht war auch einfach nur lächerlich gewesen, wie sie damals dort oben gestanden hatte, ein reicher Agha, der seine Ländereien überblickte. Dabei war doch das Dorf nicht mehr als eine Ansammlung ärmlicher Lehmhütten gewesen, in denen die Kleinkinder bei schlechten Ernten, im Jahr der Dürren, wenn es im Dorf nicht mehr genug zu essen gab, den Putz von den Wänden schabten und sich in den Mund stopften, wegen der Nährstoffe im Kalk. In denen, wie es sich unter der Hand erzählt wurde, die älteste, noch nicht volljährige Tochter sich verkaufte, um die Familie durch den Winter zu bringen, wenn kein Geld mehr da war, seit der Vater drei Jahre zuvor nach Deutschland gegangen war und nie die versprochenen Euros geschickt hatte. Weil er, wie alle im Dorf wussten, aber niemand der Familie zu sagen wagte, in die Spielhallen ging und das wenige verdiente Geld gleich wieder verlor. Das Dorf war nichts als eine Ansammlung von Lehmhütten, zu denen erst Stromleitungen verlegt worden waren, als die arabischen Dörfer in der Gegend schon lange Elektrizität hatten, Lehmhütten und um sie herum überall Müll, Plastik, achtlos weggeworfene Flaschen, Tüten, Bonbonpapiere. Vielleicht lagen die Hütten gar nicht im gelobten Land, mit reichem, fruchtbarem Boden, wie der Vater immer sagte, dieses in jeder Hinsicht unbedeutende Dorf im Land des Stammesführers Haco, irgendwo zwischen Euphrat und Tigris.

Die Landschaft hatte sich verändert, seit der Vater das Dorf verlassen hatte, und würde sich weiter verändern. Nicht nur die Stromleitungen waren entlang der Straße bis zum Dorf gespannt worden, nicht nur die Minenfelder waren geräumt worden, nicht nur die Schotterwege geteert. Sondern die Türken auf der anderen Seite der Grenze hatten mit dem Bau ihrer Staudämme begonnen, hatten den Fluss zwischen Tirbespî und dem Dorf zu einem schlammigen Bach werden lassen. Als der Vater ein Kind gewesen war, hatte es oft so viel Wasser gegeben, dass der Fluss übertrat, nun aber fraß sich Trockenheit in das Land. Die Leute im Dorf sagten, wenn der große Staudamm in Hasankeyf erst einmal fertig gebaut sei, werde der Fluss ganz austrocknen, und Hasankeyf wiederum in den Fluten versinken. Die Leute im Dorf sagten, dass sie schon heute ihre Brunnen tiefer bohren mussten als noch vor zehn Jahren.

Während die Männer im Alter des Vaters alle schwimmen konnten, hatten es die Jungen in Leylas Alter nie gelernt. Der Fluss war aber nicht nur für das Schwimmen gut gewesen, sondern auch für das Fischen, und gefischt wurde mit den Minen aus dem Grenzstreifen. Weil die Kinder mit ihren kleinen Händen sich dafür am besten eigneten, schraubten sie die Zünder ab und ersetzten sie durch Schnüre, erzählte der Vater Leyla. Die Minen kamen alle zusammen in einen Sack, den Sack trugen die Kinder hinunter zum Fluss.

    Es gab einen Schlag, der die Luft erzittern ließ, das Wasser schoss als Fontäne hoch. Dann war es wieder still, die Fische schwammen oben.

Die Minen bekamen die Leute aus dem Dorf von den Händlern, wenn diese wieder in den Grenzstreifen geräumt hatten. Die Händler kamen aus dem Dorf und aus den Nachbardörfern und von überall, in einem undurchschaubaren Netzwerk von Händlern und Unterhändlern, das sich über alle Dörfer und Städte des Landes erstreckte und über die Landesgrenzen hinaus, in die Türkei hinein, in den Irak, in den Iran. Mit den Minen aus dem Grenzstreifen hinter dem Dorf hatte man die Peschmerga im Irak versorgt bei ihrem Kampf gegen Saddams Truppen, darauf war man stolz im Dorf.

Die Händler wurden von der Regierung Schmuggler genannt, denn natürlich gingen sie illegal über die Grenze. Im Dorf aber nannte man sie Händler, weil es das war, was sie taten, Handel treiben. Ihr Gang nachts über die Grenze war ihr Beruf. Sie waren schon über die Grenze gegangen, als es noch keine Minen gegeben hatte. Schon als da noch nicht einmal eine Grenze gewesen war, hatten sie Handel getrieben. Sie lebten davon, irgendwas musste man essen, ob es nun verboten war oder nicht, der Hunger trieb sie über die Felder. Sie transportierten Tee und Tiere, Tabak oder Medikamente.

Der Tee zum Beispiel: Bei ihnen kostete ein Kilogramm Tee zehn Lira, auf der anderen Seite konnte man ihn für das Doppelte verkaufen. 70, 80 Kilogramm Tee konnte ein Esel tragen. Oder Schafe: Auf der anderen Seite gab es viele Schafe, die Gegend dort war gebirgig und fruchtbar. Die Händler hatten von dort schon ganze Herden über die Grenze getrieben. Einmal war das türkische Militär hinter ihnen her gewesen, aber die Händler waren schneller und brachten ihre Schafe in Sicherheit. Die türkischen Soldaten beschlagnahmten stattdessen die Schafherde eines ahnungslosen arabischen Hirten ein paar Kilometer weiter, man erzählte es sich im Dorf wieder und wieder.

Die Grenze war lang, etwa tausend Kilometer, unmöglich, sie komplett zu bewachen. Jeden Kilometer gab es einen Wachturm mit zwei Soldaten. Die Landminen waren überall dort, wo nicht natürliche Barrieren wie Berge oder Flüsse den Grenzbeamten halfen. Dreißig, vierzig Meter waren die Minenfelder breit. Die Händler kannten schmale Trampelpfade, Streifen, die sie geräumt hatten und von denen nur sie wussten.

Leyla musste an die Papierserviette denken, auf die viele Jahre später ihr Vater mit seinem Kugelschreiber kleine Kreuzchen malte, das Netz der Minen auf den Feldern. Die Soldaten hatten den Befehl, ihre Grenze auch mit Waffen zu verteidigen. Sie saßen in ihren Wachtürmen und schossen auf die Händler. Einmal schossen die Händler, dreißig, vierzig an der Zahl, mit ihren Pistolen und Gewehren vom Schwarzmarkt zurück, verteidigten ihre Tiere und Waren, und natürlich wurde auch davon im Dorf immer wieder geredet. Alles musste immer schnell gehen. Bevor die Soldaten Verstärkung holen konnten, mussten die Händler über die Grenze gekommen sein.

Trotzdem haben wir viele Händler zu Grabe getragen, sagte der Vater.

Wenn sein Vater, Leylas Großvater, nachts unterwegs gewesen war, hatte Leylas Vater als Kind kein Auge zutun können. Er starrte dann in die Dunkelheit des Sommers, in die graue Schwärze. Die Händler gingen nur bei Halbmond. Bei Vollmond war es zu gefährlich.

Das Hundegebell, das Scharren der Hühner im Stall. Etwas lag in der Luft, das jeden Moment zu zerreißen drohte. Die Schüsse, die explodierenden Minen konnte man im Dorf hören.

Die Großmutter betete bei jeder Detonation, dass es nicht ihr Mann war, der unter den Toten war.

Und die Kinder hatten ein Spiel. Sie legten kleine Steine auf den Boden, als Minen, und bildeten zwei Mannschaften, die Händler und die Grenzsoldaten. Die Händler mussten so schnell wie möglich auf die andere Seite gelangen, ohne von den Grenzsoldaten erwischt zu werden. Wer auf einen Stein, eine Mine trat, der war draußen, tot.

Einmal, erzählte der Vater, wollten Leute aus dem gegenüberliegenden Nachbardorf auf der türkischen Seite über die Grenze kommen. Es war Januar und eisig und die Landschaft weiß. Irgendwann fing es wieder an zu schneien, mitten in der dunklen, fast mondlosen Nacht. Die Leute müssen sich verlaufen haben, immer im Kreis, ihre Fußspuren verwehte der Schnee. Erst am nächsten Morgen hörte es auf zu schneien. Die Sonne schien wieder, die Luft war klar. Die Dorfbewohner stiegen auf den Hügel. Sie sahen zu, wie die Leute von der anderen Seite der Grenze vorsichtig über die Ebene gewandert kamen, wie sie die Erfrorenen wegtrugen.

Ein paar Jahre später wurden die Kämpfe zwischen den Händlern und den Grenzsoldaten brutaler. Die türkische Regierung schickte Panzer. Die Dorfbewohner wiederum hoben einen Graben hinter dem Garten der Großeltern aus. Jede Familie im Dorf hatte ein oder zwei Kalaschnikows. Wenn sie Schüsse von der Grenze hörten, legten sich die Männer des Dorfes mit den Kalaschnikows in den Graben und warteten.

Der Vater schwieg eine Weile, an ihrem Tisch in der Küche, stand auf, goss sich noch einmal Tee nach, gab einen Löffel Zucker hinein, und Leyla dachte schon, er habe seine Erzählung beendet, da fing er wieder an zu reden.
    Einmal sind die Truthähne des Nachbarn über die Grenze ab-

gehauen. Wahrscheinlich suchten sie einfach nur etwas zu fressen. Sie liefen immer weiter und weiter, in irgendeine Richtung über die Felder, wie Truthähne das eben so machen. Mit ihren trippelnden Truthahnschritten rannten sie durch die Minen, die ihnen nichts anhaben konnten, sie waren zu leicht. Mit ihren spitzen Schnäbeln pickten sie in die Erde und fraßen Körner, bis sie irgendwann in einem anderen Land waren, ohne irgendetwas davon zu ahnen. Als der Nachbar es bemerkte, war es längst zu spät. Er stand dann auf der Straße, den Rücken zum Dorf, und brüllte in Richtung Grenze. Die Abendsonne schien ihn von der Seite an, und er brüllte nach seinen Truthähnen. Die Landschaft verschluckte seine Stimme.

In der Dorfschule war Leyla nur ein einziges Mal gewesen, mit Zozan, Mîran und Roda, an einem Tag Anfang September, die neuen Schulbücher abholen. Die Dorfschule war keine Schule, wie Leyla sie kannte, dazu war sie vor allem zu klein. Es gab nur drei Klassenräume, von den Wänden bröckelte auch hier der Putz, die wenigen Regale waren alt, abgenutzt, zum Teil beschädigt. Die Kohleöfen wurden in den Wintern von den Dorfbewohnern beheizt, die Kinder selbst brachten die Kohle dazu von zu Hause mit. Es gab keine Stühle oder Tische, aber dafür in jedem Zimmer ein Bild des Präsidenten.

Vor seinem Gesicht war man nirgendwo im Land sicher. Es hing als Plakat großformatig an den öffentlichen Gebäuden, war auf Mauern gemalt, schaute von den Schlüsselanhängern der Taxifahrer in den Städten und von den Rückspiegeln in den Bussen, baumelte neben Heiligenbildern und Duftbäumchen, prangte eingerahmt in Wohnzimmern über Sofas und Fernsehern. Es war in Bücher gedruckt, stand in Regalen. Der Präsident hatte seine Augen überall, und Leyla fürchtete seinen Blick, wenn sie ihm begegnete. Die Augen des Präsidenten konnten sehen, was sie dachte und was man in der Familie über ihn erzählte, glaubte sie. Auf der Straße in der Stadt ging sie schnell an seinem Gesicht vorbei, weil sie hoffte, dass er sie so rascher aus den Augen verlor, fürchtete dann, er könnte die Angst in ihren Schritten sehen und lief wieder langsamer. Leyla war das Leben unter den Präsidentenaugen nicht gewohnt. Sie fragte sich, wie es die anderen täglich schafften, an ihm vorbeizugehen, ohne ihm aufzufallen. Ob sie alle sich wirklich an seine Augen gewöhnt hatten, oder ob sie das Gehen unter seinen Augen und unter denen seines Vaters nur jahrzehntelang so sehr perfektioniert hatten, dass man ihnen ihre Angst und ihre Wut inzwischen nicht mehr ansah.

Leyla konnte nicht anders, sie wurde nervös, wenn sie sein Gesicht sah. Ihre Schritte gerieten dann immer wieder ins Stocken, sie strauchelte. Das lag nicht nur an seinem Blick, sondern auch an etwas, das mit ihm zusammenhing. Der Vater hatte ihr schon davon erzählt, als sie noch klein war.

Ihr Vater hatte nämlich oft über ihn gesagt, er habe seine Augen überall, auch dort, wo man sie nicht sehe. Seine Augen seien Leute, von denen man genau das nicht vermute. Niemandem im Land könne man trauen.

Neben den vielen Bildern des Präsidenten gab es ebenso viele von seinem Vater, der vor ihm Präsident gewesen war. War das Haar des Präsidenten schwarz und dicht und saß wie ein Schwamm auf seinem Kopf, so war das Haar des Präsidentenvaters hellgrau mit lichten Stellen, seitlich über den Kopf gekämmt, als wolle er seine kahle Kopfhaut darunter verstecken, was jedoch nicht gelang, dazu war das Haar zu dünn. Vater und Sohn hatten beide denselben dünnen Schnauzer, dieselben dünnen Lippen, dieselben kleinen, etwas zu nah beieinanderstehenden Augen, der Vater in Braun und der Sohn in Blau.

Immerhin war der Präsidentenvater tot. Aber trotzdem traute Leyla seinen Augen nicht, schämte sich fast für ihre abergläubische Angst. Der Präsidentenvater war tot, und tote Augen konnten nicht sehen, und schon gar nicht aus einem Plakat heraus, sagte sie sich immer wieder. Doch das Netz aus Augen, von dem der Vater gesprochen hatte, lag so lückenlos über dem Land, dass es auch nach seinem Tod weiterbestand. Naturgesetze schienen für den Präsidentenvater nicht zu gelten. Der Präsidentenvater war genau wie der Präsident Vergangenheit, Gegenwart und Zukunft seines Landes.

Stieg Leyla in Deutschland aus dem Flugzeug, dann wusste sie, dass sie den Augen des Präsidenten und denen seines Vaters entkommen war. Umso mehr erschreckte es sie, als sein Bild ein paar Jahre später plötzlich auch in Deutschland überall zu sehen war. In den Zeitungen, im Fernsehen, im Internet, überall plötzlich sein Name. Jedes Mal versetzte es ihr einen Schlag, jedes Mal zuckte sie zurück. Ermahnte sich dann, sich nicht so anzustellen, sagte sich, sie sei doch im Gegensatz zu den anderen in Sicherheit. Trotzdem drehte sie die Zeitung um, wenn sein Foto auf der ersten Seite war.

Und irgendwann später tat sie das nicht mehr. Aber an seinen Anblick konnte sie sich trotzdem nie gewöhnen.

Oft stellte sie sich vor, wie es wäre, ihn zu töten. Obwohl sie nicht hassen wollte, stellte sie es sich vor. Stellte sich vor, wie sie so wie der Schmied Kawa in der Newrozlegende in seinen Palast eindrang, wie sie die polierten, glänzenden Böden entlangschritt. Wie ihre Schritte hallten, wie sie schließlich vor ihm stand. Er saß auf einem seiner gepolsterten Sessel, sie zückte ihre Pistole. Ihre Hand zitterte nicht, sie drückte ab. Der Rückstoß. Und dann – hier endete ihre Vorstellungskraft.

Der Vater sagte, sie hätten ihre Leute auch in Deutschland.

Leyla hatte sie noch nie zu Gesicht bekommen. Und selbst wenn, sie hätte sie bestimmt nicht erkannt.

Sprach der Vater von ihnen, dann sagte er meistens *sie* oder *seine Leute*. Selbst nach so vielen Jahren in Deutschland saß die Angst der Sprache des Vaters noch im Nacken. Immer sprach er von *ihm*, nie nannte er seinen Namen.

Höchstens sagte er manchmal *Hafez al-Addass*, Hafez der Linsen. Und lachte laut. So habe ich ihn früher immer genannt, sagte er, niemals bei seinem richtigen Namen.

Leyla versuchte, sich *seine Leute* vorzustellen. In ihrer Vorstellung sahen sie ihm alle ähnlich. Sie trugen seine Anzüge, hatten seine schmale Statur, seine schwarzen Haare, sogar seine Augen, seine Ohren. Er ist der Kopf, dachte sie.

Onkel Hussein war der Mann von Tante Pero. Er war klein und schmächtig und hatte immer ein gutmütiges Lächeln auf den Lippen. Sein silbernes Haar schnitt er selbst und war überhaupt nicht so eitel wie die jungen Männer im Dorf heute, wie die Großmutter sagte. Er trug seine Hemden, bis der Stoff durchgescheuert war, und flickte sie, bis nichts mehr zu flicken war, schnitt sie danach zu Streifen. Mit den Streifen band er die Weinreben an ihre Stangen oder gab sie Tante Pero, zum Putzen.

Beim Gehen schleifte Onkel Hussein mit den Füßen über den Boden, seine Bewegungen waren langsam. Auf Leyla wirkte er immer wie jemand, der keinen starken Stürmen standhalten konnte.

Besuchte Leyla die Tante, schenkte er ihr Süßigkeiten. Angelaufene Schokolade, in glitzerndes Papier gewickelt, klebrige Bonbons aus dem Dorfladen, die Leyla nicht mochte.

Ärgerten Mîran, Welat, Roda, Siyabend und Rohat sie, schimpfte er und fuchtelte drohend mit seinem Gehstock.

Zur Begrüßung kniff er Leyla in die Wangen. Als sie noch klein war, wirbelte er sie immer in der Luft herum, hielt sich danach das Kreuz und klagte über seinen Rücken.

Dass der Vater niemals mit Leyla zur Tante ging, fiel ihr erst Jahre später auf. Damals war es so selbstverständlich wie das Krähen des Hahns am Morgen, wie das Pochen der Ölpumpen hinter dem Dorf, wie die Hitze jedes Mittags.

Nie dachte sie über den Vater und den Onkel nach. Der starre Blick ihres Vaters, wenn Tante Pero zu Besuch war und jemand zufällig auf ihren Mann zu sprechen kam. Onkel Hussein lässt Grüße ausrichten, sagte Tante Pero, als sei das das Normalste der Welt. In Leylas Erinnerung aber bebte ihre Stimme leicht, was sie verriet. Denn es war natürlich nicht normal, sich Grüße auszurichten, obwohl das Grundstück des Onkels direkt an das Grundstück der Großeltern grenzte und sich alle sowieso andauernd besuchten. Und es war auch nicht normal, dass der Vater nicht auf die Sätze der Tante einging, sie überhörte, als hätte die Tante nie irgendetwas gesagt. Der Vater verzog sein Gesicht nicht, und Leyla konnte nicht lesen, was er dachte. Er sah an der Tante vorbei an die leere Wand.

Warum hatte sie das alles nie gewundert? Es hätte sie doch wundern müssen, dachte Leyla. Goss der Vater abends im Garten die Beete und trat Onkel Hussein in den Nachbargarten, dann erstarrte der Vater für einen Moment, bis er sich wieder gefangen hatte und sich in eine Ecke verzog, in der Onkel Hussein ihn nicht sehen konnte. In ihrer Erinnerung kam ihr das natürlich auffällig vor. Aber Streit hatte es sowieso immer gegeben. Ständig überwarf sich irgendwer mit irgendwem. Der Onkel mit der Nachbarin, die Tante mit der Schwägerin, der Großvater mit jedem. Und meist vertrugen sich alle wieder, bevor Leyla auch nur verstanden hatte, worum es bei dem Streit überhaupt ging.

Leyla selbst hätte nie daran gedacht, nicht mehr zu Tante Pero zu gehen. Selbst wenn der Vater und Onkel Hussein offen gestritten hätten. Auf die Streitereien der Erwachsenen nahm Leyla keine Rücksicht, das erwartete auch niemand von ihr. Im Gegenteil, wenn der Onkel Streit mit der Nachbarin zur anderen Seite hin hatte, wollte er von Leyla hören, dass die Kekse der Nachbarin nicht schmeckten, dass ihr Haus dreckig war und Leyla keinen Tee bekommen hatte, als sie dort gewesen war. Und Leyla erzählte ihm, was er hören wollte, auch, wenn es nicht stimmte.

Leyla ging also ständig zwischen dem Grundstück der Tante und dem der Großeltern hin und her. Sie klopfte nicht mal an, sie streifte nur ihre Schlappen ab, stieß die Tür auf und ging barfuß in das Haus hinein, es war sowieso immer jemand da.

Ob es den Vater gestört hatte, dass sie Onkel Husseins Süßigkeiten aß, dass sie sich neben ihn setzte, wenn er fernsah, dass sie ihm Wasser brachte, wenn er sie darum bat? Hätte man sie in irgendeinem der Sommer gefragt, ob sie Onkel Hussein mochte, sie hätte genickt und sich über die Frage gewundert, natürlich, er war doch Tante Peros Mann.

Richte deinem Vater Grüße von mir aus, sagte Onkel Hussein. Und Leyla nickte, sagte aber kein Wort davon zu ihrem Vater.

Jahre später fragte sie sich, wie das hatte sein können. Ihr musste doch aufgefallen sein, dass sie Onkel Hussein dem Vater gegenüber nie erwähnte. Es war keine bewusste Entscheidung gewesen, sicherlich. Aber warum hatte sie sich selbst nie darüber gewundert?

Wie geht es deinem Vater, fragte Onkel Hussein manchmal.

Das war eine harmlose Frage. Sie kam unauffällig daher. Jeder fragte jeden ständig, wie geht es deinem Vater? Wie geht es deiner Mutter? In Deutschland natürlich nicht, aber im Dorf wäre es sogar seltsam gewesen, nicht danach zu fragen. Aber war Onkel Husseins Frage wirklich harmlos? Im Nachhinein konnte Leyla es nicht sagen. Wie war die Stimme des Onkels damals gewesen, als er seine Frage stellte? Wollte er tatsächlich einfach nur wissen, wie es dem Vater ging? Hoffte er, über Leyla an Informationen zu gelangen? Überschätzte sie ihn, wenn sie ihm so etwas zutraute? Oder war er einfach ein guter Schauspieler?

Was macht dein Vater so, fragte Onkel Hussein.

Und Leyla antwortete: Alles gut. Dieses und jenes. Er arbeitet.

Spielt er noch Saz, fragte Onkel Hussein. Leyla nickte.

Geht er noch auf Demonstrationen, wollte Onkel Hussein wissen. Leyla schüttelte den Kopf. Er spielt zu Hause Saz, nach der Arbeit, sagte sie.

Jetzt, Jahre später, ärgerte sie sich über seine Fragen. Warum hatte er das wissen wollen? War er neugierig? Höflich? Horchte er sie aus? Hatte er ein schlechtes Gewissen? Liebte er seinen Schwager? Wollte er ihn verraten?

Hussein, du Hund, dachte Leyla.

Weder machte irgendwer sich die Mühe, ihr zu erklären, warum Onkel Hussein und der Vater nicht mehr miteinander sprachen, noch hielt man es absichtlich vor ihr geheim. Dass Leyla den Grund erfuhr, war Zufall.

Sie kam gerade in die Küche, als der Vater zur Mutter sagte: Hussein ist einer von ihnen. Der Vater sagte das so, als ob er sich sicher war, dachte Leyla.

Im Sommer darauf mied Leyla das Grundstück von Tante Pero. Nicht, dass sie gar nicht mehr hinüberging, aber viel seltener. Den Fragen wich sie aus: Warum kommst du uns so selten besuchen?

Die Freundlichkeit der Tante war ihr unangenehm. Schenkte Onkel Hussein ihr Süßigkeiten, lehnte sie dankend ab, kein Hunger. Kein Hunger auf Bonbons, Onkel Hussein schüttelte den Kopf. Wie kann ein Kind keinen Hunger auf Bonbons haben?

Beharrte er auf seinem Geschenk, spuckte Leyla die Bonbons draußen in den Staub. Sie hatten ihr sowieso nie wirklich geschmeckt.

Manchmal sah sie Onkel Hussein abends vom Garten aus. Wie er auf seinen Gehstock gestützt am Zaun stand und sich mit dem Hirten unterhielt, der mit seinen Schafen, den Ziegen und dem Hund von den Feldern nach Hause gekommen war und auf der anderen Seite des Zaunes stand. Sah der Onkel zu ihr herüber, machte sie es nun wie der Vater, drehte sich schnell weg und setzte sich hinter das Bienenhaus, bis er verschwunden war.

Ihm musste auffallen, dass sie viel seltener kam. Als ob er und sie sich darauf geeinigt hätten, sich zu meiden, kam auch er plötzlich viel weniger zu den Großeltern zum Tee, was er in den Sommern davor manchmal getan hatte, wenn der Vater nicht da war.

Später sagte Leyla, sie habe ihn ohnehin nie gemocht. Sie habe alles schon immer gewusst, seine ganze Art sei listig gewesen, falsch.

Der Vater vermutete, dass es an Onkel Hussein lag, dass er in dem Jahr, in dem der Großvater starb und er zur Trauerfeier einreisen wollte, Probleme bekam. Beweisen konnte er das nicht, aber wem und zu welchem Zweck hätte er es auch beweisen sollen?

Die Fragen kamen noch später. Wie kann er einer von ihnen sein, fragte sich Leyla, wenn er doch einer von uns ist? Kann er einer von uns sein, wenn er einer von ihnen ist?

Aber war er denn wirklich einer von ihnen? Wie war er zu einem von ihnen geworden? Lag es am Geld, war er käuflich? Er war arm, das wusste Leyla, bei Tante Pero und Onkel Hussein regnete es im Winter in das Haus hinein, er hatte Schulden und drei Söhne, die alle noch zur Schule gingen und irgendwann heiraten mussten. Und zum Heiraten brauchten sie für ihre Frauen Geld, das die Familie nicht hatte. Wollte er weg aus dem Dorf, fort aus dem Land, in dem sie als Staatenlose nur geduldet waren und es keine Zukunft für sie gab? Schlepper waren teuer. Oder hatte man ihm sogar einen Pass versprochen, und damit eine Zukunft für seine Söhne? Sicher hatte er es für Geld gemacht, so einer war er also, käuflich. Oder hatten sie ihn erpresst, bedroht, unter Druck gesetzt? Und wenn er am Ende selbst ein Opfer war? Und was, wenn sie die ganze Zeit nur nach Entschuldigungen suchte für den Mann, der mit ihrer Tante verheiratet war und seinen Schwager verraten hatte?

Jeden Morgen um sieben Uhr haben wir uns vor dem Unterricht im Schulhof versammelt, sagte der Vater. Der Direktor hatte einen Schüler der oberen Klasse ausgewählt, die Fahne zu hissen. Der Himmel über dem Schulhof war blau. Die Fahne wehte in dieses Blau hinein. Wir standen in unseren olivgrünen Uniformen mit geradem Rücken da, Brust raus, Kopf nach vorne, zum Direktor hin, gleich neben der Fahne. Der Direktor brüllte. Wir sangen, jede Klasse einzeln. Beschützer des Heimatlandes, Frieden sei mit euch! Unser stolzer Geist wird nicht unterworfen werden, die Wohnstätte der Araber ist ein Heiligtum! Umma arabiya wahida. Eine arabische Nation. Dann erst gingen wir Reihe hinter Reihe in unsere Klassenräume.

Sobald wir die Schule wieder verlassen hatten, wechselten wir die Sprache, sagte der Vater, so wie wir unsere Kleidung wechselten, die Schuluniformen abstreiften. Arabisch war nicht unsere Sprache, nicht die Sprache unserer Eltern, nicht die Sprache unserer Großeltern. Bevor wir in die Schule kamen, konnten wir nur Kurdisch. Arabisch war die Sprache der großen Städte, Damaskus, Aleppo, Homs, in denen wir noch nie gewesen waren. Ein paar vereinzelte arabische Hirten gab es in unserer Gegend, aber als Kinder hatten wir mit ihnen nichts zu tun. Der erste Schultag war ein Schock, wir waren nicht darauf vorbereitet. Von einem Tag auf den anderen mussten wir auf Arabisch sprechen, schreiben, rechnen und lesen.

Der Lehrer hatte einen Stift, erzählte der Vater. Er gab dem Klassensprecher den Stift und sagte, wenn du hörst, dass einer ein Wort Kurdisch redet, dann gibst du ihm diesen Stift, und er muss ihn dann weitergeben an den Nächsten, der Kurdisch spricht. Der Stift wanderte von Schüler zu Schüler, und wer ihn als Letzter in der Hand hielt, bekam Prügel.

Hand aufmachen, bellte der Lehrer, und dann sauste der Stock nieder, auf und nieder, auf und nieder, bis die Hände rot und geschwollen waren. Der Lehrer hatte eine Liste neben dem Pult liegen. Er zählte unsere kurdischen Wörter, für jedes Wort gab es zehn Schläge.

Immer wieder änderte der Lehrer seine Methode, sagte der Vater. Einmal musste ich meine Hände auf meine Ohren legen, und er schlug mit dem Stock darauf. Zu Hause stellte meine Mutter mir einen Eimer kaltes Wasser hin. Meine Hände waren so geschwollen, dass ich sie tagelang nicht bewegen konnte. Der Lehrer war Baathist, jeder wusste das. Aus einem fernen Teil des Landes in unser Dorf gesandt und bereit, gegen alles zu kämpfen, das dem arabischen Nationalismus im Weg stand.

Der Lehrer ging auf die ganz Kleinen los, in der ersten Klasse. Sie zitterten und brachten kaum ein Wort heraus, wenn er sie etwas fragte. Einer machte sich einmal vor Angst in die Hose, und das machte den Lehrer noch wütender. Irgendwann beschloss ich, ihn umzubringen. Ich schwor mir: Ich nehme eine Pistole, gehe in die Schule und erschieße ihn. Ich habe mir das oft vorgestellt, wie ich vor ihm stehe, meine Pistole aus der Hosentasche ziehe, wie sie in meiner Hand liegt und ich abdrücke.

Aber dann fassten wir einen anderen Plan. Im Unterricht saßen wir auf unseren Blechkanistern, Stühle gab es keine. In unseren Blechkanistern schmuggelten wir Steine in den Klassenraum. Als der Lehrer wieder zu brüllen anfing, schüttelten wir die Kanister, so dass es ungeheuer donnerte. Es war sehr lustig. Ich fing an zu lachen, weil der Lehrer immer weiter brüllte, wir aber unsere Kanister immer weiter schüttelten, und das Brüllen des Lehrers einfach im Donner unterging. Und irgendwann ging es weiter, ich kann nicht sagen, wer den ersten Stein geworfen hat, war ich das oder jemand anderes. Der Lehrer ist rausgerannt, wir ihm hinterher. Wir haben ihn aus dem Dorf gejagt. Das war fünf Wochen vor den Sommerferien.

Im nächsten Schuljahr haben sie uns keinen Lehrer in das Dorf geschickt. Ein Êzîde aus der Stadt sprang ein, einer von uns. Er wohnte bei einer Familie im Dorf, und alle Familien legten zusammen, um ihm etwas Geld oder Essen zu geben. Er war sehr streng. Wir waren in der sechsten Klasse, aber er unterrichtete den Stoff der neunten Klasse. Abends ging er von Haus zu Haus und sah durch die Fenster. Wenn er uns bei etwas anderem als beim Lernen sah, bekamen wir am nächsten Morgen in der Schule Ärger. Er drohte uns mit Schlägen, hob aber nie die Hand gegen uns. Er wollte, dass wir gut waren. Er wusste, wir hatten keine andere Wahl, als gut zu sein, und wir wussten das irgendwann auch.

Syrien war eine arabische Nation, wir aber sind Kurden, sagte der Vater. 1962 hatte es ein Dekret gegeben. Die Kurden in Hasake wurden damals aufgefordert, ihre syrischen Ausweise abzugeben, weil diese erneuert werden sollten. Sie bekamen sie nie zurück.

Es stand von Anfang an in meinen Unterlagen, sagte der Vater.

Er hielt seine Geburtsurkunde in der Hand und las es Leyla vor: Nationalität *adschnabi*, Ausländer. Der Vater lachte. Fast verwundert, als ob er es selbst kaum glauben konnte, dachte Leyla, so wie er jedes Mal wirkte, wenn er seine Geschichte erzählte, mit Hilfe der Dokumente und Fotos, die er wie zur Beweisführung aus seinem Koffer hervorholte. Der Koffer war, soweit Leyla wusste, *der* Koffer, mit dem der Vater nach Deutschland gekommen war. Mittlerweile war dieser Koffer ausgebeult, das Leder speckig, die Kanten abgewetzt. Nur der Vater hatte den Schlüssel zu ihm, Leyla wusste nicht, wo er ihn aufbewahrte.

Es geschah immer auf dieselbe Weise. Er fing an zu erzählen, in der Küche oder manchmal auch im Wohnzimmer, die Tüte mit den Sonnenblumenkernen vor sich, und irgendwann, mitten im Erzählen, unterbrach er sich, lachte, als könne er selbst kaum glauben, was er gerade gesagt hatte, stand auf und holte den Koffer aus dem Wohnzimmerschrank. Es war, als zeige er mehr sich selbst als Leyla das passende Foto oder Dokument, das bewies, was er erzählte. Sobald er den Koffer geöffnet hatte, änderte sein Erzählen immer wieder die Richtung. Auf dem herausgesuchten Foto war etwa ein alter Freund oder Nachbar zu sehen, der mit dem, was der Vater gerade eben erzählt hatte, eigentlich nichts zu tun hatte, zu dem ihm aber trotzdem noch eine Geschichte einfiel, und so ging es dann immer weiter. Leylas Vater holte immer mehr Fotos und Dokumente aus dem Koffer, nicht in beliebiger Reihenfolge, sondern ausgewählt und miteinander verknüpft, und erzählte weiter und weiter.

Die meisten Papiere im Koffer waren längst wertlos, seine Anerkennung als politischer Flüchtling in Deutschland etwa, die ihm schon kurz darauf wieder entzogen worden war, oder sein Abschlusszeugnis, mit dem er in Syrien trotz seiner guten Noten als adschnabi nicht hatte studieren dürfen und das in Deutschland nie anerkannt wurde.

Nach der Hasake-Volkszählung, 1962, als man unserer Familie und vielen anderen Kurden die Staatsbürgerschaft entzog oder sie uns erst gar nicht gab, sagte der Vater, gab es Parolen, die überall zu hören waren. *Rettet das Arabertum in Dschazira*, hieß es, *Bekämpft die kurdische Bedrohung*. Das war zu der Zeit, als man in unserer Gegend Öl entdeckte. Und als syrische Truppen an der Seite von Saddam im Irak gegen Barzani kämpften. Man warf uns vor, als Kurden insgeheim Barzani zu unterstützen. Genau da nahmen sie uns die Pässe weg, machten uns zu Staatenlosen.

Es gab zwei Gruppen von Staatenlosen, sagte der Vater, die *adschnabi*, Ausländer, und die *maktumin*, die Versteckten. Den maktumin warf man vor, sich illegal in Syrien aufzuhalten, sie hatten meistens nicht einmal eine Geburtsurkunde, sagte er und legte sein Zeugnis zurück in den Koffer.

Ohne Staatsbürgerschaft durften wir das Land nicht verlassen, sagte der Vater. Für Reis, Bulgur, Mehl mussten wir das Vier- bis Fünffache bezahlen. Wir durften kein Auto kaufen und kein Land, keine Auslandsreisen unternehmen und nicht studieren. Wir durften nicht einmal heiraten. Deine Großeltern, sagte der Vater, blieben deswegen vor dem Gesetz unverheiratet. Medizinische Versorgung gab es für uns nicht, wir wurden nicht in Spitäler aufgenommen. Einmal wollte sich mein ältester Bruder, dein Onkel Nûrî, in Damaskus ein Zimmer nehmen. Man sagte ihm, dass Ausländer wie er nicht in Hotels übernachten durften. Er sollte zum Geheimdienst gehen, um sich eine Genehmigung zu holen, und dann wiederkommen.

Wer maktumin, wer adschnabi und wer Staatsbürger war, wurde oft willkürlich entschieden. Mein ältester Bruder musste seinen Pass abgeben, ich habe nie einen erhalten, mein jüngster Bruder, dein Onkel Memo, durfte seinen behalten.

Als ich so alt war wie du, sagte der Vater, wussten wir im Winter manchmal nicht, was wir essen sollten. Unter der Woche waren wir in Tirbespî und gingen dort zur Schule. Getreide nahmen wir aus dem Dorf mit, und manchmal aßen wir tagelang nur Bulgur mit Lauchzwiebeln und Tomatenmark. Vom Dorf nahmen wir auch Brot mit, doch es wurde nach zwei Tagen hart, und für Brot in der Stadt musste man stundenlang anstehen, wenn man niemanden von den Bäckereien oder vom Geheimdienst kannte. Manchmal stand ich um vier Uhr auf, um Brot zu bekommen. Ich stand in einer Schlange, und immer wieder kamen Leute, die sich nach mir eingereiht hatten, beladen mit Brot vor mir aus der Bäckerei.

Jeden Donnerstag nach der Schule, sagte der Vater, sind wir zu Fuß in das Dorf gelaufen, zwei Stunden brauchten wir. Später gab es Sammeltaxis, für eineinhalb Lira. Aber für so viel Geld konnte man in der Stadt eine Woche lang zu essen bekommen. Wir liefen den Weg noch, als es schon längst Sammeltaxis gab.

Jeden Donnerstag machten wir uns wieder auf, zurück nach Tirbespî. Wir mussten über einen Fluss, es gab keine Brücke, wir sprangen von Stein zu Stein. Kam im Frühling das Hochwasser, zogen wir unsere Schuhe, Strümpfe und Hosen aus und hielten uns an den Händen, damit niemand von der Strömung fortgerissen wurde.

Onkel Nûrî verließ die Schule nach der zehnten Klasse. Er wäre gerne länger gegangen, aber das Geld reichte uns nicht. Nûrî ging von da an nur noch arbeiten, illegal im Libanon. Und Tante Pero, fragte Leyla. Tante Pero, sagte der Vater. Ging sie auch in der Stadt zur Schule, fragte Leyla. Ach, Leyla, sagte der Vater und schüttelte traurig den Kopf. Tante Pero kann gerade mal ihren Namen schreiben. Nein, dafür reichte das Geld nicht, sagte er. Wozu auch, Tante Pero würde später sowieso heiraten. Und irgendwer musste Oma und Opa doch auch auf den Feldern helfen.

Shilan, sagte der Vater, kam immer als Erstes zu uns, wenn sie das Dorf besuchte. Sie kam alle paar Wochen. Eine ihrer Tanten hatte einen Mann bei uns im Dorf geheiratet und war zu ihm gezogen. Shilan ging zu meiner Schwester Pero und fragte sie um Rat für die Kleider, die sie nähte. Pero konnte nämlich besser nähen als die Schneider in der Stadt, ständig kamen Frauen zu uns, denen Pero beim Nähen half. Die Frauen tranken dann einen Tee, einen zweiten, rauchten und boten Pero Zigaretten an, die Pero immer ablehnte, weil sie nicht rauchte. So kam auch Shilan immer wieder zu Pero, und ich dachte mir nichts dabei. Die beiden waren Freundinnen, nahm ich an.

Aber irgendwann erzählte mir Pero, Shilan werde heiraten. Ihr Bruder wollte eine Frau heiraten, die Familie hatte nicht viel Geld, und damit der Brautpreis gespart werden konnte, sollte Shilan einfach den Bruder der Frau heiraten. Eine Tauschhochzeit. Die Hochzeit sollte bei uns im Dorf stattfinden, wo der Bräutigam lebte. Ich kannte ihn natürlich. Er war aufbrausend, jähzornig. Wenn er zu viel trank, geriet er immer in Streit. Pero hatte oft gesagt: Mir tut schon jetzt die Frau leid, die einmal diesen Mann heiraten wird. Und nun würde das also Shilan sein.

Am Tag der Hochzeit war ich aus der Stadt von der Schule nach Hause gekommen. Ich zog mich um, in der Schule trugen wir ja Uniform, sagte der Vater. Ich stand gerade vor dem Spiegel an der Mauer hinter der Küche und kämmte meine Haare, als plötzlich Shilans kleiner Bruder in den Garten kam und sagte, ich solle mitkommen. Er war noch ein Kind.

Sofort, sagte er.

Sofort, fragte ich.

Ja, sagte er.

Was ist denn los, fragte ich.

Shilan hat mich geschickt, sagte er. Sie will dich sprechen.

Ich ging in das Wohnzimmer, legte den Kamm zurück auf die Ablage, schnürte meine Schuhe.

Sie hat gesagt, du sollst dich beeilen, sagte Shilans Bruder.

Mir war das alles ein Rätsel. Was ist denn so dringend, fragte ich.

Ich weiß es nicht, sagte er. Sie hat mir nur gesagt, ich soll dich holen.

Ich ging also mit dem kleinen Jungen durch das Dorf, zum Haus ihres Bräutigams, wo die Hochzeit beginnen würde. Der Hof war voller Leute. In der Küche standen Frauen und kochten in großen Töpfen Reis, Bulgur und Fleisch. Die Männer standen in Gruppen herum, unterhielten sich und rauchten. Ein Zurne-Spieler und ein Trommler waren gekommen. Die Leute tanzten schon. Ich sah Shilan auf einem Stuhl sitzen, umringt von den anderen Frauen. Auch Pero war bei ihr. Shilan trug ein rotes Kleid. Sie sah ernst aus, aber das wunderte mich nicht. Die Bräute auf unseren Hochzeiten sahen immer ernst aus, Hochzeiten sind eine ernste Sache. Ich ging zu Shilan, um ihr zu gratulieren.

Glückwunsch, sagte ich.

Es gibt nichts zu gratulieren, sagte sie.

Und später, als noch mehr Leute tanzten, alle in einer Reihe, in der Mitte der Trommler und der Zurne-Spieler, sagte sie zu mir, leise, damit nur ich es hören konnte: Lauf mit mir weg.

Ich war verwirrt, sehr verwirrt. Wir tanzten weiter. Sie sagte: Lieber sterbe ich, als diesen Mann zu heiraten.

Lass uns uns hinter dem Garten treffen, sagte sie. Sie sah mich an. Später, in einem unbeobachteten Moment, sagte sie. Und ich, ich fragte mich, wie das funktionieren sollte, denn natürlich gab es keinen unbeobachteten Moment für eine Braut auf ihrer eigenen Hochzeit.

Ich gehe auf die Toilette, sagte sie, dann klettere ich über die Mauer. Und du wartest auf der anderen Seite auf mich.

Wie willst du in diesem Kleid klettern, sagte ich. Und dann, fragte ich. Wie weiter? Wie willst du in deinen Schuhen laufen?

Es war wahnwitzig, eine wahnwitzige Idee. Aber Shilan schien entschlossen.

Immer mehr Menschen drängten in den Hof. Wir tanzten. Ich stand bei meinen Nachbarn, ging dann in die Küche zu den Frauen, mir etwas zu essen zu besorgen. Auf dem Weg zur Küche aber entschied ich mich anders. Ich drehte um, ging.

Ob sie wirklich über die Mauer geklettert ist, habe ich nie erfahren.

Nach ihrer Hochzeit lebte Shilan in unserem Dorf. Ich ging ihr aus dem Weg. Sah ich sie von weitem, wenn sie vom Feld kam, wenn sie Wasser vom Brunnen holte, drehte ich mich um. Oder tat so, als hätte ich sie nicht gesehen, wich ihren Blicken aus. Irgendwann begegneten wir uns wieder, natürlich, in einem Dorf wie unserem kann man sich nicht lange aus dem Weg gehen. Es kamen neue Hochzeiten, Trauerfeiern. Es wäre unhöflich gewesen, nicht mit ihr zu sprechen, es wäre auffällig gewesen. Die Leute hätten geredet. Also fragte ich sie, wie es ihr ging.

Gut, sagte sie. Danke.

Später, sagte der Vater, habe ich oft daran gedacht, wie ich einen Moment lang auf der Hochzeit überlegt habe, mit ihr wegzulaufen. Nur einen einzigen kurzen Moment lang. Ich mochte sie. Aber den Gedanken an eine Flucht habe ich damals sofort wieder verworfen. Wohin hätten wir gehen sollen? Ich hatte noch nicht mal die Schule beendet. Ich wollte studieren und nicht heiraten. Ich war Mitglied in der Kommunistischen Partei Syriens. Ich hatte Marx gelesen, und die Gedichte von Cigerxwîn. Ich hatte die Gedichte von Cigerxwîn so oft gelesen, dass ich sie auswendig konnte. Ich wollte nicht heiraten, ich wollte lesen und leben.

Viele Jahre später, ich dachte kaum noch an Shilan, erzählte mir Nûrîs Frau von ihr. Shilan lebe mittlerweile ebenfalls in Deutschland, sagte sie. Mit ihrem Mann und dreien ihrer Kinder, in der Nähe von Oldenburg. Nur das älteste Mädchen hätten sie bei den Schwiegereltern im Dorf gelassen. Shilan gehe es nicht gut, sagte Nûrîs Frau. Sie werde immer dünner, sie sei krank.

Was sie aber genau hatte, konnte Nûrîs Frau mir nicht sagen.

Auf einer Trauerfeier, wieder ein paar Jahre später, erzählte mir dann meine Cousine, Shilan sei von zu Hause weggelaufen. Sie hätte immer diese blauen Flecken gehabt. Unter ihren langen Kleidern seien sie nicht zu sehen gewesen. Als sie die Flecken auch im Gesicht hatte, habe sie sie mit Schminke zu überdecken versucht. Die Flecken waren trotzdem zu sehen. Erst waren sie blau, dann wurden sie heller, grün, lila. Irgendwann sei Shilan in ein Frauenhaus gegangen. Seitdem habe die Familie nichts mehr von ihr gehört.

Bevor das Internet in die Dörfer kam, schickten alle ihre Grüße auf Videokassetten.

Weil die Familie verstreut lebte, in den Dörfern und Städten Kurdistans, in Nordsyrien, im Osten der Türkei, der Gegend um Batman vor allem, und im Shingal-Gebirge im Norden des Irak, überall Großtanten und Großonkel und deren Familien, die Leyla alle noch nie getroffen hatte, sandte man fortwährend Videos hin und her, und auch Leylas Vater bekam ständig Post. Einmal, Leyla erinnerte sich genau, kam eine Videokassette, auf der eine alte Frau in weißem Kleid mit fliederfarbenem Kopftuch, der Kleidung der Êzîden von Shingal, auf einem Plastikstuhl saß und redete. Sie saßen alle drei zu Hause vor dem Fernseher und guckten ihr zu, und wie immer übersetzte der Vater der Mutter schwierige Wörter. Die Frau sprach und sprach, schien kein Ende finden zu wollen. Leyla aß Cornflakes. Die Schüssel war längst leer, als die Frau endlich begann, die Familienmitglieder in Deutschland zu grüßen. Sie sagte: Ich grüße die Familie von Xalil, von Nûrî, von Sleiman, seine Frau Gulistan, ihre Tochter Shirin, und dann eine Reihe von Namen, die Leyla nicht kannte, wieder nahm es kein Ende, bis die alte Frau schließlich sagte, und den einen, den Abtrünnigen, den grüße ich nicht, und damit endete das Video. Leyla war sich nicht sicher, ob sie richtig verstanden hatte, sie wollte den Vater fragen. Aber der starrte nur geradeaus auf den Fernseher.

Im Koffer des Vaters gab es ein Foto von den Großeltern und Onkel Memo, aufgenommen von Leylas Vater in einem Hotelzimmer in Aleppo. Es war das erste Mal nach vielen Jahren gewesen, dass der Vater wieder nach Syrien reisen konnte. Unter einem anderen Namen, mit einem französischen Pass, von dem Leyla nicht wusste, wie er ihn bekommen hatte, der Vater wollte es nicht erzählen. Der Pass war echt, zumindest sagte der Vater das, mit einem Passbild vom Vater und allem, nur der eingetragene Name war nicht der des Vaters.

Leylas Vater, Onkel Memo und die Großeltern hatten sich nur für wenige Stunden in Aleppo gesehen. Weil der Vater Angst hatte, erkannt zu werden, konnte er nicht in das Dorf oder nach Tirbespî reisen. Weil die Großeltern wiederum sich vor Aleppo fürchteten, blieben sie nur wenige Stunden. Es war nach der Heirat des Vaters mit der Mutter, kurz vor Leylas Geburt. Lange dachte Leyla, die Aufnahme sei misslungen, so genervt blickten der Großvater und Onkel Memo in die Kamera.

Und die Hände der Großmutter lagen auf ihrem geblümten Rock wie Fremdkörper, als wüsste sie nicht, wohin mit ihnen. Sie schaute zur Seite. Ein frohes Wiedersehen nach vielen Jahren sah anders aus. Nachdem der Vater den Großeltern dort im Hotelzimmer von seiner Heirat erzählt hatte, hatte die Großmutter gefragt, ob seine Frau Êzîdin sei, sicher bereits ahnend, warum er ihnen erst so spät davon erzählte. Der Vater antwortete nicht, schüttelte schließlich nur den Kopf. Die Großmutter, erzählte der Vater Leyla, verschränkte daraufhin die Arme, kniff die Lippen zusammen, blickte zur Seite und sprach kein Wort mehr mit ihm. So saß Leylas Familie minutenlang wie gefroren da, bis der Großvater schließlich sagte: Du hast deinen Sohn all die Jahre nicht gesehen und jetzt ist er so weit gereist. Und da willst du nicht mit ihm reden, nur weil er falsch geheiratet hat!

In der Familie hieß es, erst Leyla habe die Großmutter wieder mit dem Vater versöhnt. Leyla war so süß, sagte Tante Baran, da konnte die Großmutter nicht mehr böse sein.

Die Regeln waren nämlich eigentlich klar. Êzîden, die nicht Êzîden heirateten, wurden verstoßen. Und mit ihnen auch ihre

Kinder und die Kinder der Kinder. Und deren Kinder und die Kinder von deren Kindern und so weiter und so fort.

Auch wenn sich die Großmutter über ihre eigenen Regeln hinwegsetzte und Leyla ihre Geschichten und Gebete beibrachte, wusste Leyla nie, ob sie nun Êzîdin war oder nicht, und diese Frage schien ihr sehr wichtig.

Die Großmutter sagte oft zu Leyla: Wenn du groß bist, heiratest du Aram. Oder: Wenn du groß bist, heiratest du Nawaf. Auch alle anderen sprachen immerfort über das Heiraten, selbst der Großvater. Die Autokorsos, die dann über die Landstraßen fuhren, von den Dörfern in die Stadt, von der Stadt in die Dörfer, die laute Musik, die aus Lautsprechern dröhnte, die Frauen, deren Haare vor Haarspray starr waren, die geschminkten Gesichter, die langen Kleider, die jubelnden Menschenmengen. Nichts war hier wichtiger als die Hochzeiten, dachte Leyla.

Die Frau des Sheikhs sagte zu Leyla, als sie und ihr Mann wieder einmal bei den Großeltern zu Besuch waren: Du bist Êzîdin, weil dein Vater Êzîde ist. Es geht nach dem Vater. Leyla wusste nicht, was stimmte, es gab kein Buch, in dem man die Regeln hätte nachschlagen können, eindeutig aber war die Frage danach sehr wichtig. Und jeder sagte etwas anderes zu ihr.

Wer wem versprochen war, wie viel Brautgeld gezahlt wurde, ob der Preis zu hoch war, wer mit wem weggelaufen war, einfach alles im Leben schien auf das Heiraten hinauszulaufen, aber das noch nicht einmal nur im Dorf, sondern auch in Deutschland. Überall heirateten die Leute, oder jedenfalls alle Leute, die Leyla kannte. Leyla fürchtete das ganze Thema, sie konnte nicht sagen, weshalb, es schien ihr wie eine Falle, in die die Leute wieder und wieder hineintappten. Die schönen Kleider bei den Hochzeiten und die laute Musik mochten noch darüber hinwegtäuschen, aber dann kam schon das Bettlaken mit dem Blutfleck, das die

Frauen nach der Hochzeitsnacht herumzeigten, während die Braut verschämt danebensaß, es graute Leyla, als sie das erste Mal davon hörte.

Leyla war froh, dass der Vater in allen diesen Dingen auf ihrer Seite war. Ständig erzählte er allen, Leyla werde die Schule fertig machen, sie werde studieren. Leyla, sagte er stolz, wird Medizin studieren, oder Jura. Und dann wird sie an den Internationalen Strafgerichtshof nach Den Haag gehen. Meine Tochter, sagte er und hob den Zeigefinger, wird nicht früh heiraten. Das verbiete ich ihr. Bevor sie ein Studium abgeschlossen hat, darf sie nicht heiraten. Wozu heiraten, sagte der Vater, damit sie einem Mann die Wäsche macht und Essen kocht?

Dein Vater hat schon recht, sagte Tante Baran dazu, Schule ist bestimmt gut für dich. Aber wenn du zu lange wartest, bist du zu alt und endest wie Tante Evîn, dann will dich keiner mehr. Leyla nickte und dachte an die laut lachende Evîn.

Leyla, komm rein, rief Evîn und winkte sie in die Küche. Alle waren da und saßen im Halbkreis, Evîns Schwestern und Schwägerinnen, die Nichten, die Tanten, Zozan. Immer ist sie für sich, unsere Leyla, sagte Evîn und lachte laut, so dass man ihre großen Schneidezähne sah.

Leyla setzte sich zu den anderen auf den Boden, Evîn gab ihr eine Schüssel mit Weinblättern. Leyla nahm etwas Reis aus dem Topf vor sich und legte ihn in die Mitte eines Weinblatts. Sie faltete die Ecken, links und rechts, rollte das Blatt, legte es zu den gefüllten Weinblättern der anderen.

Sag mal, Leyla, wer von ihnen gefällt dir, sagte Evîn, Douran oder sein kleiner Bruder Firat? Fasos Sohn Mahir, dein Cousin Aram oder doch lieber Dalil?

Leyla lachte verlegen und zuckte mit den Schultern. Sie wusste nicht, was sie sagen sollte.

Nun sag schon, Leyla, welcher gefällt dir? Wir behalten es für uns!

Leyla fühlte sich in die Enge getrieben.

Leyla, du weißt, dass wir es für uns behalten, sagte Zozan, was eine Lüge war, das wusste Leyla. Zozan lachte und kniff Leyla in die Seite.

Dalil ist doch ein Hübscher, rief Havîn.

Evîn lachte und sagte: Alle finden Dalil hübsch, nicht wahr, Zozan? Bloß schade, dass er ein Sheikh ist. Und wir niemanden aus der Sheikh-Familie heiraten dürfen.

Nun sag schon, Leyla, welcher gefällt dir?

Leyla nahm sich ein neues Weinblatt aus der Schüssel, etwas Reis.

Keiner, sagte sie, aber das klang schwächlich. Ich will keinen.

Keinen, lachte Evîn. Keiner ist dir schön genug, oder wie? Unsere Leyla ist wählerisch! Willst du lieber deine Bücher heiraten, oder was?

Wenigstens ist Leyla klug, hatte Rengîn einmal zu Evîn gesagt. Leyla hörte es nur zufällig, weil sie vor dem Haus unter dem Fenster saß und Feigen aß, die ihr die Großmutter gegeben hatte.

Nicht, dass Leyla hässlich ist, aber Zozan ist auf jeden Fall schöner als sie, antwortete Evîn damals. Zigarettenrauch zog aus dem Fenster.

Und diese Frisur, sagte Rengîn, diese Frisur! Leyla wäre so ein schönes Mädchen, hätte sie sich nicht die Haare abgeschnitten. So kurz! Bis zum Kinn, wie sieht das denn aus? Fast wie ein Junge.

Das ist Mode in Almanya, sagte Evîn und lachte.

Ich verstehe die deutschen Frauen nicht, sagte Rengîn. Dass die das schön finden, so kurze Haare.

Leyla wollte nicht weiter zuhören, stand auf und ging in den Garten. Sie lief zu den Rosensträuchern, pflückte eine Rose, entfernte die Dornen und steckte sie sich hinter das Ohr, wie es die Großmutter im letzten Sommer mit ihr gemacht hatte, als ihr Haar noch länger war. Doch die Rose rutschte heraus und fiel auf den Boden. Leyla setzte sich auf einen Stein und pflückte die Blütenblätter der Rose ab, Blatt für Blatt, von außen nach innen, bis die Rose für immer zerstört war. Leyla stand auf, ging am Zaun entlang, betrachtete die Bäume, die ihr Vater gepflanzt hatte, bevor er nach Deutschland gegangen war. Sie pflückte eine Tomate, groß, prall und warm. Rieb sie an ihrem Rock sauber und biss hinein, das Fruchtfleisch tropfte auf ihr T-Shirt. Die Tomate schmeckte süß.

Leyla wollte wieder umkehren, da hörte sie Stimmen vom hinteren Ende des Gartens. Jemand lachte, es kam von den Tabaksträuchern des Großvaters. Sie erkannte Zozans Stimme. Was machte Zozan bei dieser Hitze im Garten? Mit wem sprach Zozan? Niemand ging raus bei dieser Hitze. Die Stimmen lockten Leyla.

In der Ecke zwischen den Tabaksträuchern und dem Zaun, weit hinter ihnen die Berge und die Grenze, stand an einem Baumstamm Zozan, die zwei Jahre jüngere Zozan, und neben ihr im Schatten Dalil. Dalil, groß und schlank, die Haare nach hinten gekämmt, einen Kopf größer als Zozan, hielt einen langen Grashalm in der Hand, mit dessen Spitze er Zozans Hand berührte. Er sah sehr konzentriert dabei aus.

Leyla war so überrascht, Dalil zu sehen, dass sie einen Schritt machte, noch einen, und da sahen Zozan und Dalil auf und blickten sie derart erschrocken an, dass Leyla nicht wusste, was sie tun sollte und sich wortlos umdrehte und zurück zum Haus rannte.

Erst als sie dort wieder zu Atem kam, fiel ihr auf, dass Dalil nicht über den Hof in den Garten gekommen sein konnte, wo sie ja die ganze Zeit unter dem Fenster gesessen hatte, dass er über den Zaun geklettert sein musste.

Im Wohnzimmer saßen noch immer Evîn und Rengîn und rauchten. Leyla nahm ein Glas Wasser und leerte es in einem Zug.

Wo kommst denn du her, fragte Evîn.

Aus dem Garten, sagte Leyla.

Willst du auch Tee, fragte Rengîn.

Leyla setzte sich im Schneidersitz vor die beiden.

Was machst du bei dieser Hitze im Garten, fragte Evîn.

Zozan, sagte Leyla. Ich habe Zozan mit Dalil im Garten gesehen.

Komm, ich mache dir die Augenbrauen, sagte Evîn irgendwann in einem anderen Sommer, und Leyla legte ihren Kopf auf Evîns Beine, während Evîn über ihr mit einem Bindfaden über ihr Gesicht fuhr und die Haare entfernte. Leyla spürte die Wärme von Evîns Körper durch Evîns Jeans.

Und jetzt lackiere ich dir die Fingernägel, sagte Evîn.

Zieh dir den Rock über die Knie, sagte die Großmutter, wenn Besuch kam. Sitz nicht so da, man kann deine Beine sehen.

Waren sie in der Stadt unterwegs, sagte Rengîn, was schaust du den Männern so in die Augen, wenn Leyla zurückblickte zu einer Gruppe von Männern, die vor einem Café saßen und sie anstarrten. Evîn kam aus dem Stoffgeschäft. Endlich, sagte Rengîn. Lasst uns nach Hause gehen.

Etwas veränderte sich. Der Nachbar kam zum Tee, der gleiche Nachbar, der schon einmal davon gesprochen hatte, dass Leyla seinen Sohn heiraten könnte. Leyla sei hübsch geworden, sagte er in diesem Sommer. Sie ist fleißig, antwortete die Großmutter. Der Nachbar redete wieder von seinem Sohn, zwei Jahre älter als Leyla. Sie könnte die Schule in Almanya fertig machen, sagte der Nachbar, und dann hierher zurück in das Dorf ziehen. Der Nachbar sagte, er werde für sie zahlen.

Leyla musste darüber lachen wie über einen Witz.

Sie konnte sich das Ganze nicht einmal vorstellen, oder doch. Der Gedanke belustigte sie, im Nachbarhaus der Großmutter zu wohnen, auf der anderen Seite des Gartenzauns mit den Schafen und den Hühnern. Sie stellte sich vor, wie sie Tee servierte, wenn Leute zu Besuch kamen, wie sie ihn auf einem Tablett in das Zimmer trug, während ihr langer Rock am Boden streifte. Wie sie sich hinkniete und den heißen Tee in die kleinen Gläser goss, wie sie den Zucker umrührte, bis er sich auflöste, wie sie wieder aufstand. Wie ihre Füße durch die trockene Luft und den Staub so rissig wurden wie die Füße aller Frauen im Dorf. Wie sie in Plastiklatschen zum Dorfladen ging, einen Säugling auf dem Arm, ein zweites Kind an der Hand.

Ich wollte anders leben. Ich wollte mein Leben verändern, sagte der Vater. Als ich vierzehn Jahre alt war, trat ich in die Kommunistische Partei Syriens ein. Ich musste einen Mitgliedsbeitrag von 25 Piastern im Monat zahlen. Ich wollte auf keinen Fall in die Baath-Jugend und hoffte auch, dass mich die Kommunistische Partei ein wenig schützen könnte. Die Kommunistische Partei Syriens war geduldet, weil Syrien gute Beziehungen zur Sowjetunion hatte. Mein Bruder Nûrî ging zur Demokratischen Partei Kurdistans, die war verboten.

Trotzdem waren auch wir vorsichtig. Für unsere Versammlungen verabredeten wir uns in den Feldern, gingen einzeln dorthin. Ein zehnminütiger Fußweg vom Dorf weg, man hätte uns für Spaziergänger halten können. Wir durften uns treffen, trotzdem hatten wir Angst. Wir gingen von der Straße weg in die Getreidefelder. Im Sommer war der Weizen hoch gewachsen, dann krochen wir, damit man unsere Köpfe nicht sah.

In der Mitte des Feldes legten wir uns auf den Boden. Einer von uns hockte in der Mitte und las aus der Zeitung der Kommunistischen Partei Iraks vor, die verboten war und alle paar Monate über die Grenze zu uns geschmuggelt wurde. Danach diskutierten wir über das Gehörte. War die Versammlung beendet, krochen wir einzeln aus dem Feld und liefen auf verschiedenen Wegen nach Hause.

Ich glaube nicht an Gott, sagte der Vater und spuckte die Schale eines Sonnenblumenkerns auf seinen Teller. Leyla nickte, sie hatte es schon tausendmal gehört. Der Vater erzählte es jedem, der es hören oder nicht hören wollte. Religion ist nur etwas für arme oder dumme Menschen. Für Menschen, die es nicht besser wissen. Religion ist Opium für das Volk, diesen Satz sagte der Vater auch immer wieder. Den Armen und den Dummen verzieh er, nicht aber denen, die er Fanatiker nannte.

Von einem Fanatiker sprach der Vater, der in Mossul einen Neffen der Großmutter, Kawa, erschossen hatte, weil dieser in seinem Geschäft Alkohol verkaufte.

Von einem Fanatiker sprach er, der in Tirbespî das Fach Religion unterrichtet und sie gezwungen hatte, in der Moschee Koranverse zu rezitieren, obwohl er genau wusste, dass sie Êzîden waren. Oder genauer, weil er wusste, dass sie Êzîden waren.

Von einem Fanatiker sprach er, der einer seiner Mitschüler gewesen war, und der ihn immer wieder als Ungläubigen und Teufelsanbeter beschimpft hatte.

Oder er sprach, und an diese Geschichte musste Leyla oft denken, über den Fanatiker, der in den achtziger Jahren jede Woche von Batman aus einen Zug genommen hatte und im Zug von Abteil zu Abteil gegangen war, rufend, es rieche nach Êzîden, und wenn er einen Êzîden an seinem Schnurrbart und seiner Kleidung erkannte, verprügelte er ihn.

Fragte Leyla den Vater, woran er denn selbst glaube, antwortete er: an den Kommunismus. An den Kommunismus und also an etwas, das endlich alle Menschen gleich mache. Der Kommunismus, sagte der Vater, kam schon vor langer Zeit über die großen Städte bis in unser Dorf, in Form von Zeitschriften und Büchern. Die einzigen Bücher, die Leylas Vater außer seinen kurdischen Zeitschriften und Büchern schon sein Leben lang besaß, waren die arabischen Ausgaben des *Kapitals* und des *Kommunistischen Manifests*. Der Vater erzählte Leyla vom Klassenkampf und brachte ihr die Internationale bei, auf Kurdisch und auf Deutsch. Abends saß er allein in der Küche in ihrem Haus bei München und sang die Arbeiterlieder von Şivan Perwer, spielte dazu auf der Saz.

Als ich nach Deutschland kam, sagte der Vater zu Leyla, vor dreißig Jahren, legte ich alles offen. Ich sagte von Anfang an, dass ich nicht der Firat Ekinci war, nach dem ich in meinem gefälschten Ausweis hieß. Sondern dass ich *ich* war, ein staatenloser êzîdischer Kurde aus Syrien. Ich ließ mir einen Auszug aus dem Zivilregister senden, der bewies, dass ich in Syrien als adschnabi, als Ausländer registriert war, obwohl ich in Syrien geboren war, ich beschrieb wahrheitsgetreu, warum ich Syrien hatte verlassen müssen.

Mein Asylantrag wurde bewilligt. Zeugen bestätigten den deutschen Behörden, dass ich als staatenloser Kurde in Syrien politisch verfolgt sei. Ich war glücklich, überglücklich. Aber nur ein paar Tage später, sagte der Vater und reichte Leyla das Papier aus seinem Koffer, erhielt ich ein weiteres Schreiben. Eine Nachricht des Innenministeriums, dass Einspruch gegen mein Asyl erhoben worden sei, dass man mir die Gründe dafür später mitteilen werde. Mein Asylantrag wurde blockiert.

Von 1980 bis 1991, sagte der Vater, fiel keine Entscheidung. Er lachte, er seufzte. Ich durfte diese ganzen Jahre weder arbeiten noch studieren. Elf Jahre. Weil unsere Familie im Dorf aber Geld brauchte, arbeitete ich schwarz.

Die Gründe für diese elf Jahre meines Lebens erfuhr ich erst später. Natürlich waren sie politisch. Es hieß einfach offiziell, in Syrien herrsche Demokratie, Araber und Kurden würden gleich behandelt.

1987 stellte ich einen Antrag als Staatenloser. Das Auswärtige Amt, das Max-Planck-Institut und das Orient-Institut Hamburg bestätigten mir, dass ich staatenlos sei. Nach ein paar Monaten bekam ich auch die Anerkennung als Staatenloser, ein großer Tag. Im Dokument stand sogar, dass eine Berufung durch den Staat nicht zugelassen sei, ich habe die Unterlagen alle hier, Leyla. Aber dann wurde mir der Pass trotzdem verweigert, einfach so. Ich nahm mir einen Anwalt. Und am Ende bekam ich recht. Mir wurde ein Pass als Staatenloser ausgestellt. Siehst du, sagte der Vater und legte einen ganzen anderen Stapel Papiere wieder zurück in den Koffer, alles habe ich aufgehoben, jedes Dokument.

Wir fahren nach Italien, sagte die Mutter. Es war in einem März, Leyla war zehn oder elf Jahre alt. Die Mutter hatte sich den Familienwagen einer alten Freundin geliehen. Sie packte wahllos,

Spielzeug für Leyla, Kleidung. Sie packte anders als sonst, nicht mit der Waage und der Sorgfalt, mit der sie die Reisen in die Sommer im Dorf der Großeltern vorbereitete. Diesmal machte sich die Mutter nicht einmal die Mühe, die Kleidungstücke zu falten.

Handtücher, sagte Leyla, du vergisst die Handtücher.

Die Mutter hatte nasses Haar und ihre Zahnbürste in der Hand.

Sie stand am Küchentisch und suchte nach der Nummer der Schule. Ich möchte meine Tochter krankmelden. Leyla Hassan, Klasse 4 b.

Morgen schreiben wir Mathe, sagte Leyla, ich brauche ein Attest.

Die Mutter sah Leyla an, als ob sie sie nicht verstehe, nahm dann die Zahnbürste wieder aus dem Mund. Auch das noch, sagte sie.

Im Wartezimmer der Hausärztin starrte die Mutter auf die Ausgabe des SPIEGEL vor ihr auf dem Tisch. Auf dem Cover ein Bild von einem Schiffsdeck voller Menschen, dazu in roten Buchstaben: *Ansturm der Migranten*, und darunter in fetter gelber Schrift: *Europa macht dicht*. Die Mutter schlug die Zeitschrift auf und blätterte bis zu *Höllenfahrt ins gelobte Land. Das Flüchtlingsschiff Monica.*

Leyla las: *Auf Leben und Tod. Wie Flüchtlinge nach Deutschland geschleust werden.* Dann rief die Sprechstundenhilfe ihren Namen.

Der Vater holte sie direkt bei der Arztpraxis ab.

Ich habe mein Buch vergessen, sagte Leyla.

Dafür haben wir keine Zeit mehr, sagte die Mutter.

Ohne Buch fahre ich nicht, sagt Leyla. Ohne Buch ist es kein Urlaub.

Dir wird beim Lesen im Auto sowieso immer schlecht, sagte der Vater.

Sie fuhren etwa eine halbe Stunde, als der Vater zur Mutter sagte, so wie du fährst, das macht mich nervös. Die Mutter antwortete nur, ich fahre so, wie ich immer fahre. An der nächsten Raststätte hielten sie, um die Plätze zu tauschen. Die Mutter kaufte Leyla ein Eis. Der Vater lehnte an der Autotür und wartete. Beim Weiterfahren drehte er die Heizung auf, es wurde warm. Leylas Wassereis schmolz und rann ihr über die Finger, sie aß zu langsam. Als sie sicher war, dass die Eltern nicht hinsahen, wischte sie ihre klebrigen Hände am Polster ab.

Die Eltern schwiegen. Der Vater schob eine Kassette ein, drehte die Musik laut. Ay lê gulê. Er sang mit.

Es war das erste Mal, dass sie gemeinsam mit dem Auto in den Urlaub fuhren. Aber nichts daran war so, wie sich Leyla Urlaub immer vorgestellt hatte, in Italien, mit einem Buch am Meer, mit Eis, Pizza und ihrem neuen pinkfarbenen Badeanzug. Jetzt war das Wetter eine nassgraue Nebelsuppe. Die Berge, die man bei klarer Sicht von weitem sehen konnte, tauchten erst spät vor ihnen auf, dunkelgrüne Ungetüme.

Leyla war oft auf ihre Mitschüler neidisch gewesen, wenn im September zum Schulanfang gefragt wurde, wie die Sommerferien gewesen waren. Die anderen erzählten dann von Wattwanderungen an der Nordsee, vom Essen in Italien, von Wasservergnügungsparks in Spanien, manchmal von Hotelanlagen in Tunesien oder Ägypten. Die türkischen Kinder fuhren immer in die Türkei. Auch bei ihnen gab es Unterschiede, manche von ihnen erzählten vom Strand und von Pensionen, von Antalya, Izmir und Bodrum, andere von den Dörfern und Kleinstädten, in denen ihre Großeltern, Tanten und Onkel lebten. Und nochmal andere wiederum hielten sich immer kurz, redeten wenig, wichen aus. Leyla erzählte vom Dorf, von den Hühnern der Großmutter und vom Schlafen draußen unter dem Himmel. Meine Oma und mein Opa in Kurdistan, diesen Satz sagte sie aber nur einmal. Denn die türkischen Kinder kamen in der Pause und sagten: Kurdistan gibt es nicht. Und dass Kurden dreckig seien und sich nicht waschen würden. Sie seien Mörder, die dreckigen Kurden. Von da an sagte Leyla: meine Oma und mein Opa in Syrien. Aber Syrien kannten die meisten Kinder nicht, eine Mitschülerin verwechselte es mit Sibirien. Als Leyla sagte, es war sehr heiß in Syrien, sagte die Mitschülerin: Nein, in Syrien ist es kalt.

Die deutschen Kinder schickten Postkarten aus ihren Sommerferien, bunt bedruckt und in Hochglanz, in fetten Buchstaben der Name des Urlaubsortes, darunter ein Delfin oder antikes Gemäuer, Palmen, Strand. In Leylas Dorf gab es natürlich keine Postkarten. In Tirbespî auch nicht, und auch in Qamishlo sah Leyla keine. Einmal fand sie in Aleppo welche, in einem der Läden am Eingang des Suqs. Obwohl das Land schön war, kamen kaum Touristen, und auch diese wenigen Postkarten waren altmodisch und ausgeblichen.

Auf einer war ein Teppichweber zu sehen, auf einer anderen die große Zitadelle. Leyla kaufte die vergilbten Karten und schrieb sie voll, und der Onkel packte sie in Umschläge, weil Postkarten nicht durchkämen, wie er sagte, nur Briefe. Drei der fünf Sendungen kamen trotzdem nicht an, und die zwei anderen erst nach vielen Wochen.

Kahle Laubbäume zogen am Fenster vorbei, graugrüne Tannen. Es war März und nicht die richtige Zeit für Urlaub mit Sonnencreme und Badeanzug. Aber Italien, dachte Leyla, war immerhin ein richtiges Urlaubsziel. Auf der anderen Seite der Berge würde es vielleicht sogar warm sein, würden die Bäume Blätter tragen. Hinter der Autobahn waren die Alpen jetzt riesig.

Sie überquerten den Brennerpass. Machten Rast in einem Gasthaus, aßen Kartoffelpuffer und Apfelmus. Auf Anhöhen sah Leyla Burgen, das war Südtirol. Können wir halten, fragte Leyla, ich will auf eine Burg.

Bei Bozen zahlten sie die Maut und verließen die Autobahn. Die Mutter hatte eine riesige Landkarte auf dem Schoß, die sie seit der italienischen Grenze immer wieder auf- und zuklappte und von neuem studierte. Sie wollte auf einem bestimmten Weg zu einem Bahnhof kommen. Sie fuhren durch Bozen, drehten in einem Kreisverkehr drei Runden, kehrten um, suchten den Weg. Irgendwann hielten sie vor einem Platz. Bahnhof Bolzano.

Da sind sie, rief die Mutter und zeigte aufgeregt auf die Bahnhofsvorhalle. Leyla konnte niemanden erkennen. Der Vater parkte, hastig stiegen sie aus, überquerten die Straße. Die Mutter winkte, der Vater hielt Leyla fest an der Hand. Erst jetzt sah Leyla, dass es sich bei den Leuten gegenüber um eine Mutter mit ihren zwei Söhnen handelte und dass es Tante Pero und zwei ihrer Söhne waren, Leylas Cousins Rohat und Siyabend aus dem Dorf.

Die Tante sah völlig anders aus als in allen Sommern im Dorf, wo sie immer ein geblümtes Kleid, Plastiklatschen und ein Kopftuch getragen hatte, unter dem an der Hüfte die Spitze des Zopfes so herausschaute wie bei allen Frauen ihres Alters. Jetzt aber war sie in einen grünen, über und über glitzernden Pullover gezwängt, in dem sie schwitzen musste und der billig aussah mit seiner großen Aufschrift *Party Girl*, dazu eine Stretch-Jeans und Pumps aus Schlangenlederimitat. Warum hatte sich die Tante so verkleidet? Leyla brauchte eine Weile, bis sie begriff, dass es Tarnung sein sollte.

Die Tante, immer noch ihre Tante, auch in dieser fremden Kleidung in diesem fremden Italien, hatte Tränen in den Augen, als sie Leyla küsste, und dann ihren Bruder und ihre Schwägerin.

Italienische Mode, sagte sie und lachte. Gefällt es euch? Sie habe es gleich nach ihrer Ankunft gekauft, auf einem Markt beim Hafen. Alle sechs quetschten sie sich in das Auto. Sie hielten gleich darauf noch einmal, kurz vor der Schnellstraße. Ihr habt doch sicher Hunger, sagte der Vater und legte seinen Arm um Rohats Schulter. Sie kauften Sandwichs und Cola für die drei aus dem Dorf. Leyla verstand, dass die merkwürdige Verkleidung von Tante Pero eine Europäerin darstellen sollte. Auch Rohat und Siyabend verhielten sich anders, als Leyla sie in Erinnerung hatte. Sie waren schweigsam und sahen so müde aus, als ob sie jeden Moment einschlafen könnten. Aber sie blieben wach, starrten die ganze Autofahrt aus dem Fenster. Sie hörten keine Musik, schwiegen, manchmal lachte der Vater und versuchte, etwas zu erzählen.

Die Mutter sagte, Leyla, du sagst niemandem in der Schule etwas davon. Auch nicht Bernadette. Hörst du, sagte die Mutter, das ist eine ernste Sache. Leyla verstand nicht, sie hatten doch nur Tante Pero und die Cousins am Bahnhof abgeholt. Wir können dafür ins Gefängnis kommen, sagte die Mutter.

Hinter Brixen hielten sie an. Jetzt fahre wieder ich, sagte die Mutter. Eine blonde Frau am Steuer ist besser. Mich werden sie nicht anhalten. Alle schwiegen sie und starrten aus dem Fenster, bis sie die Grenze passiert hatten.

Das Haus, in dem sie die Tante und die Cousins bald darauf besuchten, war in einem Dorf, dessen Namen Leyla sich nicht merken konnte. Die nächstgrößere Stadt war Ulm, Leyla sah den Namen auf den Autobahnschildern. Aber nach Ulm kamen sie nicht, der Vater setzte schon davor den Blinker. Sie passierten Felder, Waldstücke und Kleinstädte, deren Namen Leyla nichts sagten. Kirchtürme, Dorfplätze mit Maibäumen, Geranien auf

Balkonen, große Scheunentore. Das ist doch gut, dass sie wieder in einem Dorf gelandet sind, sagte die Mutter.

Das Haus war heruntergekommen. Der Putz bröckelte, die Fliesen im Bad hatten Risse, die Fenster waren undicht, in ihren Fugen wuchs Schimmel. Es gab einen Hausmeister, der alle paar Tage für ein paar Stunden kam und hier und da etwas reparierte, aber das änderte nichts.

In der Küche, die Tante Pero mit den anderen Leuten des Heims teilen musste, kochte sie wie im Dorf Reis und Trshik. Wenn Leyla und ihre Eltern zu Besuch kamen, stand sie jedes Mal mit ihren Plastikschlappen, dem Kopftuch und dem bunten Rock dort in der Mitte der Küche. Sie war noch immer dieselbe Tante wie früher, klein und dick, um sie herum an den anderen Herdplatten die anderen Bewohner des Heims, über allem das Geschrei der Kinder. Die Tante rührte mit ihrem Holzlöffel in einem Topf, als könne nichts in der Welt sie umstoßen, stand einfach nur da und rührte und rührte und schöpfte schließlich das Trshik auf die Teller.

Sie und Siyabend und Rohat bewohnten ein Zimmer im Erdgeschoss. Die Möbel waren von der Caritas und rochen nach dem Leben anderer Leute. Heimlich ekelte sich Leyla vor ihnen. Sie waren so zusammengewürfelt, dass Leyla sich fühlte wie in einem Lagerraum, in dem die Möbel nur noch ein wenig herumstanden, bis sie auf den Sperrmüll kamen.

Das Haus war früher einmal eine Dorfschule gewesen. Weil es zu wenige Kinder im Dorf gab, hatte man sie irgendwann geschlossen. Das Haus hatte dann einige Jahre leer gestanden, bis die Behörden es zu einem Asylantenheim erklärten, inzwischen nannte man es Asylbewerberheim. Alle deutschen Familien mit an das Heim grenzenden Grundstücken hatten sich neue, hohe Zäune um ihre Gärten gebaut.

Obwohl Tante Pero nur ein paar Brocken Deutsch sprach, schaffte sie es irgendwie, eine Familie kennenzulernen, die im Dorf einen Bauernhof hatte und Kühe hielt.

Jeden Montag ging die Tante von da an mit ihren Söhnen oder mit einer der anderen Frauen aus dem Heim zum Bauernhof. Sie wickelte die Geschäfte ab, obwohl sie am schlechtesten von allen Deutsch konnte. Trotzdem verhandelte sie am besten. Die Tante bekam immer das, was sie wollte, für den Preis, den sie wollte.

Sie setzte sich durch, sagte *Danke, Bitte*, erkundigte sich nach der Familie, kam mit ganzen Eimern Milch zurück, aus denen die Frauen im Heim unter ihrer Anleitung Käse machten.

Eine Arbeitserlaubnis hatte sie nicht und konnte sie erst bekommen, wenn ihr Asylstatus geklärt war. Damit aber ihr Asylstatus geklärt wurde, brauchte die Tante Dokumente aus Syrien, die sie nur dort vor Ort persönlich beantragen konnte. Über die Familie mit dem Bauernhof organisierte sie sich trotzdem eine Anstellung als Putzfrau. Die Familien, bei denen sie putzte, zahlten ihr den Lohn bar auf die Hand. Und die Tante wiederum drückte den Eltern bei jedem Besuch ein paar Scheine von diesem Lohn in die Hand. Die Eltern protestierten, aber die Tante bestand darauf. Über die Jahre hinweg zahlte sie alles, was sie sich zum Bezahlen der Schlepper und für den Weg nach Europa von den Eltern geliehen hatte, bis zum letzten Cent zurück. Ihre Söhne halfen ihr dabei. Siyabend und Rohat sammelten Müll am Badesee, für einen Euro die Stunde, das war eine staatliche Integrationsmaßnahme. Später kam die Anerkennung der drei als Flüchtlinge, und mit der Duldung dann doch die Erlaubnis zu arbeiten, und nun konnten sich die Cousins andere Jobs suchen, Jobs für ungelernte Arbeiter, Aushilfen in Fastfood-Restaurants, Hilfsarbeiten in Handwerksbetrieben, Arbeit als Möbelpacker oder am Fließband.

Geld bekam Tante Pero nicht vom Amt, dafür aber Marken für Lebensmittel und alles andere, von dem das Amt annahm, dass sie es brauchen würde. Sauerkraut, Kloßteig, eingelegte Kirschen. Nudeln, Shampoo, einzeln in Beutel mit Löchern abgepackter Reis. Wer kocht Reis in so kleinen Beuteln, fragte die Tante.

Die Tante wollte kurdisch kochen und schlug Leylas Mutter einen Handel vor. Besuchten Leyla und ihre Eltern sie, dann luden sie die Konservendosen und Reisbeutel am Ende des Nachmittags tütenweise in ihr Auto und gab die Mutter der Tante Geld für den türkischen Supermarkt im nächsten größeren Ort. Die Tante ging den Weg zweimal in der Woche zu Fuß, zurück dann mit lauter vollgepackten Tüten mit dem Bus, der nur vier Mal am Tag fuhr.

Die Lebensmittelkonserven der Tante sammelten sich zu Hause bei Leylas Eltern im Schrank, auch Leylas Eltern kochten lieber kurdisch. Immer höher stapelten sich die Lebensmittel, bis die Haltbarkeitsdaten überschritten waren und die Mutter alles wegwarf.

Im Heim servierte Tante Pero nach dem Essen Tee und Kekse, holte dann einen Papierstapel hervor und zeigte Briefe vom Amt, Formulare und Anträge, die die Tante mit ihren bloß vier Jahren Schulzeit und ihrem Deutsch unmöglich lesen konnte. Die Mutter füllte die Anträge aus. Leyla sah zu, wie die Tante ihre Unterschrift daruntersetzte, einzelne zitternde Buchstaben, P-E-R-O H-A-S-S-A-N, wie die Handschrift eines Kindes.

Tante Pero verstaute Obst und Brot in einer Plastiktüte. Sie packte Handtücher und eine Decke ein. Sie machten sich auf zum See hinter dem Dorf, nicht weit vom Heim.

Leyla und Rohat gingen voran. Rohat kannte den Weg. Er streune hier oft herum, sagte die Tante hinter ihnen zu Leylas

Mutter, nach der Schule. Er solle nicht so viel alleine herumstreunen, er solle lieber lernen.

Er war doch immer mit den anderen zusammen, sagte die Mutter, bei euch zu Hause. Ich kann mich daran erinnern.

Schön, dass ihr in der Nähe den See habt, sagte Leyla, weil sie nicht wusste, was sie sagen sollte.

Rohat kickte einen Stein vom Weg ins Gebüsch.

Hast du die Steinschleuder noch, fragte Leyla, mit der du früher immer die Vögel geschossen hast?

Rohat schüttelte den Kopf. Habe ich dort gelassen.

Rohat durfte inzwischen die Schule im Ort besuchen, seitdem sprachen sie Deutsch miteinander.

Leyla und er standen im flachen Wasser und versuchten, Steine hüpfen zu lassen. Rohat gelangen meist drei oder vier Sprünge, Leylas Steine fielen einfach nur ins Wasser und gingen unter.

Du musst flachere Steine nehmen, sagte Rohat. Schau, so. Leyla sah ihm zu. Er stand seitlich, neigte seinen Kopf. So ist es ganz leicht. Mit Schwung drehte er Arm und Oberkörper. Der Stein glitt über das Wasser, kam drei Mal auf, bevor er unterging.

Hier ist alles besser, sagte Rohat, aber ich will trotzdem zurück. Leyla sagte nichts. Sie hob einen flachen Stein vom Boden auf und ahmte die Bewegung nach, die Rohat gerade vorgemacht hatte.

Ist es so richtig, fragte sie.

Rohat nickte.

Bleibt lieber drinnen, sagte die Tante beim nächsten Besuch, als Rohat und Leyla hinaus in den Hof zu den anderen Kindern wollten.

Warum, fragte Leyla.

Es wird ein Gewitter geben, sagte die Tante und strich Leyla über das Haar, dabei war der Himmel wolkenlos und blau.

Leyla und Rohat saßen auf dem Bett und aßen Gummibärchen, die Leyla mitgebracht hatte.

Spielt doch Uno, sagte die Tante, Leyla, du hast doch Uno mitgebracht. Wir gehen erst später zusammen raus. Sie ging in die Küche, um neuen Tee zu kochen.

Es gebe Ärger mit der neuen Familie aus dem Irak, sagte die Mutter, als sie wieder im Auto waren, auf dem Weg nach Hause. Der älteste Sohn habe Rohat bespuckt und geschubst, ihn als Ungläubigen beschimpft. Du dreckiger Êzîde, habe er gesagt.

Das seien nur Streitereien zwischen Jugendlichen, sagte die Mutter. Die Tante schließe nun nachts immer die Tür zum Zimmer der drei ab und lasse den Schlüssel stecken.

Eines Tages kamen Polizisten mit Geländewagen, sagte der Vater. Ohne Ankündigung standen sie vor dem Hof, stiegen aus, kamen einfach hinein in unser Haus. Nûrî sagte: Haben Sie eine Genehmigung? Weiß der Dorfvorsteher Bescheid? Die Polizisten drängten Nûrî beiseite.

Meine Mutter hatte im Wohnzimmer dieses Holzbrett über der Tür, du kennst es doch, wo sie ihre paar Sachen aufbewahrte. Die Polizisten warfen alles davon auf den Boden, fegten alles aus den Regalen in der Wohnzimmerwand, kehrten die Sachen mit ihren Stiefeln zu einem Haufen zusammen. Vielleicht suchten sie nur Tabak, aber sie fanden Papier. Wunderschöne kurdische Kinderbücher, alle in Syrien verboten, die ich im Sommer zuvor beim Arbciten im Libanon gekauft hatte. Und Belege für das Newrozfest der Demokratischen Partei Kurdistans, eine Liste mit ihren Einnahmen und Ausgaben, Nûrî war damals für ihre Finanzen zuständig. Und Spendenlisten, mit

Namen. Das alles fanden sie sofort, wir hatten es gar nicht richtig versteckt.

Die Polizisten nahmen Nûrî und meinen Vater mit, sagte Leylas Vater. Nach Tirbespî, in das Gefängnis. Kaum waren ihre Geländewagen verschwunden, rannte ich aus dem Haus und durch das Dorf, jeden warnen, der auf der Liste stand. Und dann rannte ich weiter in das nächste Dorf, und dann noch einmal weiter in das Dorf dahinter.

Zwei Tage später fuhren wir nach Tirbespî. Die Beamten nannten uns eine Summe, für die Nûrî und mein Vater wieder freikämen. Sie versprachen: Bezahlten wir, würde der Fall nicht weitergereicht werden. Wir sagten, wir würden zahlen. Aber die verlangte Summe war zu hoch. Wir hatten so viel Geld nicht.

Also verpachteten wir unsere Felder, damals in diesem Sommer. Wir heuerten als Tagelöhner für die Baumwollernte an, alle, alle Männer und Frauen der ganzen Familie. Alle zusammen mieteten wir in der Nähe von Hasake ein Zimmer zum Schlafen. Abends bewässerten wir unsere eigenen Felder, tags pflückten wir Baumwolle, sammelten sie unter der heißen Sonne in großen Säcken. Ich erinnere mich noch gut an die weiten Felder dort, sagte Leylas Vater, an die weiße Baumwolle, an die Erschöpfung.

Nach einiger Zeit ließen sie Nûrî und Vater frei. Wie sie versprochen hatten, war der Fall nicht an eine höhere Ebene weitergegeben worden. Das war unsere größte Sorge gewesen.

Der Vater schwieg.

Ein zweites Mal, sagte deine Großmutter, Leyla, durfte so etwas nicht passieren. Sie ging mit einer Schaufel in den Garten, hob ein Loch aus. Sie legte alle Bücher hinein, die sie finden konnte, und schüttete das Loch mit Erde zu.

Sie, die nie lesen und schreiben gelernt hatte, machte keinen Unterschied. Für sie war alles Gedruckte gefährlich.

Als ich von der Schule in der Stadt nach Hause kam, sagte der Vater, waren also alle Bücher weg. Weg, weg, weg, sagte er. Niemand wusste etwas darüber. Meine Geschwister nicht, mein Vater nicht, meine Mutter zuckte nur mit den Schultern. Ich habe geschrien, sagte der Vater. Irgendwer muss doch wissen, wo sie sind, rief ich. Meine Mutter kam mit einem Tablett mit Tee und Zucker aus der Küche. Ich will keinen Tee, sagte ich, ich will meine Bücher.

An Büchern soll es dir nie mangeln, das sagte der Vater oft. Wollte Leyla ein Buch, kaufte der Vater es ihr. Einmal, als sie die Buchhandlung verließen, sagte er: Du kannst jedes Buch lesen, das du willst. Als ich so alt war wie du, konnte ich nicht lesen, was ich wollte. Heute könnte ich, aber jetzt bin ich immer müde, von der Arbeit.

Zu allen Geburtstagen bekam Leyla Bücher. Sobald sie lesen gelernt hatte, las sie ununterbrochen. Hatte sie einmal angefangen, konnte sie nicht mehr aufhören. Nachmittagelang las sie, allein zu Hause nach der Schule, die Eltern bei der Arbeit. In den Sommern bei den Großeltern im Dorf las Leyla, im Schulbus, unter der Schulbank, überall.

Du hast es gut, sagte der Vater dazu, du hast alles, was du brauchst.

Ich habe dir erzählt, Leyla, dass mich meine Eltern weg von zu Hause in die Stadt schickten, als ich zwölf war. Die Dorfschule ging nur bis zur siebten Klasse, wer weiter lernen durfte, musste nach Tirbespî. Wir mieteten ein Zimmer bei einer aramäischen Familie, Nûrî, meine zwei Cousins Xalil und Firat und ich. Jeden Donnerstag am späten Nachmittag machten wir uns auf den Weg zurück ins Dorf. Im Winter schneite es einmal so sehr, dass wir den Weg verloren. Es wurde dunkel. Alles war weiß. Die Grenze mit ihren Minenfeldern war nicht weit. Auf dem Hügel im Dorf errichteten unsere Familien ein riesiges Feuer, damit wir den Weg fanden.

In den drei Monaten im Sommer ohne Unterricht kam dann die Arbeit. Ich habe im Libanon auf Baustellen gearbeitet, habe Felder bestellt, habe Strommasten repariert. In Aleppo und Damaskus habe ich in Restaurants abgewaschen, in Cafés gekellnert, in Fußballstadien Süßigkeiten verkauft. Im Dorf habe ich bei der Ernte mitgeholfen. Seit ich gehen kann, sagte der Vater, habe ich auf den Feldern gearbeitet. Ich habe Melonen getragen, Weizen geerntet, Baumwolle gepflückt.

Einmal hatten sie bei Leyla in der Schule über Kinderarbeit gesprochen, und Leyla hatte dem Vater davon erzählt. Der Vater hatte nur mit der Schulter gezuckt. Kinderarbeit gab es bei uns nicht, hatte er gesagt. Wir haben als Kind auch so gearbeitet.

Leyla glaubte, dass sie für den Vater eine Enttäuschung war. Ich bin nach Deutschland gekommen, damit meine Kinder es einmal besser haben, sagte er. Du hast alles, was du brauchst. So viele Bücher hatten wir im ganzen Dorf nicht.

Und sie brachte wieder nur eine Drei nach Hause, es reichte nur knapp für das Gymnasium. Hätte ich die Möglichkeiten gehabt, die du hast, sagte der Vater und schüttelte den Kopf. Du bist faul, sagte er. Willst du später so arbeiten müssen wie ich? Willst du wie Rohat arbeiten müssen, mit sechzehn Jahren auf dem Bau?

Wir kommen aus einer Region, sagte der Vater, die heute in der Türkei liegt. Schon zur Zeit des Osmanischen Reiches haben wir dort gelebt. Damals gab es noch keine Grenzen. Das Land war in

Vilâyat, Provinzen, unterteilt. Bisêri hieß die Region, in der Nähe der antiken Stadt Hasankeyf. Wir besaßen dort Land am Ufer des Tigris. Fruchtbares, grünes Land, sein Besitz bedeutete Reichtum. Wir hatten Felder, betrieben Viehzucht.

Wir lebten dort zu einer Zeit, in der es noch hunderte êzîdische Dörfer gab. Wenn die Qewals von Lalish zum Erzählen durch die Gegend zogen, brauchten sie ein ganzes Jahr. Heute gibt es dort nur noch wenige Dörfer, man kann sie an zwei Händen abzählen.

Als am Anfang des 20. Jahrhunderts die Massaker an den Armeniern begannen, wurde die Lage auch für uns schwierig. Gingen wir in die Stadt, warfen die Leute mit Steinen nach uns. Sie riefen, hier stinkt es nach Êzîden, sie verjagten uns.

Meine Mutter, deine Großmutter, sagte der Vater, war noch ein Kind. Es muss im Sommer gewesen sein, so erzählt man es sich in der Familie, als ihr Vater, er hieß Cindî, auf dem Weg nach Sirte war. Sie waren zu dritt. Mit Cindî gingen noch zwei andere Männer aus dem Dorf. Es war ein heißer Tag. Sie waren schon einige Stunden unterwegs und müde. Die Sonne stand an ihrem höchsten Punkt. Es war Mittag, sie wollten Rast machen. Jeder suchte sich Platz im Schatten.

Die Männer kamen als Erstes zu Cindî. Sie erkannten ihn am Schnurrbart und an der Kleidung. Er solle sich zum Islam bekennen, verlangten sie. Er weigerte sich. Lieber opfere ich meinen Kopf, als mich zum Islam zu bekennen, rief der Vater. Das hat Cindî gerufen, ehe sie ihn mit ihren Bajonetten töteten.

Cindîs zwei Weggefährten konnten fliehen. Es war eine steinige Landschaft, Gebirge. Sie rannten und versteckten sich in den Felsen.

Einer von ihnen, sein Name war Xalef, lebte mit uns im Dorf, sagte der Vater. Er war schon alt, als ich geboren wurde. Er kam fast jeden Abend zu uns. Er war es, der mir das alles erzählt hat, nicht meine Mutter.

Cindî hinterließ eine Frau und fünf Kinder. Das zweitjüngste war Leylas Großmutter. Cindîs Frau hieß Rende. Sie war erst Anfang zwanzig und schon Witwe. Ihre Familie drängte, sie solle nach Ablauf der Trauerzeit wieder heiraten, damit sie versorgt sei. Ihre Kinder waren schließlich noch klein, vier Töchter und ein schwächlicher, immer kränkelnder Sohn. Die Kinder sollten auf die Familien von Cindîs Geschwistern verteilt werden. Rende aber weigerte sich. Sie wollte ihre Kinder nicht weggeben. Sie wollte nicht wieder heiraten. Cindî war ein guter Mann, sagte sie, einen anderen als Cindî will ich nicht. Sie blieb mit ihren fünf Kindern im Haus wohnen. Es wurde viel geredet. Eine Frau ohne Mann, in einem Haus mit fünf Kindern, sagte der Vater.

Rende schuftete wie ein Tier, um ihre Kinder zu ernähren. Ihr Gesicht war braun gebrannt von der Mühe auf den Feldern. Sie arbeitete von morgens bis spätnachts, bestellte die Felder, versorgte die Tiere. Nie gab es genug Geld oder Essen. Sie verheiratete ihre älteste Tochter Seyro in das Nachbardorf. So oft es ging, kam Seyro den Weg zurück in ihr altes Dorf gelaufen, um bei der Ernte oder im Haushalt zu helfen. Die Schwiegermutter beschwerte sich: Du bist mehr bei deiner Familie als bei uns. Auch hier muss die Ernte eingeholt werden, nicht nur bei deiner Mutter.

Rende und ihre Kinder hatten eine Kuh, ihr wertvollstes Tier. Einmal fraß sich die Kuh auf dem Getreidefeld der Nachbarn voll. Leylas Großmutter hatte auf die Kuh aufpassen sollen, während Rende auf dem Feld war. Die Kuh war ihr fortgelaufen. Die wütende Nachbarin nahm die satte Kuh, führte sie zur Tränke und gab ihr Wasser zu trinken. So viel Wasser, dass der Bauch der Kuh ganz schwer wurde und sie zusammenbrach und starb.

Von da an gab es keine Milch mehr, sagte der Vater, keinen Joghurt, keinen Käse. Geld für eine neue Kuh hatten sie nicht.

Ein paar Jahre später wurde Rendes zweite Tochter verheiratet, blieb aber im Dorf. Ein Jahr verging mit seinen Feiertagen, Fastentagen, Arbeitstagen, dann noch ein Jahr. Die Qewals kamen und gingen wieder. Im April war Neujahr und kam Tawsî Melek wie jedes Jahr auf die Erde, um Glück und Segen unter die Menschen zu bringen. Die Leute im Dorf trugen Blumen in ihre Häuser, färbten Eier, bekamen neue Armbänder umgelegt. Das Getreide wuchs, auf die Erntezeit folgte der Herbst, dann kam Schnee, dann schmolz der Schnee wieder.

Dreiundsiebzig Ferman sind in der Geschichte der Êzîden überliefert. Ein êzîdisches Leben ist eines, das jeden Moment zu Ende sein kann. Eines Tages kamen sie, sagte der Vater, und umzingelten das Dorf. Die Dorfbewohner, unter ihnen Rende und ihre Kinder, ließen alles zurück. Zum Packen war keine Zeit. Sie flüchteten in alle Himmelsrichtungen.

Rende und unsere anderen Verwandten gingen in den Shingal, sagte der Vater. Ein Teil der Familie blieb dort. Meine Mutter aber kam nach ihrer Hochzeit mit ihrem Mann nach Syrien, in das Gebiet des Stammesführers Haco. Und so, Leyla, kamen wir nach Tel Khatoun, sagte der Vater.

Leyla versuchte, das andere Dorf, in dem die Großmutter aufgewachsen war, auf Google Maps zu finden. Doch sie kannte nur seinen kurdischen und nicht den türkischen Namen. Begonnen hatte man mit den Namensgebungen irgendwann im Osmanischen Reich, planmäßig dann in der neugegründeten türkischen Republik, nach dem Dersim-Massaker, 1938. Über viertausend kurdische Städte und Dörfer hat man umbenannt, sagte der Vater. Doch reichte das nicht, sagte der Vater. Sie durften ihren Kindern keine kurdischen Namen mehr geben. Alle in der Türkei Gebliebenen mussten türkische Namen in ihren Pässen stehen haben. 1945, sagte der Vater, wurde dann das Benutzen der kurdischen Sprache in der Öffentlichkeit gesetzlich verboten. Und das şal û şapik, die kurdische Kleidung. Es ist wichtig, dass du das weißt, sagte der Vater. Du darfst es nicht vergessen. Leyla, du darfst nie vergessen, dass du Kurdin bist.

Einige Jahre später, sagte er, wurde wieder Sprache verboten, diesmal der Buchstabe X, der im kurdischen Alphabet, aber nicht im türkischen vorkommt, kurdische Musik, kurdische Literatur, kurdische Zeitungen.

Es gab keine Kurden mehr. Man sprach von Bergtürken, später, weil Bergtürken zu abwertend klang, von Osttürken. Die kurdischen Nationalfarben, Rot, Grün und Gelb, wurden verboten. Im Osten des Landes ersetzte man das Grün in den Ampeln durch Blau. Den Rest, sagte der Vater und starrte auf seinen Koffer mit den Dokumenten, hat dann die Angst erledigt.

Leyla kannte die Geschichten. Die Checkpoints in den Straßen, die Männer von JİTEM, ihre weißen Renaults vom Typ Toros, die mit Säure übergossenen Leichen, die zur Abschreckung in die Felder geworfen wurden, die Brunnen, in denen sie die Kurden verscharrten.

Sie waren auf dem Weg zur Arbeit, zum Arzt, zu einer Hochzeit, nachts, tagsüber, und wurden nie wieder gesehen. Der Vater erzählte von den türkischen Gefängnissen, zeigte die Narben auf seinen Armen. Für ein Buch, für ein paar Kassetten mit kurdischer Musik.

Wenn ich in Kurdistan bin, treffe ich immer wieder Väter, die mir sagen, dass ihre Söhne wegen meiner Musik gehängt wurden, sagte Şivan Perwer einmal in einem Interview im kurdischen Fernsehen.

Frag Tauben, frag Freunde, Kameraden. Frag die Mauern des Gefängnisses. Sie werden dir die Wahrheit sagen, sang er. Leyla konnte sich nur vage erinnern, wie sie Şivan das erste Mal spielen gesehen hatte. Es musste eine der Newrozfeiern gewesen sein, auf die sie jedes Jahr im März gingen. Die Feiern fanden meist in Turnhallen oder Sälen statt, die auch für Hochzeiten gemietet wurden. Damals tanzten alle, und vorne auf der Bühne saß Şivan in şal û şapik und spielte und sang. Leyla war noch klein, es war ein wichtiger Moment. Der Vater hörte Şivans Kassetten beim Autofahren, spielte sie zu Hause auf der Saz. Frag die Farben des Frühlings. Frag die Blüten des Baumes. Seit vielen Jahren bin ich gefangen, Gewalt und Unterdrückung hab ich viel gesehen. Glaub mir, ich habe Sehnsucht nach dir, sang Şivan. Min bêriya te kiriye, Kurdistan. Leyla konnte alle seine Lieder auswendig, immer schon. Manchmal hatte sie das Gefühl, die Lieder wüssten etwas über ihr Leben.

Und sie wüssten etwas über den Vater, wie er abends vor dem Fernseher saß und seine gesalzenen Sonnenblumenkerne aß, wüssten etwas über die Satellitenschüssel auf dem Hausdach, etwas über die Falten im Gesicht der Großmutter, etwas über Leyla, die manchmal nachts, wenn sie nicht schlafen konnte, in die Küche ging und die Schranktür öffnete, hinter der die Plastiktüte mit den von der Großmutter mit einer Nadel auf Garn aufgefädelten und zum Trocknen in der Speisekammer aufgehängten Okraschoten aus dem Garten lag, und die immer noch, wenn Leyla die Tüte aus dem Küchenschrank nahm, eben diesen Geruch der Speisekammer in sich trug, was Leyla ein pochendes Ziehen in der Brust verursachte.

Şivan Perwer, der selbst dreißig Jahre im Exil in Europa verbracht hatte, hatte die kurdischen Städte und Landschaften wieder und wieder besungen. Duhok, Zaxo, Amed, Erbil, Kermansah, Mahabad, Slemanî, Städte, in denen Leyla nie gewesen war und die sie nur aus den Liedern und aus dem kurdischen Fernsehen kannte, schneebedeckte Gipfel, Wasserfälle, blühende Täler, grüne Wiesen, Flüsse mit kristallklarem Wasser.

Leyla kannte nur den Teil Kurdistans, der in Syrien lag und den man heute Rojava nannte, den Westen. Wenn Leyla nach den Sommerferien in der Schule von ihren Ferien erzählen sollte, sagte sie, es ist schön dort. Und wenn die Lehrerin dann nachfragte, was denn schön sei, dann wusste Leyla nicht, was sie sagen sollte. Der Staub, das flache Land, die Ölpumpe hinter dem Dorf, die Mücken. Sie erzählte in das Klassenzimmer hinein, wie sie abends vor dem Haus sitze und ihre Mückenstiche zähle. Dann hörte sie auf zu reden, lächelte nur, während die nächste Schülerin an die Reihe kam.

Der Vater sagte, der Frühling jetzt, während wir noch in Deutschland sind, ist grün. Die Bäume blühen jetzt. Der Vater zählte auf, er hörte lange nicht auf: Die Granatapfelbäume blühen, die Olivenbäume blühen, die Kirschbäume blühen, die Feigenbäume blühen.

Leyla hatte das Spiel oft gespielt. Was wäre wenn. Was wäre, wenn der Vater nicht nach Deutschland gegangen wäre. Was wäre, wenn sie zurückgekehrt wären. Was wäre, wenn sie im Dorf geboren wäre. Was für ein Kurdisch würde sie heute sprechen? Wäre sie wie Zozan geworden, vielleicht hätten sie sich dann besser verstanden? Leyla stellte sich vor, wie sie in der Stadt zur Schule gehen würde, dann zum Studium nach Aleppo, wie sie mit klappernden Sandalen durch die Altstadt von Aleppo laufen, in den Straßengeschäften einkaufen, die Plastiktüten mit Obst und Gemüse in ihre Wohnung tragen würde.

Die Geschichte Kurdistans erzählte der Vater ihr immer wieder. Die fremden Herrscher, ein Einbruch ins Paradies. Die erste Teilung Kurdistans im 17. Jahrhundert, zwischen den Osmanen und den Safawiden. Die zweite Teilung 1916, Sykes-Picot sagte man dazu, nordöstlich das französische und südwestlich das britische Mandat. Immer wieder die Aufstände, gegen die Osmanen, die Briten, das türkische Militär.

Du darfst diese Geschichte nicht vergessen, sagte der Vater, das ist deine Geschichte, Leyla.

Diese Geschichte, in der sie kein Land hatten, keinen Platz, und wegen der sie in Deutschland waren. Nicht im Land mit den singenden Hirten, den Frauen mit den Tätowierungen im Gesicht, den Bergdörfern, den weiten Landschaften aus dem kurdischen Fernsehen. Nicht im Land, in dem die Wassermelonen rot waren und nicht nach Wasser schmeckten, in dem zu Newroz im März das neue Jahr begann und die Menschen über das Feuer sprangen.

Der Vater hatte alle Jahreszahlen im Kopf, alle Namen, alle politischen Umstände. Leyla brachte sie durcheinander, vergaß sie, musste nachschlagen. Als sie später studierte, saß sie statt in den Vorlesungen in der Bibliothek der Orientwissenschaften und las nach. Der Aufstand der Êzîden gegen die Safawiden 1506 bis 1510, die Schlacht bei Dimdim 1609 bis 1610, über die Feqiê Teyran ein Jahrhundert später geschrieben hatte, der von Sheikh Mehmûd Berzincî angeführte Aufstand gegen die Briten 1919, der Koçgiri-Aufstand ein Jahr später, der Sheikh-Said-Aufstand 1925, der Ararat-Aufstand unter der Organisation Xoybûn 1927 bis 1930, die Barzani-Revolten im irakischen Teil 1967 bis 1970, der bewaffnete Kampf der PKK in der Türkei seit 1984.

Das alles wird kein Ende nehmen, sagte der Vater, wenn weiter andere über uns herrschen. Es braucht ein eigenes Land, einen kurdischen Staat, mit Schulen, an denen der Unterricht in Kurdisch abgehalten wird. Kurdische Universitäten, kurdische Straßenschilder, kurdische Ämter, kurdisches Militär. Die fremden Herrscher werden aber ihre Macht nicht einfach abgeben. Für einen kurdischen Staat, sagte der Vater, muss man kämpfen. Immer wieder, sagte der Vater, haben Leute gekämpft.

Er erzählte Leyla von Leyla Zana, die als Abgeordnete in das türkische Parlament gewählt worden war, ihren Amtseid auf Türkisch und Kurdisch abgelegt hatte und dabei ein grün-rot-gelbes Band im Haar getragen hatte. Leyla Zana habe viele Jahre im Gefängnis verbracht, sagte der Vater. Von Leyla Qasim erzählte er Leyla, die gegen die Baath-Diktatur im Irak gekämpft hatte und dafür mit gerade erst zweiundzwanzig Jahren hingerichtet worden war. Vor ihrer Ermordung sollte sie gerufen haben, Tötet mich, aber ihr sollt wissen, dass durch meinen Tod tausende Kurden aus einem tiefen Schlaf erwachen werden. Von einer dritten Leyla erzählte der Vater Leyla, deren Foto bei Onkel Nûrî und Tante Felek in Celle und ebenso bei Tante Pero im Dorf im Wohnzimmer über dem Fernseher hing und die der Vater als junger Mann eigentlich hatte heiraten wollen, die sich dann Berxwedan genannt hatte, Widerstand, und die von Deutschland aus in die kurdischen Berge aufgebrochen und dort ein Jahr später gefallen war. Nach diesen drei Leylas haben wir dich benannt, sagte der Vater und goss sich und Leyla noch einmal Tee ins Glas.

Ein Mann aus der Stadt kam zu uns ins Dorf, sagte er. Die Regierung hatte ihn geschickt. Er kam im Hemd, in Bundfaltenhosen und Lederschuhen und mit einem Aktenkoffer und verschwand im Haus des Dorfvorstehers. Eine Traube bildete sich vor dem

Haus, wir Kinder und unsere aufgeregten Väter. Der Dorfvorsteher kam heraus und rief nach jemandem, der Arabisch sprach. Es war umständlich mit unserem Dorfvorsteher, er sprach nur Kurdisch, konnte nicht lesen und schreiben. Sprach er mit den Behörden oder musste Papiere beglaubigen, dann brauchte er immer jemanden, der ihm übersetzte oder vorlas. Aber er war der einzige Mann im Dorf mit syrischer Staatsbürgerschaft, und so konnte nur er diese Aufgabe ausüben.

Als der Mann aus der Stadt wieder abgefahren war, trat der Dorfvorsteher vor die Tür und sagte, es habe eine Bodenreform gegeben. Er sagte, dass man uns enteignet habe, alle Kurden in der Region, die auf dem Streifen von zehn Kilometern zur türkischen Grenze Land besaßen.

Die Gesichter des Dorfvorstehers und unserer Väter waren ernst. Es dauerte eine Weile, bis wir Kinder verstanden, was das bedeutete, *Bodenreform*. Man nahm uns unsere Felder weg.

Der Mann von der Regierung hatte gesagt, wir würden dafür an einem anderen Ort Felder bekommen, hunderte Kilometer weit entfernt, an der Grenze zum Irak.

Aber was sollten wir dort? Wir sagten, das lassen wir nicht mit uns machen, wir wehren uns. Außer uns beschloss nur ein weiteres Dorf in der Gegend, sich zu wehren.

Mit den Traktoren, die wir immer zur Ernte ausliehen, errichteten wir eine Blockade auf der Straße.

Als wieder zwei Beamten aus der Stadt kamen, warfen wir Steine nach ihnen.

Einen Tag später kehrten sie zurück. Es war Vormittag. Wir Kinder standen auf dem Dorfhügel und sahen sie schon von weitem. Eine Kolonne von olivgrünen Militärfahrzeugen, deren Räder den Staub der Straße aufwirbelten. So viele Fahrzeuge, ich konnte kaum glauben, was ich sah.

Als sie das Dorf erreichten, hatten wir den Hügel längst verlassen. Wir rannten, und unsere Eltern auch. Aus den Fahrzeugen stiegen hunderte von Soldaten. Sie trugen Gewehre bei sich, Knüppel und Schlagstöcke. Sie rannten ebenfalls, jagten die Männer. Sie prügelten, schlugen mit den Schlagstöcken, brachen Arme, Beine.

Von meinem Versteck im Hühnerstall aus konnte ich unseren Hof sehen. Ich hatte mich im Stroh eingegraben und hoffte, dass man mich dort nicht finden würde. Ich bewegte mich nicht, wagte kaum zu atmen. Ich starrte durch den Spalt unter der Stalltür hindurch.

Vier Soldaten traten die Tür zu unserem Haus ein. Sie trugen ihre Gewehre geschultert. Ich traute mich nicht aus meinem Versteck und hielt es dort gleichzeitig kaum aus. Die Soldaten kamen wieder aus dem Haus, meinen Vater und Nûrî zwischen sich. Jeweils ein Soldat hielt ihre Hände hinter dem Rücken fest, Nûrî und mein Vater gingen gebeugt. Ein Soldat mit einem Knüppel ging neben ihnen her und schlug immerzu auf Nûrî ein, der sich zu wehren versuchte, sich aufbäumte. Mein Vater war ganz ruhig. Der vierte Soldat ging hinter ihnen, das Gewehr im Anschlag.

In der Tür stand meine Mutter, deine Großmutter, und bewegte sich nicht.

Die Soldaten trieben Nûrî und meinen Vater auf die Straße. Meine Mutter stand immer noch da wie erstarrt, als ob sie vergessen hätte, sich zu bewegen.

Ich kann nicht sagen, wie lange ich dort lag und wie lange meine Mutter in der Tür stand. Irgendwann ging sie ins Haus.

Eine Stunde war vergangen, oder viel mehr, als unsere Mütter schließlich nach uns riefen. Wir Kinder waren auf Bäume geklettert, hatten uns bei den Tieren im Stall versteckt, im Garten, in dunklen Ecken, in den Speisekammern hinter dem Getreide.

Vierzig Männer hatten sie mitgenommen, erfuhren wir, nach Qamishlo in das Gefängnis.

Unser Nachbar soll gerufen haben, wir wehren uns, wir fliehen nicht, wir verteidigen uns, erzählte man sich. Aber wie verteidigen? Wie verteidigen gegen Soldaten mit Maschinengewehren?

Unser Lehrer war der einzige Araber im Dorf. Er warf sich, so erzählte man sich, nachdem die Soldaten wieder weggefahren waren, auf sein Bett und weinte. Viel später habe ich erfahren, dass er bei den Kommunisten war.

Es war, sagte Leylas Vater, das erste Mal, dass mein Vater und Nûrî im Gefängnis waren. Das zweite Mal kam, als der Geheimdienst die Bücher und die Liste der Demokratischen Partei Kurdistans bei uns fand.

Nach ein paar Wochen, als der Sechstagekrieg begann, hat man unsere Männer wieder freigelassen, gegen Kaution natürlich. Offenbar wollten sie weitere Aufstände vermeiden.

Als Nûrî und mein Vater aus Qamishlo wiederkamen, schlachtete meine Mutter ein Huhn und machte Suppe daraus. Fleisch gab es sonst nur zu Feiertagen.

Wir konnten einen Teil unserer Felder behalten.

Das Land, das sie uns nahmen, gaben sie Arabern. Die Araber kamen vom Euphrat, aus der Provinz Raqqa, wo die Regierung einen Staudamm gebaut und ihre Dörfer geflutet hatte. Die Araber bekamen alles, Wasserpumpen, Strom, was wir nie hatten.

Danach haben wir nur darauf gewartet, dass sie wiederkommen. Nächtelang saßen wir zusammen und redeten: Eines Tages kommen sie wieder, mit LKWs und Waffen, um uns umzusiedeln. Wir waren uns sicher, sie würden kommen, die ganzen Jahre waren wir uns sicher.

In den Sommern im Dorf dachte Leyla oft daran, wie sie kommen würden, daran, dass man sie schon von weitem sehen würde. Die Landschaft war flach, keine Berge wie auf der anderen Seite der Grenze, in denen man sich verstecken konnte. Keine Freunde außer die Berge, sagte der Vater manchmal, das Dorf aber hatte nicht einmal die Berge. Es lag schutzlos da, die Mauern der Lehmhütten halfen höchstens gegen Sonne und Wind.

Wenn Leyla im Hof auf dem Hochbett lag und nicht schlafen konnte und in den Himmel sah und in die Nacht hineinlauschte, dann war da nur das Pochen der Ölpumpen, Hundegebell. Aber Schutz bot die Nacht dennoch nicht, natürlich konnten sie jeden Moment kommen. Einmal erwachte sie im Morgengrauen von einem ohrenbetäubenden Dröhnen. Am Himmel war ein Flugzeug, das tief über sie hinwegflog. Panik überkam sie, sie sprang auf, kletterte vom Hochbett, stand im Hof, wollte sich wegducken und wusste nicht, wohin. Das Flugzeug flog weiter. Ihr Herz pochte bis in den Hals.

Das sei nur eines dieser Flugzeuge gewesen, die Insektizide über die Felder sprühten, sagte der Onkel, als Leyla beim Frühstück danach fragte.

Sie musste wieder an das Flugzeug denken, als sie Jahre später, im zweiten oder dritten oder vierten Jahr des Krieges, vor dem Laptop saß und die Flugzeuge ihre Fassbomben über Homs und Aleppo abwerfen sah. Sie musste denken, dass der Tod vom Himmel fiel und dass es nie einen Grund gegeben hatte, dem Präsidenten und seinen Leuten zu vertrauen, dass sie immer bis zum Äußersten gehen würden und die Erde und der Himmel ihnen gehörten. Vielleicht hatte Leyla das damals schon zumindest geahnt.

Und dann wieder diese Ruhe im Dorf, wenn sie die Hühner fütterte, die langen, ereignislosen Nachmittage, in denen sie im

Wohnzimmer lag und döste, Tee trank, die Hühner im Hof mit Kirschkernen bespuckte und abends mit der Großmutter im Garten von Beet zu Beet ging, mit dem Wasserschlauch die Erde tränkte.

Der Vater hatte einen Garten gewollt. Weil der Vater einen Garten wollte, zogen sie in ein Dorf, in eine neue Siedlung aus Reihenhäusern, die alle gleich aussahen. Leyla war damals acht oder neun Jahre alt.

Den Namen des Dorfes las man auf der Bundesstraße aus München heraus auf dem Ortsschild und vergaß ihn gleich wieder, weil er keine Bedeutung hatte. Es war kein besonders schönes Dorf, kein Dorf, in das man gerne einen Ausflug gemacht hätte. Man verirrte sich nur dorthin, wenn man jemanden besuchte oder dort lebte.

Das gesamte Dorf hatte keine Bedeutung. Daran änderte auch nichts, dass der Heimatpflegeverein Dorfchroniken drucken ließ, die man in der nächstgelegenen Kleinstadt im Buchladen kaufen konnte, kiloschwere, dicke Bücher mit festem Einband und Farbabbildungen zur Geschichte der Freiwilligen Feuerwehr, zur Sanierung der Kirche, zur Blaskapelle, die es vor zwanzig Jahren mal für ein paar Jahre gegeben hatte.

Der Heimatpflegeverein bestand aus Dorfbewohnern, deren Großeltern, Ur- und Urgroßeltern schon im Dorf gelebt und die auch selbst nie das Dorf verlassen hatten. Die meisten waren über fünfzig, ein paar Jüngere gab es aber auch. Einer war Vizevorsitzender des Ortsverbandes der CSU, der andere das Enkelkind des Schriftführers des Vereins.

Als sie hergezogen, kaufte die Mutter einige Bände der Dorfchroniken und stellte sie im Wohnzimmer in das Regal hinter dem Fernseher, der immer angeschaltet war, gleich neben die kurdischen Bücher und Zeitschriften des Vaters. Weder der Vater noch die Mutter blätterten jemals in den Büchern. Leyla schon. Aber sie kannte niemanden, von dem in den Chroniken die Rede war.

Im Dorf wurde unterschieden zwischen Alteingesessenen und Zugezogenen. Leyla und die Eltern waren Zugezogene. Das bedeutete, dass ihre Nachnamen nicht bereits auf den Grabsteinen auf dem Dorffriedhof eingraviert waren, und dass sie zwar einen Dachboden hatten, aber dass ihr Dachboden im Gegensatz zu den Dachböden der Alteingesessenen leer war. Ihr Haus befand sich am Rand des Dorfes, zwischen der Bundesstraße und einem kleinen Waldstück. Vom Haus konnte man die Straße sehen und die Autos zählen, Leyla tat das als Kind stundenlang.

Das Haus war weiß gestrichen, hatte dunkle Giebelbalken und Fensterläden aus demselben dunklen Holz, darüber ein Ziegeldach, wie alle anderen Häuser im Dorf auch. Manchmal lag Leyla da und starrte die Decke an und versuchte, sich die verschiedenen Baumaterialien vorzustellen. Über ihr war die Decke weiß, darunter Putz, dann Rohre, Ziegel, Kabel, Zement. Was das Haus von allen anderen Häusern unterschied, sah man erst bei genauem Hinsehen: die große Satellitenschüssel auf dem Dach. Die Mutter hatte sie in einem schlammigen Ziegelrot gestrichen, damit sie nicht so sehr auffiel.

Die Mutter sprach viel mit den Leuten im Dorf, der Vater möglichst wenig. Trotzdem war er nie unhöflich. Gut, danke, wie geht es Ihnen. Gut, sehr gut! Er lächelte, wenn er die Nachbarn grüßte, immer lächelte er. Sein Lächeln außerhalb des Hauses ähnelte dem nachgeahmten Bayrisch der Mutter, eine Art Hut, den man aufsetzte, wenn man das Haus verließ, ein Regenschirm, ein Gebrauchsgegenstand für die Außenwelt.

Das Lächeln des Vaters konnte Leyla wütend machen, seine ständige übertriebene Höflichkeit. Wie er Bitte und Danke sagte und: Nur, wenn es Ihnen wirklich keine Umstände macht. Wie streng er mit Leyla war, sagte, sie solle immer leise sein, sie dürfe niemals die Nachbarn stören. Wie sie nur nicht nach acht draußen spielen durfte, weil die Nachbarkinder das auch nicht durften. Das macht man hier so! Wie streng er mit Leyla war, wenn die Lehrerin sagte, dass Leyla im Unterricht nicht zugehört habe, dass sie mit Bernadette gequatscht und ihre Hausaufgaben nicht gemacht habe. Er schlug mit der Faust auf den Tisch, er zischte. Dafür bin ich nicht nach Deutschland gekommen!
  Nicht auffallen. Bescheiden sein. Immer höflich sein, sagte er immer wieder.

In der Münchner U-Bahn wurde er bespuckt, als Asylantenschwein beschimpft. Als Leyla noch sehr klein war, passierte das, es fiel ihr oft ein. Ihr fiel auch oft ein, wie er einmal nach Hause kam und tonlos und sehr ruhig in der Küche zur Mutter sagte, ein Mann bei der Arbeit habe zu ihm gesagt: Solche Leute wie dich sollte man wieder ins Gas schicken. Als er den Mann dem Vorgesetzten melden wollte, hatte angeblich keiner der Kollegen etwas mitbekommen.
  Einmal nahm Leyla in der Schule eine Mitschülerin in Schutz und wurde dafür von den Lehrern zurechtgewiesen. Der Vater lobte sie dafür. Er sah sie ernst an, als er sagte, er habe nie jemanden bespitzelt und nie jemanden verraten. Verstehst du das, sagte er. Leyla nickte verwirrt und wusste nicht, worauf der Vater hinaus wollte. Er und ein Freund hätten sich einmal geweigert, bei

einer Parade der Baath-Partei mitzulaufen, die für alle Schüler verpflichtend gewesen sei. Sie seien eine Woche lang vom Unterricht ausgeschlossen worden. Verstehst du, sagte der Vater. Leyla nickte.

Der Vater kaufte bei einem deutschen Imker Bienen und einen Bienenstock. Er stellte ihn in eine Ecke des Gartens, so wie auch der Bienenstock der Großeltern in einer Ecke stand, windgeschützt hinter dem kleinen Holzhäuschen. Im Juli erntete er den Honig. Fast den ganzen Garten grub er zu einem Gemüsegarten um. Dafür hat man einen Garten, sagte er. Er baute ein Gewächshaus. Er zog Tomaten, Gurken, Zucchini, Auberginen, sogar Tirozî.

Die Tirozî waren klein, hatten eine hellgrüne Schale und schmeckten süßlich, ganz anders als die langen dunkelgrünen Gurken aus den deutschen Supermärkten. Die Samen für sie hatte der Vater aus dem Garten der Großeltern. Die Großmutter hatte sie ihm mitgegeben, hatte dafür eigens einen kleinen Stoffbeutel genäht, aus den Flicken eines ihrer Kleider.

Der Vater pflanzte Lauchzwiebeln, Knoblauch, Kresse, Minze, Petersilie. Um die Terrasse herum steckte er Weinreben, zog sie an Drähten hoch. Im Sommer konnte man in ihrem Schatten sitzen, im Frühling pflückte er die jungen, frischen Blätter, um aus ihnen Aprax zu machen. An den Wochenenden buk er Nan, dünn wie Lappen.

Hätte ich einen Lehmofen, sagte der Vater, dann wäre das Nan wie zu Hause.

Auf die Wiese pflanzte er einen Maulbeerbaum. Waren die Sommer lang und warm, trug der Baum viele dunkle Früchte. Waren die Sommer kalt und verregnet, blieben die Früchte hell und verfaulten irgendwann. Vom Frühling bis in den Herbst hinein ging der Vater jeden Tag nach der Arbeit in den Garten. Er goss, säte, jätete, erntete, reparierte den Zaun, strich das Holzhäuschen, grub die Beete um.

Es gibt noch genug Platz für Hühner, sagte er beim Abendessen, nachdem er den ganzen Sonntag im Garten gearbeitet hatte. Oder für eine Ziege, für Käse und Milch. Ich könnte das Holzhäuschen zu einem Stall umbauen.

Der Vater, dachte Leyla, baute mit seinem Garten den Garten der Großeltern nach. Am Garten der Großeltern wurden alle anderen Gärten gemessen. Der Garten der Großeltern war viermal so groß wie ihrer. Ein Gewächshaus war nicht nötig, die Sonne schien das ganze Jahr. Selbst wenn Leyla es versucht hätte, sie hätte nicht aufzählen können, was dort alles wuchs. Alles, was sie in ihren Sommern bei den Großeltern aßen, kam aus dem Garten. Die Tomaten, Gurken, Zwiebeln, der Knoblauch, der Tabak, den der Großvater rauchte. Wenn sie wieder nach Deutschland fuhren, packte die Großmutter ihnen Koffer voll mit Gläsern mit Tomatenmark, Aprikosenmarmelade, getrockneten Okraschoten, eingelegten Peperoni, Oliven, gesalzenen Sonnenblumenkernen. Sie aßen noch ein halbes Jahr später an der Ernte des Gartens.

Es ist so kalt hier. Der Feigenbaum trägt kaum Früchte, sagte der Vater. Es gibt kaum Sonne, meine Tomaten werden nicht reif.

Die Böden im Garten zu Hause sind fruchtbarer, sagte er. Was ich alles hätte pflanzen können, wäre ich dort geblieben. Oliven, Pistazien, Orangen, Zitronen, Wassermelonen.

Die deutschen Tomaten, sagte der Vater, schmecken nach Wasser.

Als ob ihr deutscher Garten nur eine billige Kopie des Paradieses sei, dachte Leyla, ihre Tomaten nur ein Ersatz für die eigentlichen Tomaten, ihr Brot nur ein Ersatz für das eigentliche Brot. Und ihr Leben, dachte Leyla, nur ein Ersatzleben für das Leben, das sie eigentlich hätten leben können.

Irgendwann begann der Vater, eine Liste anzufertigen: hundert Flüche und hundert Segenswünsche. Das erste Mal erzählte er Leyla davon am Telefon, da war sie schon zum Studieren fortgezogen. Alle paar Tage, sagte er, falle ihm ein neuer Spruch ein. Leyla zählte für sich nach und kam nur auf fünf. 195, dachte sie, 195 Sprüche fehlen mir, um das zu sagen, was ich eigentlich sagen könnte.

Opa geht es nicht gut, sagte die Mutter. Sie haben vorhin angerufen. Sie goss sich ein Glas Wasser ein, löste darin ein Päckchen Aspirin auf. Leylas Mutter hatte Kopfschmerzen, wie meistens, wenn sie gestresst war. Das Päckchen Aspirin auf dem Küchentisch war oft das Einzige, an dem man bei der Mutter merken konnte, dass etwas nicht in Ordnung war.

Leyla stellte ihren Schulranzen in die Ecke, setzte sich an den Tisch und legte ihren Kopf auf die kühle Platte.

Magst du etwas essen, fragte die Mutter. Ich kann dir eine Pizza in den Ofen schieben. Ich muss jetzt organisieren, sagte sie.

Leyla schüttelte den Kopf.

Papa ist zu Onkel Nûrî nach Celle gefahren, sagte die Mutter am nächsten Mittag. Die Trauerfeier vorbereiten.

Wieso Trauerfeier, fragte Leyla.

Tante Felek hat vorhin angerufen. Sie sagt, Opa ist gestern gestorben. Sie weiß es von der Nachbarin Um Aziz, aber Onkel Memo bringt es nicht über das Herz, es ihr selbst zu sagen.

Leyla ging in ihr Zimmer, warf sich auf das Bett. Sie lag erst auf dem Bauch, drehte sich dann um und starrte an die weiße Decke. Die Zimmerdecke verschwamm unter ihrem Blick, aber Leyla weinte nicht.

Ein paar Wochen später fuhr die Mutter mit Leyla in die Stadt. Diesmal kauften sie nur das Nötigste, die Mutter rannte fast durch die Geschäfte. Sie sah erschöpft aus, als sie vor dem Eiscafé standen. Willst du noch ein Eis, fragte sie, wie um einer Pflicht nachzukommen. Leyla zuckte mit den Schultern. Dann nicht, sagte die Mutter, und sie fuhren zurück.

Es wird schon alles gutgehen, sagte die Mutter am Abend vor der Abreise von Leyla und Leylas Vater. Leyla lag schon im Bett, die Mutter war noch einmal hereingekommen, sie war nervös. Hier hast du das Handy, ich stecke es in deine Tasche. Ich habe ein paar Nummern eingespeichert. Es müsste eigentlich alles gutgehen, sagte die Mutter. Wie gesagt, es ist nur für den Notfall. Wenn du bei ihm bist, werden sie nichts machen. Aber wenn sie ihn mitnehmen, Leyla, dann weinst du und schreist. Du machst Theater, hörst du, schrei einfach nach Papa. Und dann ruf sofort diese Nummern an. Nur im Notfall, sagte sie, wie gesagt. Sie strich Leyla über den Kopf und machte das Licht aus.

Alles verlief wie gewöhnlich. Sie gaben ihre Koffer auf, Handgepäckkontrolle, Check-in. Der Vater kaufte Leyla und sich Cola. Die Flugbegleiterinnen gingen an ihnen vorbei zum Flugzeug. Irgendwann wurden auch sie zum Gate gerufen. Fast hätte Leyla das Handy in ihrer Tasche vergessen.

Der Vater sprach wenig, aber der Vater sprach nie viel, wenn sie auf dem Weg nach Syrien waren. Ich bin müde, sagte er. Leyla suchte ihr Buch und fing an zu lesen.

Die Stewardessen von Syrian Air servierten die kleinen, in

Plastikfolie eingeschweißten Kuchen, die es jedes Mal gab. Der Vater gab Leyla seinen Kuchen. Als die Stewardess die Landung ankündigte, wurde Leyla nervös. Sie dachte an das Handy in ihrer Tasche. Was ist, fragte der Vater.

Nichts, sagte Leyla.

Sie landeten in Aleppo. Leyla stand kurz auf der Gangway. Die warme Luft strömte ihr entgegen. Es war später Nachmittag. Die Bäume hinter der Landebahn waren in oranges Licht getaucht.

Sie holten ihre Koffer, reihten sich ein in die Schlange zur Passkontrolle.

Im Kontrollhäuschen saß wie immer ein Mann in Uniform, zwei Sterne auf den Schulterklappen. Er hatte gekämmtes Haar, das so licht war, dass seine Kopfhaut zu sehen war. Warum sehen sie hier alle gleich aus, dachte Leyla.

Der Vater schob ihre Pässe und Visa hinüber. Der Mann blätterte darin und blickte immer abwechselnd auf seinen Computerbildschirm und in die Dokumente. Er stellte ein paar Fragen auf Arabisch. Der Vater antwortete auf Arabisch, Leyla zupfte an seiner Jacke, was sagt er, fragte sie. Leyla, jetzt nicht, sagte der Vater.

Der Mann im Kontrollhäuschen hatte ein Gesicht, in dem Leyla nichts lesen konnte. Aber im Gesicht des Vaters ebenso wenig. Der Mann drehte sich nach links, sprach mit dem Mann im benachbarten Häuschen.

Worüber sprechen die beiden, fragte Leyla. Der Vater beachtete sie nicht.

Was ist los, fragte Leyla. Der Vater schüttelte den Kopf.

Drei Männer in Uniform kamen durch die aufgeräumte, klimatisierte Halle auf sie zu. Sie sagten etwas, dann nickten sie und wiesen den Vater an, ihnen zu folgen, so viel verstand Leyla. Der Vater ging mit ihnen mit, ohne sich noch einmal zu ihr umzudrehen.

Leyla blieb stehen. Der Mann im Kontrollhäuschen winkte sie zur Seite, um mit den Leuten in der Schlange hinter ihr weiterzumachen.

Leyla dachte an das Handy und daran, was die Mutter gestern Abend gesagt hatte. Sie sollte weinen, schreien, nach dem Vater rufen. Aber was zuerst tun, die Nummern anrufen oder weinen? Niemand hier verstand ihre Sprache, und etwas auf Kurdisch zu rufen war natürlich falsch.

Weder der Mann noch die Reisenden in der Schlange beachteten sie. Sie sahen sie nicht einmal an. Es kam ihr vor, als würden sie absichtlich wegsehen.

Leyla setzte sich auf den Boden. Die Schlange wurde allmählich kürzer. Leyla dachte daran, jetzt das Handy aus der Tasche zu nehmen. Aber was, wenn der Mann ihr das Handy wegnahm? Was dann? Wie viel Zeit war vergangen, seit sie den Vater weggebracht hatten? Fünf Minuten, zehn Minuten, mehr?

Der Mann im Kontrollhäuschen rief quer durch die Halle einen Kofferträger herbei. Er lächelte nicht, sah Leyla kein einziges Mal richtig an. Er sagte etwas zum Kofferträger, das Leyla nicht verstand, gab ihr dann ein Zeichen, dem Träger zu folgen.

Im Gehen fragte Leyla den Kofferträger nach dem Vater. Erst auf Deutsch, dann auf Kurdisch. Der Träger sah sie verständnislos an.

Leyla folgte ihm an der Passkontrolle vorbei und durch den Ausgang. Hinter der Absperrung stand Onkel Memo. Als er sah, dass Leyla alleine kam, erstarrte sein Blick für einen kurzen Moment, seine Augenbrauen zogen sich zusammen, dann zwang er seinen Mund zu einem Lächeln. Onkel Memo drückte dem Kofferträger eine Münze in die Hand, holte dann sein Handy hervor und wählte eine Nummer.

Sie ist alleine, sagte er. Ja, und ja. Ich weiß es auch nicht. Ich melde mich gleich.

Er wählte eine zweite Nummer. Ich kann jetzt nicht sprechen. Ich bin noch am Flughafen.

Wir gehen jetzt, sagte er mehr zu sich selbst. Leyla nickte.

Vor dem Flughafen winkte Onkel Memo ein Taxi heran. Und Papa, wollte Leyla fragen. Aber sie sah an den zusammengezogenen Augenbrauen Onkel Memos, dass jetzt nicht der richtige Zeitpunkt für Tränen oder Fragen war.

Sie hielten vor dem Haus von Onkel Sleiman und Tante Xezal. Eigentlich hatte Leyla sich auf diesen Besuch gefreut.

Sie war gerne bei den beiden. Ihre Wohnung in Aleppo hatte einen Balkon, von dem aus man einen Abhang hinunter nachts die Lichter der Großstadt sehen konnte. In den letzten Jahren hatte sie es geliebt, dort zu stehen und die Taxis unten in der Straße zu zählen.

Endlich, Leyla! Tante Xezal küsste sie. Nesrin macht uns schon seit Tagen verrückt. Kommt Leyla heute? Kommt Leyla heute?

Du hast Hunger, sagte Tante Xezal. Es gab Hühnchen mit Pommes und Salat, aber Leyla wollte nicht essen. Nesrin brachte Tee aus der Küche, setzte sich neben sie. Und Tante Xezal sagte, komm Nesrin, wir schauen zu, nicht, dass uns unsere Leyla noch verhungert. Nach dem Essen zeigte Nesrin Leyla ihr Stickeralbum und sagte, welche willst du, such dir welche aus. Ich will keine, sagte Leyla. Nesrin schlang ihre kleinen Arme um Leylas Oberkörper. Ich will dir aber welche schenken, sagte Nesrin.

Leyla ging früh ins Bett, stellte sich schlafend, als Nesrin sich neben sie legte. Als sie Nesrin längst schnarchen hörte, lag sie immer noch hellwach. Sie dachte an das kurze Telefonieren mit ihrer Mutter vorhin, an die Flugzeughalle und die drei Männer in

Uniform, versuchte, nicht an ihre Angst um den Vater zu denken. Auf einmal fühlte sie sich einsam. Sie schluckte, um nicht loszuweinen. Draußen war es ein wenig abgekühlt. Das Fenster stand offen und der Lärm der Straße, das ständige Hupen, das Aufheulen der Motoren, drang in das Zimmer.

Leyla hörte Tante Xezal durch den Flur gehen, ihre kräftige Stimme. Ihre Söhne kamen nach Hause, die Haustür fiel mehrmals ins Schloss, irgendwer kam und ging wieder. Irgendwann viel später waren wieder Stimmen im Flur. Der Vater war zurück. Leyla stand auf und ging in das Wohnzimmer.

Dein Vater ist zurück. Alles ist gut, Leyla, sagte Tante Xezal. Leg dich wieder schlafen.

Im Wohnzimmer saßen Onkel Sleiman, Onkel Memo und der Vater auf dem Sofa. Onkel Sleiman zündete sich eine Zigarette an. Tante Xezal kam wieder mit einem Tablett mit Essen. Leyla setzte sich trotz ihrer Worte zu den Männern. Der Boden war kühl, sie winkelte die Füße an.

Tante Xezal stellte auch ihr ein Glas Tee hin.

Was ist passiert, fragte Leyla.

Nichts ist passiert, sagte Onkel Sleiman.

Der Vater nickte nur. Leyla, geh wieder schlafen, sagte Onkel Sleiman.

Am nächsten Morgen fuhren Onkel Memo, der Vater und sie mit dem Auto in das Dorf. Alles war wie immer. Nach etwa zwei Stunden hielten sie vor dem Restaurant, vor dem sie immer hielten, saßen auf dem Boden und aßen Kebab. Sie fuhren weiter. Sie hörten Musik. Der Vater und der Onkel unterhielten sich vorne, Leyla hinten konnte nicht verstehen, worüber sie sprachen. Sie sah aus dem Fenster. Ausgetrocknete Felder, Schafherden, Städte, Dörfer, Häuser aus Beton, Häuser aus Lehm, irgendwann der

Euphrat, dieser riesige, nie enden wollende Fluss, die Fischer auf der Brücke, ihre Fänge anpreisend. Es war heiß im Auto, Leyla schwitzte. In einem Geschäft am Straßenrand kaufte der Onkel ihr eine Tüte Maischips, die Leyla liebte und auf die sie sich immer freute, weil es sie in Deutschland nicht gab. Leyla aß die ganze Tüte leer. Ihr war schlecht, ihre Zunge fühlte sich taub und pelzig an.

Am Nachmittag kamen sie an.

Die Großmutter küsste Leyla. Tante Havîn kam mit einem Tablett aus der Küche geeilt und brachte Tee. Die Stelle im Hof, an der der Großvater immer gesessen und seine Zigaretten geraucht hatte, war leer.

Das Wohnzimmer war voller Männer, die rauchten und Tee tranken. Im anderen Wohnzimmer die Frauen, die wie die Männer rauchten und Tee tranken, dabei aber immer wieder in lautes Weinen ausbrachen. Leyla ging in die Küche, Tante Havîn schickte sie wieder raus. Wir haben so viele Gäste, ich kann dich hier nicht brauchen. Im Laufe des Abends kamen immer mehr Leute, saßen nun auch vorne im Hof. Die Frauen küssten Leyla, fingen zu schluchzen an. Leyla lief in den Garten, wo es still war. Nur ein paar Hühner hatten sich hierher verirrt. Sie staksten zwischen den Beeten umher, beachteten Leyla nicht.

Leyla setzte sich auf einen Stein. Es war, als ob der Großvater jeden Moment aus der Haustür träte, auf seinen Stock gestützt, langsam an den Beeten vorbei, mit dem Stock den Weg abtastend, bis zu seinen Tabakpflanzen. Aber er kam nicht.

Was sie jetzt mit den Tabakpflanzen machen würden? Onkel Memo rauchte inzwischen auch Marlboros, die er in der Stadt kaufte und immer in seiner Hemdtasche bei sich trug.

Irgendwann kam die Großmutter, brachte ihr eine Schüssel mit Bulgur und Hühnchen, Salat und Brot. Leyla aß ein paar Bissen, trug das Essen dann zurück in die Küche. Tante Havîn gab ihr ein Brett, ein Messer und eine Schale voller Tomaten zum Schneiden. Irgendwann kam die Großmutter in die Küche und sagte, es ist schon spät, Leyla, geh schlafen.

Am nächsten Morgen gingen sie auf den Hügel und küssten den Stein, unter dem der Großvater bereits begraben lag.

Sie aßen Mittag. Gäste kamen. Leyla fand den Vater vor dem Spiegel stehend an der Mauer hinter der Küche. Er kämmte sein Haar. Ich muss in die Stadt, sagte er. Abends werde ich wieder zurück sein.

Leyla fragte nicht, wohin er ging und warum er sie nicht mitnahm. Obwohl sie die Stadt liebte, die Straßen voller Menschen, die Geschäfte, Cafés, Bistros. Und auch der Vater liebte es dort. Sie gingen immer in die Musikgeschäfte, kauften neue Saiten für die Saz, einmal eine Trommel. Jedes Mal ließ er sich ausführlich beraten, unterhielt sich lange mit den Verkäufern. Manchmal tranken sie einfach nur Tee und suchten danach Musikkassetten aus, kauften dann noch Gewürze bei Azra. Auf dem Weg zurück zum Auto, die Hände voller Plastiktüten, hatte der Vater stets gute Laune und pfiff durch die Zähne.

Aber diesmal war es anders. Dieser Stadtausflug war anders. Das Auto ist da, sagte Onkel Memo. Der Vater nickte.

Als er viele Stunden später wiederkam, war das Wohnzimmer noch immer voller Gäste. Er setzte sich dazu, trank Tee. Er sah erschöpft aus.

Die anderen sprachen über Politik, dann über Landwirtschaft. Der Vater nickte, lachte manchmal, schwieg viel. Sobald die Gäste gegangen waren, legte er sich schlafen.

Zwei Tage später fuhr er wieder in die Stadt. Abends bin ich zurück, sagte er mehr zu sich selbst als zu Leyla. Leyla nickte.

Noch einmal zwei Tage später sagte er es wieder. Abends bin ich wieder zurück. Wie ein Versprechen oder eine Versicherung, dachte Leyla.

War er in der Stadt, war sie beschäftigt, half in der Küche, servierte Tee, kochte mit den anderen.

Seit Tante Pero mit ihren Söhnen nach Deutschland gegangen war, fehlten ihre Anweisungen. Tante Havîn war gereizt, manchmal fuhr sie Zozan an, manchmal Leyla, ihr seht doch, wie viel los ist. Zozan wiederum fuhr Leyla an, du hast den Zucker vergessen, du hast die Löffel vergessen. An manchen Tagen kamen Evîn und Rengîn aus der Stadt, nur dann kehrte ein wenig Ruhe ein. Die Großmutter saß die ganze Zeit bei den Trauergästen.

Leyla trug das Tablett mit Teegläsern von der Küche in das Wohnzimmer, schenkte Tee ein, räumte die leeren Gläser wieder auf das Tablett, trug sie zurück in die Küche, spülte.

Die Leute redeten den ganzen Tag über alle durcheinander, und irgendwann hörte Leyla zufällig, dass der Vater nicht zu einem Besuch in der Stadt war, sondern dass er *vorgeladen* war. Und dass das mit Aussagen von Onkel Hussein zu tun hatte. Onkel Hussein war also wirklich einer von ihnen.

Als Onkel Hussein vorbeikam, war der Vater gerade in der Stadt. Ob das Zufall war oder ob der Onkel gewartet hatte, bis der Vater weg war, wusste Leyla nicht. Ja, er traute sich tatsächlich herüber, fast wunderte es Leyla, als sie ihn durch das Küchenfenster über den Hof gehen sah, langsam mit seinem Stock, er war ein alter Mann geworden. Leyla ging nicht hinaus, um ihn zu begrüßen. Erst später, als Zozan sie mit einem Teetablett in das Wohnzimmer schickte, reichte Leyla ihm einen Tee. Er nickte, war gerade mit dem Nachbarn in ein Gespräch verwickelt. Und Leyla ging wieder zurück in die Küche. Onkel Hussein war nicht mit Tante Pero und seinen Söhnen nach Deutschland gegangen.

Weshalb, wusste Leyla nicht. Aber als sie ihn gleich darauf unsicher mit seinem Stock über den Hof zu seinem fast leeren Haus mit dem kaputten Dach gehen sah, tat er ihr beinahe ein wenig leid.

Erst zurück in Deutschland erzählte der Vater davon, wie er in der Geheimdienstzentrale vorgeladen gewesen war, zum Verhör, sagte er.

Davor ging er zu Mirza, einem Neffen von Onkel Hussein, aber ganz sicher keiner von ihnen. Mirza hatte einen syrischen Pass, einen syrischen Abschluss in Jura und ein Büro. Er war Rechtsanwalt geworden. Leyla kannte ihn nur flüchtig. Einmal, sie war noch klein, waren sie bei ihm gewesen. Leyla durfte an seinem viel zu großen Schreibtisch sitzen und trockene Kekse aus einer Schachtel essen, am Ende war der ganze Schreibtisch voller Krümel. Der Vater entschuldigte sich, aber Mirza lachte nur.

Jahre später, vielleicht 2013, würde Mirza verhaftet werden. Seine Familie floh. Sie schickte von Deutschland aus Dokumente an Menschenrechtsorganisationen, schrieb offene Briefe an das syrische Regime, beklagte den schlechten Gesundheitszustand des Verhafteten, bettelte um Mirzas Freilassung. Aber es gab viele Menschen wie Mirza.

Woher kommt dein Name, fragte die Deutschlehrerin. Das ist ein arabischer Name, oder? Leyla schüttelte den Kopf und sah auf die Maserung des Tisches. Von den drei Leylas, nach denen sie benannt worden war, erzählte sie nicht.

Zum Islam kann uns sicher unsere Leyla etwas erzählen, sagte die Sozialkundelehrerin.

Fastet ihr am Ramadan, fragte die Mutter einer Schulfreundin, als sie Leyla von einer Geburtstagsfeier nach Hause fuhr.

Ist es nicht schwierig, so zwischen den Kulturen aufzuwachsen? Dein Vater ist sicher streng? Trägt deine Mutter Kopftuch?

Antwortete Leyla, nein, wir sind keine Muslime, nein, wir sind keine Araber, nein, wir beten zu Hause nicht und fasten auch nicht an Ramadan, aber ja, meine Oma und meine Tanten tragen Kopftücher, dann warf sie nur noch mehr Fragen auf. Sagte Leyla, wir sind Êzîden, dann wussten die anderen gar nicht mehr, wovon sie sprach.

Alles an Leyla irritierte immer alle. Die Bäckerin im Ort, den Zahnarzt, die Apothekerin, die Lehrerinnen in der Schule.

Leyla stand vor dem Spiegel, betrachtete das verwässerte Blau ihrer Augen und ihre dunklen, fast schwarzen Haare. Leyla Hassan, dieser verräterische Name.

Mein Vater kommt aus Kurdistan, sagte Leyla, und die Leute antworteten darauf: Kurdistan gibt es nicht. Mein Vater kommt aus Syrien, sagte Leyla dann, dachte an ihren Vater und schämte sich.

Bist du mehr deutsch oder kurdisch, fragte die Mutter der Schulfreundin. Deutsch, sagte Leyla, und die Mutter der Schulfreundin wirkte zufrieden.

Fühlst du dich mehr deutsch oder kurdisch, fragte Tante Felek. Kurdisch, sagte Leyla, und Tante Felek klatschte vor Freude in die Hände.

Du darfst nie vergessen, dass du Kurdin bist, sagte der Vater. Ich vergesse auch niemals, dass ich Kurde bin. Ich war im Gefängnis, weil ich Kurde bin.

Leyla Qasim, sagte der Vater, ist gestorben, weil sie Kurdin war. Bevor man sie in Bagdad hinrichtete, sagte sie: Ich bin glücklich, meine Seele für ein freies Kurdistan zu opfern.

Was man uns angetan hat, sagte der Vater, weil wir Kurden sind, das darfst du nie vergessen, Leyla.

Bist du Türkin, hatte Emre aus ihrer Klasse gefragt, und Leyla hatte den Kopf geschüttelt.

Der Vater zeigte Leyla seine Narben aus dem türkischen Gefängnis.

Sie haben mich mit Stromkabeln geschlagen. Sie haben Zigaretten auf meinem Arm ausgedrückt. Er schob die Ärmel seines Pullovers hoch. Hier, hier und hier, er zeigte auf die hellen Flecken, die Leyla so gut kannte, wo seine Haut sich gekräuselt hatte, als wäre sie geschmolzen.

Es sprach sich in der Schule herum, dass Leylas Vater Kurde war. In der Pause kam Pinar zu ihr und sagte: Kurden gibt es nicht. Kurden sind Verbrecher, sagte Emre. Sie sind kriminell und gehören ins Gefängnis. Kurden waschen sich nicht, sagte Esra, die in der Bank hinter ihr saß, Kurden stinken. Aber du bist anders, du wäschst dich ja. Leyla sagte nichts. In den Pausen spielte sie mit Bernadette, mit Julia und Theresa. Wenn Emre sich von ihr ein Lineal ausleihen oder Esra etwas von ihrer Schokolade haben wollte, gab sie Emre das Lineal und Esra die Schokolade. Aber sie stellte sich nicht zu ihnen, wenn sie vor dem Klassenzimmer auf die Lehrerin warteten. War sie ihnen schon aus dem Weg gegangen, bevor sie wussten, dass ihr Vater Kurde war, oder erst danach?

Bernadette sagte nie etwas zu diesen Dingen. Ein einziges Mal erzählte Leyla ihr davon, aber Bernadette sah sie nur hilflos an und wechselte dann das Thema. Auch Julia sagte nichts dazu, auch Theresa nicht. Bekamen sie es überhaupt mit?

Der Vater hielt sich aus diesen Dingen raus. Manchmal fragte sich Leyla, ob er überhaupt bemerkte, dass sie älter wurde. Ob er überhaupt irgendetwas bemerkte, das um ihn herum geschah, ob er es bemerken wollte. Doch wenn Leyla das Haus verließ, fragte er in letzter Zeit manchmal: Wohin gehst du, und wann kommst du wieder? Sagte sie dann: Zu Bernadette, sah er sie an, als sei er nicht sicher, ob sie die Wahrheit sage. Das war neu, nicht, dass er fragte, sondern, dass er sie verdächtigte zu lügen. Die Zeiten, in denen er umschaltete, wenn sich im Fernsehen zwei Menschen küssten, waren aber vorbei.

Die größte Sorge des Vaters schien zu sein, dass sie die Schule vernachlässigte. Was machst du die ganze Zeit im Badezimmer, sagte er und schaltete unwirsch den Fernseher aus. Stunden, Stunden! Was für eine Zeitverschwendung.

Leyla rührte Masken aus Heilerde an, wie Bernadette es ihr gezeigt hatte. Das desinfiziert, hatte Bernadette gesagt, gut gegen Akne. Leyla feilte ihre Nägel, lackierte sie in grellem Rot, trug Schichten von Make-up auf. Puder, Wimperntusche, Lidschatten, den sie zusammen mit Bernadette im Drogeriemarkt geklaut hatte.

Leyla betrachtete sich im Spiegel. Die schmale, kleine, deutsche Nase, um die Zozan sie beneidete. Sei froh, dass du nicht komplett kurdisch aussiehst, hatte Anna zu Leyla gesagt. Ich bin neidisch, sagte Bernadette, Leyla wird immer so schnell braun. Thomas, der im Kunstunterricht neben ihr saß, sagte: Das ist so eklig, dass ihr Türkinnen immer so haarige Arme habt.

Als er das sagte, fuhr Leyla nach der Schule sofort nach Hause. Zum Glück war niemand da. Sie schloss die Badezimmertür hinter sich ab, setzte sich auf den Klodeckel, nahm den Spiegel, mit dem sich die Mutter immer die Augenbrauen zupfte, auf der einen Seite des Spiegels sah man sich in Originalgröße, auf der anderen Seite dreifach vergrößert. Leyla hatte die vergrößerte Seite bis jetzt immer vermieden. Aber nun wollte sie Gewissheit haben über das, was sie schon lange vermutete. Überall in ihrem Gesicht wuchsen Haare. An ihrem Kinn sogar zwei längere, schwarze, wie Spinnenbeinchen. Und über ihrer Oberlippe auch welche. Ihr wurde schlecht beim Gedanken an das Wort *Damenbart*. Die Wangenknochen, die Schläfen. Ihre buschigen Augenbrauen, die auf dem Nasenrücken in der Mitte beinahe zusammenwuchsen. Ihr kamen die Tränen. Sie konnte es nicht ertragen. Sie nahm die Pinzette ihrer Mutter aus der Schublade und machte sich an die Arbeit. Am Ende war ihr Gesicht gerötet und geschwollen. Sie würde sich daran gewöhnen müssen.

Leyla zog Rock, T-Shirt, BH, Unterhose aus. Krauses, schwarzes Schamhaar. Sie setzte sich, lehnte ihren Kopf gegen die Wand. Die Fliesen waren kalt.

Je länger sie sich mit ihrem Körper beschäftigte, desto mehr Stellen fand sie, an denen die dunklen, krausen Haare wuchsen. Wucherten, dachte Leyla. Auf ihrem Rücken, an der Unterseite ihrer Oberschenkel, unter ihrem Bauchnabel. Sie hatte sogar Haare auf und zwischen ihren Brüsten. Auf den Zehen fand sie welche, auf dem Handrücken, auf Achseln und Beinen sowieso.

Leyla zog sich wieder an und verließ das Haus. Im Drogeriemarkt kaufte sie Enthaarungscreme, Rasierer, Rasierschaum und Kaltwachsstreifen.

Wieder zu Hause, rief sie Bernadette an.

Bernadette sagte, ich weiß, schlimm. Ich habe auch viele Haare.

Aber deine Haare sind blond, sagte Leyla. Man sieht sie nicht.

Womit willst du anfangen, fragte Bernadette.

Ich weiß nicht, sagte Leyla und breitete die Packungen auf dem Badezimmerboden aus.

Von der Enthaarungscreme bekam Leyla Ausschlag. Vom Rasieren Stoppeln. Die Kaltwachsstreifen funktionierten nur einmal, als ihre Haare noch lang genug dafür waren. Sie ging in den kurdischen Supermarkt im nächsten Ort, wo die Eltern immer ihre Wocheneinkäufe machten, kaufte Zuckerpaste, strich sie über Arme und Beine. Die Haare im Gesicht entfernte sie sich mit einem Faden, wie sie es Tante Havîn hatte machen sehen. Die Haare waren ein Problem, aber man konnte es lösen. Das beruhigte Leyla. Der kurze Schmerz, wenn man die Wachsstreifen abzog, war wie eine Übung. Man muss es üben, sagte Leyla. Die gerötete, brennende Haut. Leyla liebte es, über ihre glatten Arme und Beine zu streichen.

Betrachtete sie später Fotos aus dieser Zeit, dann sah sie ein geschminktes Gesicht und darin ihre dünnen, zu zwei Strichen gezupften Augenbrauen, den dunklen Lidschatten, die Wimpern, an denen die schwarze Tusche klumpte. Die Lippen hatte sie aufeinander gepresst, damit sie schmaler aussahen. Wie eine Maske sah sie aus. Der Vater hatte sich über sie lustig gemacht: Schau lieber in ein Buch als in den Spiegel. Die Mutter hatte gegen die Badezimmertüre geklopft: Ich muss los, Leyla, beeil dich! Leyla hatte auf ihre Lippen gebissen und die Tür geöffnet, war ohne einen Blick an der Mutter vorbei in ihr Zimmer gelaufen, hatte die Zimmertür hinter sich zugeknallt. Haben wir genug Geld für ständig neue Türen, rief der Vater. Leyla biss sich wieder auf die Lippen. Bloß nicht weinen, sonst war das Make-up ruiniert.

Überhaupt brachen ständig Tränen aus ihr heraus, unkontrollierbar, wie ein Schwall. In der Schule, wenn die Lehrerin in einem bestimmten Tonfall mit ihr sprach, zu Hause, wenn der Vater sie fragte, warum sie seit drei Stunden mit Bernadette telefonierte, obwohl sie sich doch jeden Tag in der Schule sahen. Nur Bernadette brachte sie nicht zum Weinen. Bernadette streichelte einfach nur ihren Kopf, wenn Leyla ihn auf Bernadettes Knie legte und ihre Tränen in Bernadettes Jeans tropften. Bernadette war immer auf Leylas Seite, wenn es eine Seite gab, auf die sie sich schlagen konnte. Selbst wenn Bernadette nicht wusste, worum es ging, wenn sie eigentlich anderer Meinung war, wenn sie fand, dass Leyla übertrieb, war sie auf Leylas Seite.

Oft weinte Leyla grundlos. Im Schulbus, auf dem Fahrrad. In der Küche, wenn sie nachts Hunger bekam und sich ein Brot machte. Leyla verstand später nicht, wer sie gewesen war, als sie jeden Tag weinte. Aber irgendwann lag das Weinen auch schon wieder lange zurück. Irgendwann hörte es auf. Und kam ihr selbst fremd vor, dieses ständige Weinen.

Der Vater sprach ein Deutsch, in dem es keine Umlaute gab, in dem die Reihenfolge der Wörter vertauscht war, Subjekt Objekt Verb, in dem er immer alle Artikel verwechselte oder einfach wegließ. Das alles fiel ihr erst auf, als sie nicht mehr zu Hause lebte. Der Vater sprach ein Deutsch, das die Leute als gebrochenes Deutsch bezeichneten.

In diesem Deutsch sprach er nicht viel am Stück, außer, er kam in sein Erzählen. Auch das fiel ihr erst auf, als sie nicht mehr zu Hause war. Zwar war er zu den Nachbar überhöflich, doch meist einsilbig: Danke. Ja. Nein. Ich weiß nicht. Wollte er, dass Leyla um acht Uhr nach Hause kam, sagte er: Du bist um acht zurück. Nie begründete er etwas. Fragte man ihn, wie es ihm ging, sagte er: Gut. Oder: Ich habe viel Arbeit. So sprach er mit seinen Kollegen, mit Leyla, mit der Mutter.

Auf Kurdisch aber erzählte er stundenlang, unterhielt sich hin und her, wenn Freunde und Verwandte zu Besuch kamen oder anriefen, scherzte, machte sich lustig, provozierte, lachte Tränen, schimpfte lustvoll. Selbst seine Körperhaltung veränderte sich in der Sekunde des Wechsels der Sprache, plötzlich gestikulierte er mit den Händen. Er sprach auch lauter auf Kurdisch, wie einer spricht, der wer ist, dachte Leyla. Silo Hassan, Sohn von Xalef und Hawa, Vater von Leyla, Bruder von Nûrî, Memo und Pero. Von alten Videoaufnahmen wusste sie, dass er mit ihr nur Kurdisch gesprochen hatte, als sie noch ein Kleinkind war. Irgendwann war er ins Deutsche gewechselt, und dabei blieb er, sprach er mit ihr.

Leyla stand vor dem Spiegel im Badezimmer. Sie hatte sich ihre Fingernägel rot lackiert und Lippenstift im selben Farbton aufgetragen. In ihrer Rechten hielt sie eine Zigarette, sie zündete sie nicht an. Die Eltern durften nicht wissen, dass sie rauchte. Leyla benutzte die Zigarette bloß zum Üben. Zigaretten waren wertvoll, sie bekamen sie nur über die Oberstufenschüler, und die musste man dafür bezahlen. Leyla war dafür zuständig, mit ihnen zu verhandeln, sie war gut darin. Bernadette klaute für die Tauschgeschäfte Schminke und Klamotten, und im Drogeriemarkt Pfefferminzkaugummis und das Parfüm, mit dem Leyla und sie sich einsprühten, um den Zigarettengeruch vor ihren Eltern zu verbergen. Niemand konnte so gut klauen wie Bernadette. Bernadette sah harmlos aus, exakt so wie das Mädchen vom Land, das sie auch war. Sie sprach den breitesten Dialekt der Schule, hatte ein weiches Gesicht, blonde Locken und einen leichten Silberblick, alles Vorteile beim Klauen.

Leyla und sie gingen immer zu zweit durch die Geschäfte und taten, als würden sie sich nicht kennen. Leyla lenkte dann die Verkäuferinnen ab, fragte nach einem T-Shirt in ihrer Größe und ließ die Frauen nach etwas suchen, während Bernadette die Sachen in ihre Schultasche stopfte. Bei der gesicherten Kleidung mussten sie danach immer die Löcher zunähen, die entstanden, wenn man den Chip herausschnitt.

Einkaufen war uninteressant geworden für Leyla. Nur bei Veneto, dem Eiscafé, das sie früher immer mit ihrer Mutter besucht hatte, klauten sie nicht. Wozu einkaufen, wenn man alles auch klauen konnte?

Bernadette und sie trugen geklauten Lippenstift, geklaute Unterwäsche, geklautes Make-up, geklauten Mascara, geklauten Nagellack, geklaute Schlüsselanhänger, geklaute Ohrringe, geklaute Goldkettchen aus Plastik, Bernadette hatte sie gleich zweimal mitgenommen, Freundschaftskettchen, sagte sie dazu.

Den Pullover kenne ich noch gar nicht, sagte die Mutter beim Abendessen. Der ist auch neu, sagte Leyla. Schon wieder ein neuer Pullover, hattest du dir nicht erst letzte Woche einen gekauft?

Nur einkaufen, nichts sonst im Kopf, sagte der Vater. Nichts als Schminke, Mode, Klamotten.

Und als sie den Mathetest zurückbekam, sagte er: Schon wieder eine Drei.

Der Vater bestand darauf, alle Schularbeiten Leylas zu unterschreiben. So erschöpft er von der Arbeit war, so müde er vor seinem KurdistanTV oder KurdSat saß, das Überprüfen der Tests war ihm vorbehalten. Er holte dazu seine Lesebrille aus dem Etui, die er sonst nie benutzte, weil er schon lange nicht mehr las. Das Arbeiten macht mich zu müde dafür, sagte er immer. Seine alten kurdischen Bücher hatte er seit Jahren nicht mehr aus dem Regal geholt, sie standen neben den Dorfchroniken im Regal hinter dem Fernseher. Manchmal trat er zu ihnen hin und nahm sie wie

Anschauungsstücke in einem Museum in die Hand, um an ihnen zu zeigen, wovon er gerade erzählte. Wobei er sich in ihnen noch immer erstaunlich gut zurechtfand. Suchte er ein bestimmtes Bild von einer bestimmten kurdischen Demonstration in Köln 1985, dann griff er zur genau richtigen Zeitschrift, blätterte dreimal, sagte: Schau, Leyla, sieh dir das an.

Schon wieder eine Drei, sagte er und setzte seine Lesebrille auf. Er stand mühsam auf, holte einen Kugelschreiber. Als ich in der Schule war, sagte er, hatte ich immer die volle Punktzahl. Er setzte sich wieder. Im Fernsehen trieb ein Hirte seine Schafherde durch das Gebirge, aus dem Off erzählte eine Stimme etwas über die kurdische Käseproduktion.

Ich verstehe es nicht, sagte der Vater. Du hast doch alles, was du brauchst. Hätte ich solche Möglichkeiten gehabt wie du! Ich hatte nicht einmal einen Schreibtisch. Ich bin in den Feldern draußen herumgelaufen, um zu lernen, sagte der Vater. Leyla starrte auf den Bildschirm, sie hatte das alles schon so oft gehört. Die Sendung war zu Ende, im Fernsehen zeigten sie einen Konzertmitschnitt von irgendeinem Şivan-Perwer-Konzert irgendwo in Europa.

Ich habe mein Buch in die Hand genommen und bin über die Felder gelaufen, sagte der Vater noch einmal. So musste ich lernen. Er schüttelte böse den Kopf und unterschrieb die Klassenarbeit, einen Deutschaufsatz, von dem er sicher nicht einmal die Hälfte verstand. Leyla schossen die Tränen in die Augen. Sie biss sich auf die Lippen, auf keinen Fall wollte sie vor dem Vater weinen. Gleich würde er ihr die Arbeit zurückgeben und sich wieder dem Fernseher widmen, länger würde sie die Tränen auch nicht zurückhalten können. Der Vater drückte ihr das Papier in die Hand, starrte an ihr vorbei, Leyla hastete in ihr Zimmer. Sie warf das Papier in eine Ecke, aber Papier zu schmeißen war sinnlos, es segelte langsam zu Boden, mit einer Ruhe, die Leyla wütend machte. Sie hätte einen Teller werfen wollen, ein Glas. Sie wollte Scherben sehen, Trümmer. Leyla wusste nicht, was sie schlimmer fand, die Enttäuschung des Vaters über sie, sie war seine Enttäuschung, er war doch nur nach Deutschland gekommen, damit seine Kinder es einmal besser haben würden, oder seine Wut, wenn er einfach nur noch über alles schimpfte. Leyla konnte ihre Tränen nicht zurückhalten, sie drückte ihr Gesicht in das Kissen.

Einmal hatte Leyla, sie wusste nicht mehr, wofür der Vater sie schimpfte und weswegen sie sich ungerecht behandelt fühlte, seinen Akzent nachgeahmt. Das Gesicht des Vaters war von einer Sekunde zur nächsten versteinert, fassungslos über solche Respektlosigkeit. So spricht man nicht mit seinen Eltern, sagte er schließlich auf Deutsch. Leyla sagte: Lern erst mal richtig Deutsch. Der Vater schlug ihr in das Gesicht.

Danach saß Leyla im Badezimmer und hatte die Tür hinter sich abgeschlossen. Nach einer Stunde war noch immer ein roter Abdruck in ihrem Gesicht zu sehen.

Die Mutter klopfte an die Badtür, sagte: Mach auf. Leyla reagierte nicht. Sie saß auf dem Klodeckel, starrte die Fliesen an. Irgendwann viel später öffnete sie die Tür einen Spalt, blickte in den Flur. Niemand war da. Sie schlich in ihr Zimmer, stopfte schnell ein paar Dinge in ihre Tasche, wahllos, Klamotten, Schminke, ihren Walkman, rannte aus dem Haus.

Leyla, das geht nicht, dass dein Vater dich schlägt, sagte Bernadette. Du kannst ihn anzeigen dafür. Aber was ist überhaupt passiert?

Sie saßen auf Bernadettes Bett, und Bernadette lackierte sich die Fußnägel.

Ich hasse ihn, sagte Leyla. Wenn ich eine Drei schreibe, sagt er, warum hast du nicht eine Zwei. Wenn ich eine Zwei schreibe, sagt er, warum hast du nicht eine Eins. Alles will er kontrollieren. Wohin gehst du. Was machst du. Zu wem gehst du. Wann kommst du zurück. Das ist zu spät. Warum ist dein Rock so kurz. Willst du so das Haus verlassen. Ich weiß, es geht um, Leyla dehnte das Wort und rollte mit den Augen, Ju-u-ngs.

Bernadette lachte. Wenn es wenigstens Ju-u-ngs gäbe, sagte sie. Aber es gibt nur Boris, sagte Leyla. Bernadette lachte.

Boris ist viel schlimmer als die schlimmsten Albträume meines Vaters, sagte Leyla. Zu Boris gingen sie nämlich zum Kiffen. Aus irgendeinem Grund ließ Boris sie mitrauchen, und im Gegensatz zu den Oberstufenschülern wollte er nichts dafür. Sie saßen bei ihm auf dem Sofa herum, hörten Musik und redeten, während Boris irgendwelche Computerspiele zockte, ihnen zuhörte und manchmal den Joint herüberreichte. Bernadette lachte immer laut und wirkte überdreht. Sie schob es auf das Gras, Leyla aber wusste, dass es auch an etwas anderem lag.

Hatten sie Boris' Wohnung wieder verlassen, sagte Bernadette meist, wie lustig es diesmal wieder gewesen sei, wie lustig Boris sei. Kurz darauf bekam sie dann schlechte Laune und sagte nichts mehr. Leyla wunderte sich, denn Boris war alles andere als lustig. Er saß immer nur bekifft an seinem Computer und zockte, und selbst wenn sie sich unterhielten, sagte er nicht viel und war es Bernadette, die alle zum Lachen brachte.

Leyla und Bernadette holten bei Bernadette Wodka und gingen zur Grundschule, kletterten über den Zaun und setzten sich hinter die Turnhalle.

Porno-Wodka, sagte Bernadette und zog Ahoi-Brausepulver aus ihrer Tasche.

Sie riss das Päckchen Brausepulver auf, kippte sich den Inhalt in den Mund, spülte mit Wodka nach.

Jetzt du, sagte Bernadette. Welche Geschmacksrichtung?

Himbeere, sagte Leyla.

Das Brausepulver schmeckte sauer, der Wodka brannte. In Leylas Mund schäumte es, sie schluckte.

Bernadette nahm sich das zweite Päckchen Brausepulver.

Haben wir auch Wasser, fragte Leyla.

Nur Cola, sagte Bernadette.

Die Steinplatten unter ihnen waren noch warm von der Sonne, aber der Abend voller Mücken. Die Mücken landeten auf ihren nackten Armen und Beinen, Leyla schlug mit der Hand nach ihnen.

Rauch, dann gehen sie weg, sagte Bernadette, zündete sich eine Zigarette an und reichte das Feuerzeug Leyla.

Sie saßen Schulter an Schulter und pafften. Der Rauch vertrieb tatsächlich die Mücken. Es war Bernadettes Idee. Sie sagte: Man muss üben. Wenn du einen Freund hast, dann weißt du so, wie es geht. Leyla nickte nur.

Bernadette und Leyla hockten sich hinter das Gebüsch und pinkelten ins Gras. Als sie aufstanden, taumelten sie, und Leyla fasste nach Bernadettes Schulter.

Hier hinter der Turnhalle ist der perfekte Ort, sagte Leyla. Bernadette nickte. Hier ist niemand, sagte Leyla. Es ist nicht komisch. Nein, was soll daran komisch sein, sagte Bernadette.

Leyla trank Cola, Bernadette zündete sich noch eine Zigarette an. Wodka, fragte Leyla. Bernadette schüttelte den Kopf. Und dann küsste Bernadette Leyla auf den Mund. Oder Leyla Bernadette.

Bernadettes Mund schmeckte nach Rauch, nach Wodka, nach Cola, nach dem Lipgloss, den Bernadette auch für Leyla geklaut hatte. Leyla griff in Bernadettes Locken, weil sie es so in den Filmen gesehen hatte, sie dachte, während sie in die Locken hineingriff, dass immer der Junge dem Mädchen in die Locken griff, und daran, wie oft sie Bernadette schon in die Locken gegriffen hatte, wenn sie sich gegenseitig frisierten oder nebeneinander im Klassenzimmer saßen und Leyla gelangweilt aus dem Fenster sah und an Bernadettes Haaren herumspielte.

Irgendwann löste sich Bernadette von Leyla, griff nach der Colaflasche, nahm einen Schluck. Willst du auch, sagte sie. Leyla schüttelte den Kopf. Wodka, fragte Bernadette, Leyla nickte.

Auf dem Weg nach Hause taumelten sie. Die Straßen waren leer. Sie hielten sich an den Händen. Als Leyla am nächsten Morgen mit dem Fahrrad zu sich nach Hause fuhr und die Wohnungstür aufschloss, hatte sie Kopfschmerzen und schämte sich.

Zu Hause saß der Vater wieder oder noch immer vor dem Fernseher und schaute Nachrichten. Im Fernseher pflanzten Studenten in den kurdischen Bergen Bäume. Seit Saddam weg war und die Autonomie der Region Kurdistan in der irakischen Verfassung festgeschrieben wurde, ging es bergauf. Leyla hatte den Vater nie so glücklich erlebt, wie an dem Tag, an dem die Amerikaner Saddam aus seinem Erdloch zerrten. Aus diesem Kellerloch eines Bauernhofs in der Nähe von Tikrit, und Saddam war ein alter Mann, er sah aus wie ein Obdachloser vom Hauptbahnhof, fand Leyla, mit seinen langen zerzausten, fast verfilzten Haaren. Die Großmutter war am Telefon so aufgeregt gewesen, wie Leyla sie noch nie erlebt hatte. Wie eine Ratte haben sie ihn aus seinem Loch gezerrt, hatte sie gesagt, wie eine dreckige Ratte. Ich freue mich so, sagte sie. Der Vater ging damals in die Küche und öffnete die Flasche Raki, die die Großmutter gebrannt und ihm beim letzten Besuch mitgegeben hatte. Heute feiern wir drei, sagte er.

Nach der Arbeit saß der Vater die ganzen Wochen nach Saddams Festnahme im Wohnzimmer und schaute den Gerichtsprozess, der komplett im kurdischen Fernsehen übertragen wurde. Wie Saddam täglich mit einem Helikopter von seinem Gefängnis zum Gerichtssaal in der grünen Zone transportiert wurde, und wie wieder zurück. Wie Saddam sagte, er erkenne das Gericht nicht an. Wie der Staatspräsident des Irak sagte, Saddam gehöre nicht einmal, sondern zwanzigmal täglich hingerichtet. Die Verlesung der Anklage, Kriegsverbrechen, Verbrechen gegen die Menschlichkeit. Im Dezember 2006 dann sein Tod durch Erhängen. Der Vater schaltete den Fernseher auch jetzt nicht aus. Endlich, sagte er. Die Mutter sagte, endlich. Leyla nickte.

Leyla lag auf ihrem Bett. Sie hatte Kopfschmerzen. Sie sagte sich, dass nichts dabei gewesen war, Bernadette war eben ihre beste Freundin. Auf dem Rückweg hatten sie über gar nichts gesprochen, es gab auch gar nichts zu besprechen. Leyla hatte den Eltern schon am Abend davor gesagt, sie schlafe bei Bernadette. Bernadettes Eltern fragten nicht nach, wenn sie spät nach Hause kamen, Bernadette hätte sogar sagen können, wir gehen zu Boris. Während Leyla nicht einmal gewagt hätte, Boris' Namen vor dem Vater in den Mund zu nehmen.

Sie sprachen in Sozialkunde über Diktaturen, und Leyla meldete sich und nannte Syrien als Beispiel. Die Lehrerin war nett und wollte immer sehr exakt sein. Sie verschränkte die Arme und sagte, Syrien trage zwar autoritäre Züge, sei aber von der Definition her keine Diktatur. Es verschwinden Menschen, sagte Leyla, es hängt überall das Bild des Präsidenten. Die Lehrerin bedankte sich und erklärte die Diskussion für beendet, aber Leyla sprach trotzdem weiter. Es reicht jetzt, Leyla, sagte die Lehrerin, und da fing Leyla an zu schreien und sagte, die Lehrerin habe von nichts eine Ahnung. Die Lehrerin lächelte unsicher, machte Schritte nach rechts und links, schlug dann schließlich mit aller Kraft auf den Tisch, was das denn jetzt solle, Leyla solle aufhören. Dass sie Assads dumme Hure sei, schrie Leyla.

Du bist völlig ausgerastet, sagte Bernadette später. Was war los?

Als der Brief nach Hause kam, regte sich Leylas Mutter auf. Das war unnötig, sagte sie. Die Lehrerin, wiederholte Leyla, hat gesagt, Syrien ist keine Diktatur. Das ist mir alles egal, sagte die Mutter und sah wütend aus. Man nennt seine Lehrerin nicht dumme Hure, man nennt überhaupt niemanden eine dumme Hure. Der Vater unterschrieb den Brief ohne zu zögern. Diese Frau hat ja keine Ahnung, sagte er. Die Mutter ging aus dem Zimmer, genau wie immer, aber wütend.

An einem Samstagmorgen, es war noch dunkel, weckte die Mutter Leyla. Der Vater saß schon in der Küche und trank Kaffee. Wir fahren nach Köln, sagte er.

Warum, fragte Leyla erst, als sie schon im Auto saßen.

Tatsächlich hatte der Vater wieder alle Abende vor dem Fernseher verbracht, wie schon ein Jahr zuvor, als George W. Bush Saddam Hussein das Ultimatum gestellt hatte, Saddam solle sein Land innerhalb von 48 Stunden verlassen, andernfalls werde der Irak angegriffen, und 90 Minuten später Bagdad bombardierte. Leyla konnte sich an die grün leuchtenden Nachtaufnahmen erinnern, an Satellitenfotos von Bagdad, Raketenbeschuss, Panzer und Tote, an die monotonen Stimmen der Nachrichtensprecher. Saddam hatten sie vor drei Monaten gefangen, jetzt war Frühling und es ging um die Unruhen in Syrien.

Ich habe keine Lust, sagte Leyla. Weder der Vater noch die Mutter reagierten auch nur. Leyla starrte aus dem Autofenster.

Dunkelgrüne Waldstücke und Felder zogen vorbei. Ein grauer Tag, es hatte gerade aufgehört zu regnen, als sie ankamen. Der Demonstrationszug startete am Hauptbahnhof. Leyla war das erste Mal in Köln.

Schau, sagte die Mutter, das ist der Kölner Dom.

Leyla fand, er hatte eine hässliche Farbe, wie die Autobahn.

Viele Leute waren gekommen. Der ganze Platz war voll. Die Leute riefen *bijî Kurdistan* und hielten Bilder der bei den Unruhen Getöteten in die Luft. Die Fotografien sahen aus, als hätten sie sie zu Hause selbst ausgedruckt und auf Pappkartons geklebt. Auf manchen Bildern lagen die Getöteten in Blutlachen, alle verwaschen und verpixelt. Das Blut sah ein bisschen aus wie ein rotes Mosaik.

Sie liefen alle zusammen. Leyla, die Mutter und der Vater immer nebeneinander. Ständig traf der Vater Leute, die er kannte. Die Bekannten nickten Leyla und der Mutter zu, unterhielten sich dann mit dem Vater und beachteten sie beide nicht weiter. Alle sahen sie besorgt aus. Leyla kam sich vor wie ein Anhängsel. Die Mutter schien damit kein Problem zu haben. Je länger sie liefen, desto wütender wurde Leyla, nur worauf? Der Demonstrationszug nahm kein Ende. Irgendwann standen sie auf einem Platz. In seiner Mitte war eine Bühne aufgebaut, mit riesigen Boxen. Der Platz füllte sich, alle standen sie da und warteten.

Der Vater unterhielt sich mit immer neuen Bekannten. Die Bekannten nickten Leyla zu, sagten etwas wie, oh, du bist aber groß geworden, das letzte Mal, dass ich dich gesehen habe, warst du noch ein kleines Kind, dann redeten sie weiter mit dem Vater.

Leyla machte ein paar Schritte, drängte sich alleine durch zum Rand. Eine Rede wurde gehalten, dann noch eine. Danach betrat ein Sänger die Bühne, alle drängten nach vorne. Es war Şivan, Şivan Perwer.

Şivan fing an zu singen. Min beriya te kiriye. Leyla kannte jedes Lied. Frag die Farben des Frühlings. Frag die Blüten des Baumes. Seit vielen Jahren bin ich gefangen. Gewalt und Unterdrückung hab ich viel gesehen. Glaub mir, ich habe Sehnsucht nach dir. Eine dicke Frau stand neben Leyla und weinte in den Zipfel ihres Kopftuchs. Die Frau weinte so laut und heftig, dass ihr Körper von den Schluchzern erschüttert wurde. Leyla sah weg. Sie trat noch weiter zurück, stellte sich vor, sie wäre nur zufällig hier inmitten der Menschen. Sie sei eine Passantin, die gerade aus einem der umliegenden Bekleidungsgeschäfte gekommen wäre und nun interessiert die Versammlung beobachtete. Alles hätte nichts mit ihr zu tun.

Şivan sang mit kräftiger Stimme in die Menge: Kîne em. Wer sind wir. Plötzlich schossen Leyla die Tränen in die Augen. Sie biss sich auf die Lippen, versuchte, ihre Gesichtszüge unter Kontrolle zu halten, nicht loszuweinen. Şivans Stimme dröhnte durch die Lautsprecher. Leyla wandte sich ab, drängte sich bis zu einem Kiosk noch weiter hinten, kaufte sich eine Cola.

Die Unruhen in Qamishlo 2004, las Leyla Jahre später über die Zeit der Demonstration, als längst schon neue Unruhen das Land heimgesucht hatten und über sie längst nicht mehr als Unruhen gesprochen wurde, sondern als Krieg und Bürgerkrieg. Leyla saß mit dem Laptop auf den Knien auf ihrem Bett in der Stadt, in der sie studierte, und las und las und versuchte zu verstehen, was sie längst nicht mehr verstehen konnte. Die Unruhen überlagerten sich, der Bürgerkrieg hatte den Krieg verschüttet, Trümmer lagen über Trümmern. Leyla las *Qamishlo 2004* und hatte davon nur noch die toten Körper in Blutlachen auf den in die Luft gestreckten Bildern der Demonstranten in Erinnerung und dass die Toten etwas mit einem Fußballstadion zu tun gehabt hatten.

Die Unruhen damals hatten am 12. März begonnen, las sie, während eines Fußballspiels. Die Fans der einen Mannschaft gelangten ohne die sonst üblichen Sicherheitskontrollen in das Stadion, durften anders als sonst üblich direkt neben die Fans der Heimatmannschaft und begannen noch vor Beginn des Spiels sie mit Steinen und Flaschen zu bewerfen. Die erste Mannschaft galt als regimenah, die zweite als kurdisch. Durch das Radio gab es noch während des Spiels Berichte von der Gewalt zwischen den Fans, immer mehr Menschen kamen zum Fußballstadion. Daraufhin gaben die syrischen Sicherheitskräfte erste Schüsse ab. Die Fans der ersten Mannschaft riefen Parolen gegen Kurden, beleidigten kurdische Politiker. Die Polizei trieb nicht sie aus dem Stadion, sondern die andere Mannschaft. Obwohl die Menge außerhalb des Stadions keine Schusswaffen benutzte, schossen syrische Sicherheitskräfte mit scharfer Munition in sie hinein, neun Menschen starben.

Am nächsten Tag sollten diese Toten beerdigt werden. Die kurdischen Parteien vereinbarten einen Trauerzug, an dem mehrere zehntausend Menschen teilnahmen. Der Zug verlief zunächst friedlich. Als einige Teilnehmer jedoch Parolen für den amerikanischen Präsidenten Bush riefen und eine Assad-Statue mit Steinen bewarfen, schossen die Sicherheitskräfte zunächst in die Luft, und dann am Ende der Demonstration zivil gekleidete Bewaffnete in die Menge.

Der Sommer nach den Unruhen in Qamishlo war der erste Sommer gewesen, in dem Leyla nicht in das Dorf reiste. Zu gefährlich, sagte die Mutter und schüttelte entschieden den Kopf. Das kommt gar nicht in Frage. Die Unruhen können jeden Moment wieder ausbrechen. Der Vater sagte: Man weiß nicht, in welche Richtung es sich entwickelt. Die Lage ist unberechenbar.

Oma, Zozan, Tante Havîn, Rengîn, zählte Leyla ihren Eltern auf. Evîn, Douran, Onkel Memo, Tante Xezal, Nesrin. Als ob es nicht auch für sie alle gefährlich wäre.

Wieso sollten sie in einer Gefahr leben, vor der man Leyla schützen wollte? Das ergibt keinen Sinn, sagte Leyla damals. Womit hatte sie das verdient? Wie sollte das gerecht sein?

Ich will in das Dorf, sagte sie. Mir ist egal, ob es gefährlich ist. Unsinn, sagte die Mutter und stand auf, wie immer, wenn die Diskussion für sie beendet war.

Du spinnst, sagte der Vater. Er spielte mit der Fernsehbedienung in seiner Hand. Leyla ging in ihr Zimmer, stand einfach nur da und starrte ihr Bücherregal an, die bunten Buchrücken. Das war nicht gerecht, sagte sie sich. Was sollte daran gerecht sein?

Ich hatte mein Abitur also mit 96 von 100 möglichen Punkten bestanden, sagte Leylas Vater. Ich beschloss, Apotheker zu werden, bewarb mich in Damaskus für Pharmazie. Als adschnabi ohne syrische Staatsbürgerschaft, sagte man mir aber, dürfe ich nicht studieren. Es gebe keinen Erlass für kurdische Staatenlose. Sie sahen meine Bewerbung nicht einmal an. Ich versuchte trotzdem, mich einzuschreiben, erst für Englische Literatur, dann für Islamische Theologie, obwohl ich Islamische Theologie nun wirklich nicht studieren wollte. Aber jedes Mal lehnten sie mein Gesuch ab.

Ich verließ Damaskus wieder und fuhr mit dem Bus nach Hause, um bei der Ernte zu helfen. Ich legte meine Schlaghosen in den Schrank. Ich hatte sie in Damaskus gekauft, als ich mir noch vorstellte, wie ich in die Universität gehen und im Vorlesungssaal und danach in den Cafés sitzen würde.

Ein paar Wochen war ich zu Hause. Es war 1980. Ich stand im Morgengrauen auf, half meinem Vater auf dem Feld, meiner Mutter beim Kochen. Abends ging ich über die Felder, spazierte ziellos durch die Landschaft. Ich lief über die Schotterwege zum Fluss, zog meine Schuhe aus, ging barfuß durchs Flussbett und an den großen Steinen entlang, dann wieder zurück in die Felder. Erst kurz vor dem nächsten Dorf kehrte ich jedes Mal um, hatte keine Lust, irgendwelche Bekannten zu treffen, die mich fragten, wie es mir ging. Ich blieb wach bis spät in die Nächte, saß unter der Gaslampe, rauchte, starrte ohne zu lesen in die Gedichte von Cigerxwîn, wusste nicht, wohin mit mir. Meine Schulbücher hatte ich an Memo weitergegeben, ich brauchte sie nicht mehr. Wer wusste es schon, vielleicht würde er mehr Glück haben als ich. Alles, was ich selbst gelernt hatte, kam mir sinnlos vor. Fast schämte ich mich für meine Pläne, Englische Literatur zu studieren. Ich hatte wer werden wollen, einfach nur irgendwer, ein Apotheker, ein Lehrer, ein Arzt. Ich hatte dafür gelernt und bereute es nun. In die Stadt wollte ich nicht mehr gehen, wollte nicht die arabischen Studenten sehen, die nicht ausgebürgert waren wie wir, die anders als wir selbst mit schlechten Noten studieren durften. Ich wollte auch nicht wieder für die Sommerferien nach Damaskus fahren und dort arbeiten, an genau diese Studenten auf ihrem Weg zur Universität Kaffee und Saft verkaufen.

Ich blieb also im Dorf. Ich arbeitete hart, wollte meinen Eltern nicht zur Last fallen. Ich half bei der Ernte, fütterte die Hühner, bewässerte die Pflanzen, schleppte Wassermelonen, erntete Knoblauch. Ich nahm einen Spaten und ging damit in den Garten. Was hast du vor, fragte mein Vater. Einen Brunnen graben, sagte ich. Ich wollte etwas Sinnvolles tun. Damit Mutter und Pero nicht immer Wasser schleppen müssen, sagte ich. Das klappt nicht, sagte mein Vater. Ich ging trotzdem in den Garten. Ich grub einen halben Tag lang, ich schwitzte. Irgendwann stand ich bis zur Hüfte in der Erde, schließlich bis zur Brust. Und stieß dann auf Stein, auf festen, dicken Stein. Siehst du, sagte mein Vater. Habe ich es dir nicht gesagt?

Ich war schon eine Weile wieder zu Hause im Dorf, da kamen die Männer in ihren Bundfaltenhosen und Hemden angefahren. Sie trugen glattpolierte Lederschuhe und klobige Uhren, die sie ein paar Stunden später mit Spucke und ihren Taschentüchern vom Dorfstaub reinigten, ehe sie wieder in ihr Auto stiegen. Wir brauchen jemanden, der gut Arabisch spricht, sollen sie gesagt haben, und daraufhin wurde ich gerufen. Ich übersetzte, und sobald ich fertig war mit dem Übersetzen, stand ich auf und wollte gehen. Warum solche Eile, fragte einer von ihnen. Wohin ich unterwegs sei, wollte ein anderer wissen. Auf das Feld, sagte ich. Die Männer lachten. Auf das Feld in solcher Eile! Das Getreide läuft dir nicht weg, sagten sie. Was ich denn hier im Dorf tun würde, fragten sie. Einfach nur auf den Feldern arbeiten, antwortete ich. So, so, sagten sie. Ein so gebildeter junger Mann wie du, der ein so reines Hocharabisch spricht. Was hat der auf den Feldern zu suchen? Warum ich nicht in der Stadt sei und wie die anderen Männer meines Alters studieren würde, fragten sie. Ich wurde wütend. Natürlich wussten sie genau, warum ich nicht in die Universität ging, sondern auf das Feld.

Ich biss mir auf die Lippen, sagte: Weil man mein Gesuch abgelehnt hat.

So, so, sagten sie, aber deine Noten waren doch sicher nicht schlecht.

Als adschnabi sei es mir verwehrt, eine Universität zu besuchen, sagte ich, bemühte mich, meine Stimme ruhig klingen zu lassen. Oh, was für eine Verschwendung, riefen die Männer und schüttelten lachend die Köpfe, bei einem so klugen jungen Mann wie dir!

Kamen die Männer in das Dorf, fragten sie von da an jedes Mal nach mir. Holte man ihnen einen Sohn aus einer anderen Familie, schickten sie ihn wieder weg und sagten, man solle mich vom Feld rufen. Sie hätten Zeit, sie könnten warten. Ich musste dann meine Arbeit stehen und liegen lassen und zu ihnen gehen. Sie schlugen mir auf die Schulter und lachten. Da ist er ja, unser Übersetzer.

Sie luden mich in ihr Büro in der Stadt ein, sie nannten es wirklich Büro. Nun schau doch nicht so erschrocken! Wir wollen doch nur einen Tee mit dir trinken, etwas plaudern. Sie nannten keine Adresse, jeder wusste ja, wo dieses Büro lag. Und ich wusste, dass ich ihre Einladung nicht ausschlagen konnte, ohne mich in Schwierigkeiten zu bringen. Niemand hätte sich getraut, nicht hinzugehen, wenn sie danach verlangten.

Ich fuhr mit dem Bus in die Stadt. Ich trug meine Hose mit dem breiten Schlag und mein hellblaues Hemd, das ich mir in Damaskus gekauft und dort auch zum letzten Mal angehabt hatte. Ich war frisch rasiert und hatte versucht, meine Locken zu bändigen. Es war ein warmer Tag. Ich wischte immer wieder meine schwitzenden Hände am Polster des Busses ab.

Dem Pförtner sagte ich, ich sei vorgeladen. Ich zeigte meine Papiere und nannte meinen Namen. Der Pförtner lächelte mich an. Er nickte. Man erwartet dich, sagte er. Bleib einen Moment hier, man wird dich holen.

Einer der Männer, die ich schon aus dem Dorf kannte, trat aus einer Tür, lief über den Hof auf mich zu und begrüßte mich wie einen alten Freund, den er lange nicht gesehen hatte.

Na, eine gute Reise gehabt? Er schlug mir auf die Schulter.

Ich folgte ihm die Treppe hoch in den zweiten Stock, dort den

Gang hinunter, die zweite Tür rechts. Er führte mich in einen Raum, in dem an einem Schreibtisch unter dem Bild des Präsidenten zwei Männer saßen. Er zeigte auf einen Stuhl, ging dann wieder.

Schön, dass du hierhergefunden hast. Tee, Kekse?
Ich lehnte ab.
Nun trink doch etwas Tee, wir haben kein Gift hineingetan, sagte der Mann und lachte so laut, als hätte er einen Witz gemacht. Der andere schwieg immer nur und sah mich an.
Wir können dir Arbeit geben, sagte der Erste. Das dort im Dorf ist doch nichts für einen Mann mit deinen Fähigkeiten und Noten. Du willst doch nicht dein Leben lang auf den Feldern schuften.
Er sprach von Zusammenarbeit. Ich könne ihr Angebot natürlich auch ausschlagen, sagte er, was ich aber bestimmt nicht tun würde. Ich wusste, das war eine Drohung, mehr musste er nicht sagen. Was dieser aus dem Dorf mache, wollte er dann wissen, was jener aus dem Dorf mache. *Auskunft geben* sagte er dazu.
Du wärst uns eine große Hilfe, sagte er. Der andere Mann neben ihm lächelte nur. Steh dir nicht selbst im Weg.
Ich sagte: Nein danke, nein. Das mache ich nicht. Ich bin nicht geeignet für diese Arbeit, sie ist nichts für mich. Ich kann das nicht, sagte ich.

Bald darauf kamen sie wieder in das Dorf. Diesmal wollten sie einen anderen Übersetzer haben. Mir aber ließen sie ausrichten, dass sie mich in der nächsten Woche am Donnerstag wieder bei sich im Büro erwarteten.
Am Abend ihres Besuchs im Dorf saß ich unter der Gaslampe.

Die Gedichte von Cigerxwîn hatte ich nicht einmal mehr aufgeschlagen. Ich rauchte und sah den Insekten zu, wie sie immer wieder in das Licht flogen.

Am nächsten Morgen fasste ich den Entschluss.

Ich gehe, sagte ich zu meinem Vater. Er schien mir nicht zu glauben. Morgen bin ich weg, sagte ich.

Ich ging zu den Nachbarn Um Aziz. Ich bin gekommen, um mich zu verabschieden, sagte ich. Die Tochter brachte Tee.

Wohin ich gehen wolle, fragte Um Aziz.

Damaskus, sagte ich.

Als ich am nächsten Tag aufstand, brachte mir meine Mutter Tee und Rührei, Brot und Joghurt, Tomaten aus unserem Garten. Sie blieb neben mir sitzen, bis ich aufgegessen hatte.

Wo ist Vater, fragte ich.

Er ist zur Mühle gegangen, sagte sie. Das wunderte mich, er war schon letzte Woche dort gewesen, wir hatten genug Mehl.

Erst viele Jahre später, du warst schon längst geboren, Leyla, hat sie mir erzählt, dass er gleich nach meinem Aufbruch zurückkam und nach mir fragte.

Wo ist er, habe er gesagt.

Er ist schon gefahren, antwortete meine Mutter.

Da ging der Vater zu Hesso, der ein Auto besaß, und sagte, fahr mich nach Qamishlo. Jetzt sofort! Ich will mich doch von meinem Sohn verabschieden. Ich werde es ertragen.

Er war zwei Tage in Qamishlo und versuchte, mich zu finden. Er lief von Café zu Café und fragte Leute nach mir. Aber er fand mich nicht. Qamishlo ist eine große Stadt.

An das Wort *Flucht* dachte ich nicht, als ich meine Sachen packte. Ich lernte es erst in Deutschland kennen. *Politischer Flüchtling*, *Asyl*.

Ich sagte mir einfach nur, ich gehe. Ich kann nicht bleiben, also gehe ich.

Ich gehe, anders als meine Mutter, als die Muslime ihr Dorf umzingelten und sie noch ein Kind war. Kurden waren das, kurdische Sunniten. Meine Mutter ist nicht gegangen. Meine Mutter ist gerannt.

Und ich gehe auch nicht, wie mein Vater als junger Mann gegangen ist, als ihn die Türken zum Militär einziehen wollten. In den Shingal ist mein Vater gegangen, versteckte sich monatelang in den Bergen.

Nûrî war schon vor mir gegangen. Er war damals schon seit zwei Jahren in Deutschland, schickte der Familie von Zeit zu Zeit Geld.

Zu gehen, dachte ich damals, sagte der Vater zu Leyla und blickte sie über den Küchentisch hinweg an, ist in erster Linie eine Abfolge von Schritten, mehr nicht. Es sind bloß Schritte.

Ich hatte keinen Pass, als ich ging, nur meine Papiere, in denen mein Name vermerkt war, mein Geburtsjahr, mein Geburtsort und meine Identität als adschnabi, Ausländer. Damit würde ich nicht weit kommen. Aber ich kannte einen Kurden aus Nusaybin, der Stadt hinter Qamishlo, auf der anderen Seite der Grenze. Er war Êzîde wie wir und hieß Sharo. Vor ein paar Monaten war er bei uns zu Besuch gewesen, schon da hatte ich ihm gesagt, dass ich bald Hilfe brauchen würde.

Vielleicht überlege ich zu gehen, sagte ich damals. Er erwiderte, er könne alles für mich organisieren. Ich solle ihn benachrichtigen, wenn ich so weit sei.

Ich fuhr mit dem Bus nach Qamishlo. Ich ging zu Mustafa, einem Bekannten von Sharo, der einen syrischen Pass hatte und mit Nusaybin Handel trieb. Er schlug vor, dass wir die Grenze während der offiziellen Übergangszeit gemeinsam überqueren sollten. Das versuchten wir.

Zuerst mussten wir die syrische Kontrolle passieren. Weil ich keinen Ausweis hatte, wollten sie mich nicht durchlassen. Ich sagte dem Zöllner, ich wolle nur Mustafa helfen, seine Waren über die Grenze zu tragen, und käme gleich wieder zurück. Der Zöllner ließ mich passieren.

Ich kam zur türkischen Seite. Dort standen zwei Grenzpolizisten, die die Passanten einfach nur durchwinkten. Ein richtiger Menschenstrom war das, der sich hier in Richtung Türkei bewegte. Ich mischte mich unter die Menge, Mustafa war hinter mir und trug meine Tasche. So bewegten wir uns vorwärts, langsam, bis wir zur nächsten türkischen Kontrolle kamen. Alle wurden laut aufgefordert, die Pässe zu zeigen. Mustafa zischte mir zu, einfach an den Polizisten vorbeizugehen. Ich tappte vorwärts in der Menschenmasse, starrte nach vorne. Es gelang. So kamen wir zur dritten Kontrolle

Die Ausweise, sagte der türkische Polizist dort. An ihm kam man nicht so einfach vorbei. Der Beamte neben ihm durchsuchte alle Taschen. Ich versuchte wieder, einfach vorbeizugehen, doch da kam ein dritter Polizist, stellte sich vor mich, verlangte meinen Pass.

Ich wusste nicht, was ich sagen sollte.

Er hat sich mit seinem Vater gestritten, sagte Mustafa, und ist über die Felder und die Grenze nach Syrien nach Qamishlo gelaufen. Er hatte keinen Pass dabei, sagte Mustafa. Ich habe ihn jetzt abgeholt, um ihn wieder mit nach Hause zu bringen.

Natürlich glaubte der Polizist ihm nicht.

Wie viel sollen wir dir zahlen, fragte Mustafa.

2000 Lira, sagte der Polizist.

2000 Lira ist viel zu viel, sagte Mustafa.

Mir war es eigentlich egal, ich wollte nur auf die andere Seite. Aber Mustafa schüttelte entschlossen den Kopf. Wir drehten uns um und mischten uns wieder unter die Menschenmenge auf dem Grenzstreifen.

Wir warteten, bis die Wachablösung kam, reihten uns dann erneut in die Schlange ein.

Wie viel sollen wir zahlen, fragte Mustafa wieder.

2500 Lira, sagte der Polizist. Diesmal bezahlte ich.

In Nusaybin saß ich dann erst einmal im Schatten der staubigen Grenzstation einfach nur da und schaute zurück. Syrien lag hinter mir. Die unsichtbare Grenze, auf die ich so oft geblickt hatte, die Grenze, die mein Vater und die anderen Dorfbewohner nachts immer wieder überquert hatten, mit Tabak, Tee, Schafen und Eseln, die Grenze, in deren Minenfeldern so viele Menschen gestorben waren, die Grenze, die erst zum Ende des Ersten Weltkrieges gezogen worden war, festgelegt in den Verträgen von Sèvres und Lausanne und völlig künstlich, nun hatte auch ich sie überquert.

Ich sollte in das Dorf Qûlika fahren, etwa zwanzig Kilometer von Nusaybin entfernt, wo Sharo lebte, der mir helfen würde, nach Deutschland zu kommen. Mustafa fragte nach der Verbindung nach Qûlika, und als er den richtigen Minibus für mich gefunden hatte, erklärte er dem Fahrer meine Situation. Es war der Sommer 1980, die Zeit kurz vor dem Putsch der türkischen Generäle. Das türkische Militär bereitete sich schon darauf vor, in jeder Straße wurde kontrolliert. Ich aber besaß keine Ausweispapiere.

Die Busse hatten damals Helfer, die das Gepäck einluden und die Tickets verkauften. Der Helfer meines Busses war freundlich. Er sagte, er sei gerade zum Militärdienst einberufen worden, wo er seinen Ausweis habe abgeben müssen. Als Ersatz hatte er ein

Schreiben erhalten, das seine Identität bestätigte. Dieses Schreiben gab er mir. Er sagte, ich solle es bei Straßenkontrollen vorzeigen, er selbst werde ohnehin nicht mehr kontrolliert, da er die Strecke täglich mehrmals fahre und die Soldaten ihn längst kennen würden.

Ich verabschiedete mich also von Mustafa und setzte mich in den Bus, und das als ein Mann, der in seinen Papieren Cemil Aslan hieß und 1962 in Nusaybin geboren worden war, ein Kurde mit türkischem Namen und türkischer Staatsbürgerschaft, der in wenigen Tagen seinen Militärdienst in Diyarbakir beginnen würde. Wir fuhren los. Und fuhren nicht lange, da kam schon eine Kontrolle. Alle zeigten ihre Ausweise, ich reichte meinen Zettel. Glücklicherweise fragten mich die Soldaten nichts, sonst wäre sofort aufgeflogen, dass ich nicht der Cemil Aslan war, der auf dem Papier vermerkt war. Denn ich sprach doch kein einziges Wort Türkisch, Leyla. Wir fuhren weiter, noch ein Stück an der Grenze entlang, bogen schließlich ab. Die Landschaft war hügelig und ausgeblichen von den langen Sommermonaten.

So schaffte ich es nach Qûlika. Ich fragte mich zu Sharo durch, fand sein Haus. Er kam vom Feld gerannt, als er hörte, ich sei da. Völlig außer Atem schlug er mir auf die Schulter, küsste meine Wangen. Na endlich, rief er und machte wie bei unserer ersten Begegnung seine Witze, dass ich so klein sei, dass er mir einfach helfen müsse, und tatsächlich war er auch bestimmt zwei Köpfe größer als ich. Seine Schwester brachte Tee, seine Mutter kochte für uns.

Am nächsten Tag fuhren Sharo und ich die Strecke nach Nusaybin zurück. Diesmal hatte ich kein Papier, das ich vorzeigen konnte, aber ich wusste, wo der Kontrollpunkt war. Kurz vor ihm stiegen Sharo und ich aus. An der Straße lag eine große Gärtnerei.

Wir gingen durch die Anlagen, an den Gewächshäusern vorbei, und kamen so in die Stadt, ohne von den Soldaten kontrolliert zu werden.

In Nusaybin brachte mich Sharo zu Majed, einem Qereçî mit dickem Schnauzer, der mir weiterhelfen sollte. Mit Majed ging ich zum Fotografen. Wir ließen Passfotos von mir machen, liefen dann zum Einwohnermeldeamt.

Ich reimte mir zusammen, dass Majed dort auf Türkisch sagte: Ich bin hier, um meinen Sohn anzumelden. Der Beamte beachtete ihn nicht, sah stattdessen mich an, fragte, ob ich aus Qamishlo oder Aleppo käme. Er fragte gleich auf Arabisch, aber ich antwortete nicht, tat, als verstünde ich ihn nicht. Majed sagte: Ich schwöre beim Kopf deines Vaters, er ist mein Sohn. Der Beamte glaubte ihm nicht. Wie hätte er ihm auch glauben sollen, meine Haut war viel heller als die von Majed, und außerdem war Majed kleiner als ich. Er war dick, ich groß und dünn. Der Beamte verlangte meinen Ausweis. Hat er nicht, sagte Majed.

Wieso hat er keinen Ausweis, sagte der Beamte, immer noch auf Arabisch, er durchschaute uns. Überall ist Militär, wie ist er überhaupt ohne Ausweis hierhergekommen? Wo ich mich versteckt hätte, wollte er dann wissen. Ich sei Hirte gewesen, sagte Majed, in den Bergen hätte ich keinen Ausweis gebraucht. Auch das schien der Beamte nicht zu glauben. Erst als wir Geld auf den Tisch legten, nickte er und registrierte mich als neuntes Kind von Majed. Firat, sagte Majed, wie der Fluss, Firat Ekinci heißt er. Ich nickte. Wir gingen.

Majed brachte mich zu seiner Familie. Seine Eltern waren schon weit über neunzig. Ich küsste ihre Hände. Sie fragten, woher ich käme. Aus einem Dorf in Hasake, sagte ich. Welche Familie, fragten sie. Ursprünglich von dieser Seite der Grenze, sagte ich, aus Bisêri in der Nähe von Batman. Als ich die Namen meiner Großeltern und meiner Urgroßeltern nannte, lächelten sie, sie kannten sie von früher.

Zwei Tage blieb ich bei ihnen, in denen sie ein Huhn für mich schlachteten und Süßigkeiten vom Konditor holten. Zwei Tage aß ich, trank Tee, saß mit Majeds Eltern zusammen und spielte mit seinem jüngsten Sohn Fußball. Dann fuhr Majed mit mir nach Mardin, wo ich mit der Bescheinigung vom Einwohnermeldeamt einen türkischen Pass bekommen sollte. In der Behörde dort sagten sie mir, ich würde meinen Pass auch bekommen, jedoch wolle die Polizei zuvor meine Identität prüfen. Sie gaben mir ein Schreiben und sagten, ich solle in neun Tagen wiederkommen.

Ich fuhr nach Qûlika zu Sharo und seiner Familie, die neun Tage vergingen. Dann brach ich wieder nach Mardin auf, wieder in einem Minibus, diesmal zur Polizei. Sharo begleitete mich. Es war der 9. Juli 1980, zwei Monate vor dem Militärputsch. Die Polizeistation war völlig überfüllt, wir verstanden nicht, warum. Alles war in großer Hektik, überall Männer in Uniform und Zivil, Männer von hier und Männer von anderswo. Sharo und ich wussten nicht, was wir tun sollten. Wir gingen in ein Café in der Nähe der Behörde, trafen dort einen Freund von Sharo, mit dem wir einen Kaffee tranken. Wir blieben nicht lange, zahlten, gingen zurück zum Busbahnhof.

Später habe ich mich oft gefragt, was gewesen wäre, wenn die Polizeibehörde in Mardin an diesem Tag nicht überfüllt gewesen wäre und sie mir den Pass einfach überreicht hätten. Oder wenn wir, als wir in der Polizeibehörde kein Glück hatten, gleich zurück zum Busbahnhof gegangen wären, ohne vorher noch im Café Sharos Freund zu treffen, der ihm Kassetten von Gulistan und Şivan Perwer schenkte. Oder wenn der Freund die Kassetten mit der in der Türkei verbotenen Musik an diesem Tag zu

Hause vergessen hätte. Was wäre gewesen? Das frage ich mich oft, Leyla.

Wir saßen im Minibus, fuhren, sahen aus dem Fenster, und plötzlich war alles zu spät. Hinter Mardin versperrte uns eine neue Straßenkontrolle den Weg. Militärfahrzeuge, gestapelte Sandsäcke, Soldaten mit geschulterten Gewehren. Wir mussten alle aussteigen. Wir standen in einer Reihe vor dem Minibus, die Hände hoch zum Busdach gestreckt, während die Soldaten uns durchsuchten.

Wir sollten unsere Ausweise vorzeigen. Aber ich hatte ja keinen verfluchten Ausweis. Ich zeigte stattdessen die Bescheinigung vom Einwohnermeldeamt und das Schreiben, das sie mir in der Polizeibehörde in Mardin gegeben hatten. Ein Soldat fragte mich etwas, das ich nicht verstand. Sharo übersetzte für mich. Der Soldat brüllte Sharo an, still zu sein, und fragte mich wieder. Ich sah ihn an. Er war so groß wie ich, aber sein Gesicht sah noch so jung aus. Wie alt war er, sechzehn, siebzehn? Spricht er kein Türkisch, fragte der Soldat, ich verstand den Satz ungefähr. Sharo schüttelte den Kopf: Nein.

Mitkommen, sagte der Soldat.

Sharo und ich kamen in einen Militärwagen. Die Hände hatten sie uns hinter unseren Rücken zusammengebunden, uns dann Säcke über die Köpfe gezogen. Ich konnte nichts sehen. Unter dem groben Stoff war mein Atem heiß, der Schweiß rann mir von der Stirn. Sharo, sagte ich. Wir fuhren los.

Irgendwann kamen wir irgendwo an. Ein Soldat brüllte irgendetwas, ich verstand es nicht. Sharo übersetzte: Aussteigen! Jemand riss uns die Säcke vom Kopf. Wir standen in einem Innenhof. Das Licht war grell und blendete. Da rein, übersetzte Sharo und wies mit dem Kopf auf eine Tür. Vor und hinter uns waren Soldaten.

Kaum hatten wir den Raum betreten, wurden wir getrennt. Zwei Soldaten packten Sharo am Arm und schubsten ihn zur nächsten Tür. Du erzählst nichts, rief er mir noch auf Kurdisch zu, woraufhin einer der Soldaten auf ihn einschlug.

Nein, rief ich, ich erzähle nichts. Aber da war Sharo schon fort. Ich hatte keine Zeit, mich auch nur umzusehen. Ein Offizier kam in das Zimmer, wies einen Soldaten an, mir einen Stuhl in die Mitte des Raumes zu stellen. Mir befahl er, mich darauf zu setzen. Wieder verband man mir die Augen. Man schnürte meine Arme hinter dem Rücken an meinen Hals, fesselte meine Beine an den Stuhl. Ich hörte den Offizier etwas sagen, das ich nicht verstand. Eine Tür ging auf und fiel wieder in ihr Schloss. Es war still. Plötzlich war es still.

War ich alleine im Raum? Ich wusste es nicht. Minuten vergingen, und da ich niemanden atmen hörte, niemand sich rührte oder räusperte, ging ich davon aus, dass ich alleine war. Ich hörte draußen das Geräusch eines Autos, ein Tor wurde geöffnet, Stimmen, jemand rief etwas. Dann wieder diese Stille. Ich versuchte, mich zu bewegen, es ging nicht. Meine Arme waren hoch hinter meinem Rücken fixiert, das Seil um meinen Hals geschnürt. Dadurch hatte ich nur zwei Möglichkeiten, entweder saß ich in einer halbwegs natürlichen Position, der Rücken gerade, die Muskeln entspannt, bekam dann aber kaum Luft, weil mir das Seil in den Hals schnitt. Oder ich saß völlig verkrümmt und angespannt, mit schrecklich verdrehtem Rücken, dafür konnte ich dann normal atmen.

Ich entschied mich für die zweite Variante. Mit den verbundenen Augen konnte ich nicht sehen, wie sich das Licht veränderte, ob es schon Abend wurde oder erst Spätnachmittag war. Ich merkte, wie durstig ich war. Zuletzt hatte ich den Kaffee in Mardin getrunken. Wie lange war das her, vier Stunden, fünf Stunden? Mein Durst war größer als mein Hunger. Sharos Schwestern hatten sicher für uns gekocht, warteten mit dem Mittagessen oder Abendessen. Spätestens beim Abendessen mussten sie wissen, dass wir nicht mehr kommen würden.

Leise Musik riss mich aus meinen Gedanken. Ich hörte eine Saz, zweifelte an meinem Verstand. Dann begriff ich, dass die Musik vom Band kam. Fast dachte ich trotzdem, dass meine Ohren mich belogen. Woher kam die Musik, diese Melodie kannte ich doch? Sie gehörte zu einem Lied, das meine Mutter immer beim Brotbacken sang, zu einem alten Lied, der Hirte in unserem Dorf sang es, wenn er die Schafe hütete, meine Schwester sang es, wenn sie nähte. Sie gehörte zu einem kurdischen Lied. Ich fragte mich, was dieses Lied hier im Gefängnis machte.

Dann hörte ich Şivans Stimme und wusste sofort: Sie hatten Sharos Kassetten gefunden.

Malan bar kir lê çûne waran lê, hörte ich Şivan singen: Die Familie hat ihre Sachen gepackt und ist zurückgegangen. Unser Fleisch haben die Mäuse und Schlangen gefressen. Ich bin eine Waise, mir sind die Hände gebunden. Die Familie hat ihre Sachen gepackt und ist zurückgegangen.

Ich kann nicht sagen, wie ich die Nacht überstand, Leyla. Ich schlief nicht, keine Sekunde. Gegen den Durst versuchte ich, zu kauen, Spucke in meinem Mund zu sammeln und hinunterschlucken. Aber das half nicht. Mein verdrehter Rücken schmerzte, mein verdrehter Nacken schmerzte. Der Schmerz in meinem Rücken, der Schmerz in meinem Nacken strahlte in meinen Kopf hinein, in meine Hände, in meine Beine. So saß ich da. Die Zeit verging wie sie immer verging, aber jede Sekunde tat ungeheuer weh. Da hörte ich jemanden die Tür öffnen. Jemand kam in den Raum, trat auf mich zu. Er blieb vor mir stehen. Ich sah seine

Stiefel. Er berührte meinen pochenden Kopf, riss mir die Binde von den Augen, ich blinzelte. Er sagte etwas, das Aufstehen heißen musste, ging schon wieder weg. Ich stand auf, aber ich konnte kaum stehen.

Ich sah mich um. Im Raum waren Spiegel und Waschbecken. Eine Gruppe von Soldaten betrat polternd den Raum. Sie gingen an mir vorbei, als wäre ich nicht da, rasierten sich gleich darauf an den Waschbecken. Ich stand einfach nur da und wartete. Ein Soldat kam, wies mich an, mich wieder auf den Stuhl zu setzen, rasierte mit groben Bewegungen meinen Kopf. Ich musste plötzlich an Cemil Aslan denken, der mir einfach so im Bus von Nusaybin nach Qûlika das Schreiben gegeben hatte, das seine Identität bestätigte, und der in wenigen Tagen seinen Militärdienst in Diyarbakir antreten musste. Oder hatte er ihn schon angetreten? In welchem Gefängnis waren wir hier? In Mardin oder in einer anderen Stadt? Obwohl ich wusste, wie albern der Gedanke war, dachte ich an diesen Cemil Aslan, stellte mir vor, dass er mir vielleicht ein zweites Mal helfen könnte. Nachdem ich rasiert war, ließ mich der Soldat am Waschbecken Wasser trinken. Ich trank und trank, gierig, als wollte ich die ganze Leitung austrinken, was wusste ich schon, wann ich das nächste Mal Wasser bekommen würde? Genug, sagte der Soldat und führte mich aus dem Raum hinaus, einen langen Gang hinunter. An seinem Ende war eine Treppe, runter in einen Keller. Ich sollte Kohle schaufeln. Sie schlossen die Tür hinter mir, ich war allein.

Ich trug noch immer die Kleidung, mit der ich gestern zur Polizeibehörde von Mardin aufgebrochen war, ein Hemd, eine Schlaghose, die Lederschuhe, die ich damals in Damaskus gekauft hatte, als ich noch dachte, ich würde so gekleidet die Universität besuchen. Ein schönes Hemd, eine schöne Schlaghose, schöne Schuhe, aber kein Hirte trug jemals solche Kleidung.

Dabei hatte ich doch Firat Ekinci zu sein, der neunte Sohn von Majed und Canan Ekinci, ein Hirte in den Bergen. Wie sollte mir irgendwer in dieser Kleidung glauben, dass ich Hirte wäre? Während ich die Kohlen schaufelte, streifte ich meine Schuhe immer wieder über die raue Betonwand, bis das Leder ganz zerkratzt war, zerrieb Kohlestaub auf meiner Hose, zerriss mein Hemd. Den obersten Knopf warf ich in den Kohlehaufen. Vielleicht würde man mir so wenigstens etwas eher glauben.

Als sie mich zurück in den Raum mit dem Stuhl und den Waschbecken brachten, stand dort ein Bett. Sie ließen mich auf dem Bett schlafen, und auch Wasser durfte ich trinken. Ich konnte es mir nicht erklären. Ich war so verwundert, dass ich mich die ganze Zeit fragte, worin die Falle bestand.

Im Gefängnis machten sie aus allem eine Falle, das war das Erste, was ich lernte. Am Morgen, nach der Nacht dort auf dem Stuhl, als mir die Kehle brannte, weil ich so Durst hatte und noch kein Wasser bekam, während der Soldat mir den Schädel rasierte, hatten sie draußen im Hof angefangen, einen Jeep mit einem Wasserschlauch abzuspritzen. Ich konnte es durch das Fenster sehen. Und der Soldat konnte meinen Blick auf die Wasserpfützen unter dem Jeep sehen, meinen gierigen Blick. Trotzdem ließ er mich warten. Nein, nicht trotzdem, genau deswegen ließ er mich warten, rasierte genüsslich meinen Schädel weiter. Er wartete, dass ich um auch nur einen Schluck Wasser aus dem Wasserhahn bettelte, der doch nur einen Meter entfernt war. Und würde mir in dem Moment, in dem ich um einen Schluck Wasser bettelte, diesen Schluck verweigern. Gerade weil ich so sehr darum bettelte. Man selbst und alle eigenen Bedürfnisse war eine Falle im Gefängnis.

Als der Soldat mich dann schließlich trinken ließ, so wie man einen durstigen Hund trinken lässt, und als ich trank, als könnte ich nie wieder aufhören damit, war das die nächste Falle. Dass er mich so trinken sah, dass er sah, dass ich weinen wollte über dieses bisschen Wasser, so froh war ich, endlich zu trinken, das war auch eine Falle. Dass er sah, wie ich mich sah, dort demütig vor dem Wasserhahn kniend und er mit einer Waffe am Gürtel groß neben mir, das war eine Falle. Und dass er mich, vernünftig wie er war, vom Wasserhahn wegreißen musste, damit ich nicht zu viel trank, ich konnte nämlich nicht mehr aufhören, auch das war eine Falle.

Sharo erklärte mir das alles später. Er sagte, in der ersten Nacht, als sie dich die Stunden auf dem Stuhl verbringen ließen, hatte ein Offizier Dienst, der bei der MHP war, den Faschisten, Leyla. Ich kenne diesen Offizier schon vom letzten Mal, als ich hier war, sagte Sharo, er hasst Kurden. In der zweiten Nacht, als sie dich auf einem Bett schlafen ließen, hatte dann ein anderer Offizier Dienst. Er ist immer noch ein Offizier, aber er hasst die Kurden nicht besonders. Die dritte Nacht musstest du wieder auf dem Stuhl verbringen, da war der Offizier von der MHP wieder zurück.

Nach drei Tagen trafen wir uns wieder, Sharo und ich. Sharo saß schon auf der Hinterbank des Militärtransporters, wieder mit verbundenen Augen und hinter dem Rücken zusammengebundenen Händen. Sharo, rief ich. Er nickte, aber sie ließen mich nicht neben ihm sitzen. Auch mir wurden die Augen verbunden. Wir fuhren los, ich spürte die Straße unter den Reifen. Irgendwann ein neues Tor, irgendwann Stimmen. Aussteigen. Als man mir die Augenbinde abnahm, war ich in einem Raum mit dreiunddreißig anderen Gefangenen, ich zählte sie später. Aber Sharo war nicht unter ihnen.

Dieses zweite Gefängnis lag in einer Militärzone und war weiträumig abgesperrt. Niemand außer dem Militär hatte Zutritt. Die Gefangenen durften von außerhalb keine Familienmitglieder, keine Anwälte oder Journalisten empfangen.

Journalisten und Anwälte gab es dafür aber innerhalb des Gefängnisses, einen Anwalt sogar in meiner Zelle. Als wir Suppe bekamen, ein Teller für vier Menschen, als wir Brot bekamen, sechs Fladenbrote für dreiunddreißig Menschen, sorgte der Anwalt dafür, dass gerecht geteilt wurde. Er schnitt die Brote in dreiunddreißig gleich große Stücke, gab jedem seinen Anteil. Kam es zu Streit in unserer Zelle, wurde er ebenfalls gerufen, um zu schlichten.

Leyla, sagte der Vater, das Militärgefängnis war wie eine Universität. Das Gefängnis war meine Universität.

Ich wurde zum Verhör geführt. Wieder redeten sie Türkisch mit mir. Wieder verstand ich sie nicht. Diesmal hatte ich mir einen Satz zurechtgelegt, den mir ein Mitgefangener zuvor beigebracht hatte: Ben türkçe bilmiyorum, ich spreche kein Türkisch. Ich wiederholte immer wieder: Ben türkçe bilmiyorum. Die Soldaten redeten weiter auf Türkisch auf mich ein. Ich sagte auf Kurdisch: Ez tirkî nizanim, da schlugen sie mich. Ich sagte: Wenn ihr mich noch so sehr prügelt, ich spreche kein Türkisch. Sie schlugen mich in mein Gesicht.

Ich sollte mich auf einen Stuhl setzen. Ich wartete. Sie kamen wieder mit einem Übersetzer. Der Übersetzer war Kurde, das hörte ich, er sprach den Dialekt, den auch Sharo sprach. Während er übersetzte, zitterten seine Hände, bebte sein Körper. Weder mir noch dem Offizier oder den Soldaten konnte er in die Augen blicken. Sein Blick flatterte, und ich fragte mich, was sie mit ihm gemacht hatten, dass er so panische Angst hatte.

Ich konnte mich kaum auf die Fragen des Offiziers konzentrieren, fixierte immer wieder den Mann, der da links von mir saß und übersetzte.

Zu welcher politischen Gruppe ich Kontakt hätte, wollte der Offizier wissen.

Zu gar keiner, sagte ich. Ich verbrächte meine Tage mit meinen Schafen und Ziegen in den Bergen.

Ich überlegte, ob der Übersetzer ein Verbündeter war. Oder ob er mich verraten und dem Offizier sagen würde, dass ich nicht den Dialekt sprach, den die Leute aus Dibek redeten.

Zu ihnen gehörte Sharo. Er erzählte mir später, dass sie ihn so sehr folterten, dass er irgendwann sagte, er hätte Waffen versteckt, in Qûlika unter einem Strohhaufen bei seinem Onkel. Sie packten ihn und trugen ihn, gehen konnte er nicht mehr, steckten ihn in ein Militärfahrzeug. Ein Militärtransporter fuhr vor ihnen, ein Militärtransporter hinter ihnen, ein ganzer Haufen Soldaten war unterwegs, erzählte mir Sharo. Kurz vor dem Ziel sah er aus der Fensterluke des Militärautos seinen Bruder, der wie an einem anderen ganz gewöhnlichen Tag draußen auf dem Feld auf dem Traktor saß. Sie fuhren an ihm vorbei. Im Dorf, beim Haus von Sharos Onkel, stiegen die Soldaten aus, suchten im Stroh, suchten überall, fanden aber keine Waffen. Sie fuhren dann einfach mit Sharo wieder zurück in das Foltergefängnis.

Ich lernte in meiner Zeit dort, wem ich vertrauen konnte. Etwa dem Mann, der vom Verhör mit lauter Brandmalen auf dem Arm zurückkam, der Offizier hatte seine Zigaretten darauf ausgedrückt. Der Mann sagte zu mir: Sprich mit niemandem hier. Ich weiß, dass du aus Syrien kommst. Ich höre es an deinem Dialekt. Wenn du sprichst, hören es die anderen auch. Ich lernte in meiner Zeit dort im Gefängnis auch, wem ich nicht vertrauen konnte. Dem Mann etwa, der nach jedem Verhör wiederkam, ohne dass auch nur sein Hemd verrutscht war.

Ich lernte, nicht um Wasser zu betteln, weil sie es mir dann erst recht nicht gaben. Ich lernte, nicht darum zu betteln, dass sie mit irgendetwas aufhörten, weil sie niemals taten, worum man sie bat.

Ich lernte zu unterscheiden. Die Politischen etwa, die in einer Organisation waren, bei der PKK zum Beispiel oder bei der Kawa. Die Politischen wussten, weshalb sie hier waren, sie waren auf das Gefängnis vorbereitet, ähnlich wie die, die nicht zum ersten Mal hier waren. Oder wie die, die für ihre Überzeugung hier waren und die aus Überzeugung ihre Arbeit gemacht hatten, als Journalist vielleicht oder als Anwalt. Aber dann gab es auch die, die nicht vorbereitet waren, die man einfach von der Straße geholt hatte, Dorfbewohner, Hirten auf dem Weg von einer Hochzeit, zum Feld oder für Besorgungen in die Stadt. Es gab so viele, die nicht auf das vorbereitet waren, was uns passierte. Ich erinnere mich an einen alten Mann, der jeden Abend wimmerte: Wen werden sie morgen holen? Wen werden sie morgen holen? Bis ich es nicht mehr aushielt und in den Raum hinein sagte: Einen von uns werden sie holen. Einer von uns wird verhört werden. Wie viele Tage bist du schon hier, du weißt es doch, einen von uns holen sie immer.

Im Verhör wollten sie Namen von mir wissen. Bald schon übersetzte ein anderer Kurde. Dieser zitterte nicht, dieser schien nicht zum ersten Mal zu übersetzen. Weil er so ruhig sprach, schloss ich, dass er für den türkischen Geheimdienst arbeitete. Ob ich politische Kontakte zu Kurden hätte, wurde ich gefragt, in welcher Organisation ich sei, ob ich diesen kennen würde, ob ich jenen kennen würde. Die Fragen wiederholten sich. Ob ich politische Kontakte zu Kurden hätte, immer wieder diese Frage. Nein, sagte ich, ich sei ein einfacher Hirte, ich wüsste nur über Ziegen und Schafe Bescheid. Wir wissen, dass du unschuldig bist, sagten sie. Und dass ich sofort rauskäme, wenn ich ihnen Namen nennen würde. Warum ich mit diesem Êzîden zusammen sei, fragten sie, woher ich Sharo kennen würde. Dass er mir nur vom Sehen bekannt sei, sagte ich. Dass meine Brüder Musik machten und auf Hochzeiten in Qûlika gespielt hätten. Qûlika ist ein kleines Dorf, sagte ich, jeder kennt dort jeden. Dass ich Sharo am Tag unserer Verhaftung rein zufällig am Busbahnhof getroffen hätte, dass wir damals zusammen nach Hause hatten fahren wollen.

Sie legten drei Musikkassetten vor mir auf den Tisch. Es waren die Kassetten von Gulistan und Şivan Perwer. Ob ich diese Musikkassetten kennen würde. Ich schüttelte den Kopf. Nein, sagte ich. Ich bin ein einfacher Hirte, ich habe keinen Kassettenrekorder.

Sie schlugen mir mit Stromkabeln auf die Fußsohlen. Sie schlugen mir mit dem Gewehr auf Schultern und Rücken. Sie sperrten mich einen Tag lang in eine schmutzige Toilette. Die Toilette war kaum belüftet, es hatte vierzig Grad. Sie führten mich in den Hof, dort saß ein Wärter und wusch sich in einem Plastikeimer die Füße. Sie gaben mir dieses Wasser zu trinken.

Sie brachten mich zurück in die Zelle, immer wieder.

Ich schlief auf einer schmutzigen Matratze auf dem Boden, legte meine Schuhe als Kissen unter meinen Kopf.

Drei Tage bekamen wir nichts zu essen und kaum Wasser. Dann eine Suppe, die so scharf war, dass wir sie fast nicht herunterbekamen. Dann kein Wasser mehr.

Den Mann mit den Brandmalen auf den Armen holten sie drei Tage in Folge zum Verhör, und am vierten Tag holten sie ihn wieder. Hörte er Schritte auf dem Gang, zuckte er zusammen. Irgendwann zuckte er zusammen, auch wenn keine Schritte auf dem Gang zu hören waren.

Jeden Abend fanden sich ein paar Männer, die sich wie Verrückte Witze erzählten. Sie erzählten sich die Witze bis spät in die Nacht. Sie lachten, aber am Morgen, wenn die Zeit der Verhöre begann, verstummten sie.

Ein neuer Gefangener kam in unsere Zelle, er wollte wissen, wie ich hieße. Firat Ekinci, sagte ich, Sohn von Majed und Canan. Er erwiderte, er kenne meine Familie. Jeder kenne sie in der Gegend. Mich aber habe er noch nie gesehen. Alle in meiner Familie seien dunkel, ich aber sei hell, sagte er. Welches Instrument ich in meiner Familie spiele, wollte er wissen. Kemençe, sagte ich. Er nickte, aber er schien mir nicht zu glauben. Ich schwieg.

Wieder wurde ich zum Verhör geführt. Schlugen sie mich, schrie ich nicht.

Leyla, sagte der Vater, ich schwöre es dir, ich bin immer stark geblieben. Sie haben mich geschlagen, aber ich habe es ertragen. Nie habe ich um Wasser gebettelt, nie gebettelt, dass sie aufhören. Der Vater lachte. Er knackte Sonnenblumenkerne.

Eines Tages hörten wir plötzlich, fünfhundert neue Gefangene würden kommen. Wo sollen die hin, fragten wir uns. In unserer Zelle reichte der Platz kaum für uns. Wir hatten Angst.

Aber noch am selben Tag führten sie mich wieder zu einem Militärwagen. Wieder ein Sack über dem Kopf, wieder die Hände hinter dem Rücken zusammengebunden. Sie brachten mich in das Militärgericht von Diyarbakir.

Dort stellte ein Offizier mir mehrere Fragen, natürlich auf Türkisch. Als ich sagte, ben türkçe bilmiyorum, ging er auf mich los und schlug mich. Ein Übersetzer wurde geholt. Wieder dieselben Fragen wie immer: Ob ich in einer politischen Organisation sei. Welche Organisation es sei. Ob ich Namen nennen könne. Und wieder dieselben Antworten: Ich bin ein einfacher Hirte, von Politik weiß ich nichts. Ich gehe mit meinen Schafen und Ziegen in die Berge. Dann sprach ein anderer Offizier. Der Übersetzer sagte, der Offizier verkünde, dass meine Behauptungen durch die Tatsache gestützt würden, dass ich in der Vergangenheit niemals auffällig geworden sei. In der Akte unter meinem Namen gebe es keinen einzigen Vermerk, die Akte sei völlig leer. Als das Urteil gesprochen wurde, sah ich den Übersetzer fragend an, konnte nicht begreifen, was er mir da so routiniert übersetzte. Dann ging alles sehr schnell. Soldaten brachten mich bis zum Tor, sie sprachen mit dem Wächter, der Wächter öffnete das Tor. Ich ging einfach hindurch.

Am nächsten Morgen fuhr ich zur Polizeibehörde in Mardin, um meinen Pass abzuholen. Ich konnte kaum stehen, mein Rücken schmerzte ungeheuer, ich musste mich an der Wand abstützen. Aber schließlich war ich an der Reihe. Das erste Mal in meinem Leben hatte ich einen Ausweis, das erste Mal war ich ein Staatsbürger. Firat Ekinci, geboren 1961 in Nusaybin, türkischer Staatsbürger. Von der Polizeibehörde ging ich zum Busbahnhof und fuhr nach Nusaybin, zu Majed und Canan. Ich küsste ihre Hände. Ich wusste nicht, wie ich ihnen danken sollte, dass sie mir geholfen hatten, obwohl sie mich doch gar nicht kannten. Aber Majed war wütend auf mich. Ich habe dir gesagt, dass du dich nicht mit diesem Sharo herumtreiben sollst, sagte er.

Ich antwortete, dass alles nicht Sharos Schuld gewesen war, genau andersherum, ich sei es gewesen, der Sharo in Schwierigkeiten gebracht habe. Aber das wollte Majed nicht hören.

Canan gab mir zu essen und zu essen und noch mehr zu essen. Sie schlachtete ein Huhn, kochte Bulgur, kaufte Süßigkeiten für mich. Du bist dünn geworden, mein Sohn, sagte sie.

Als ich einige Tage später hörte, dass auch Sharo freigekommen war, fuhr ich nach Qûlika, obwohl Majed dagegen war. Willst du dich schon wieder in Schwierigkeiten bringen, fragte er.

Einen ganzen Tag blieb ich bei Sharo.

Er war noch schwach. Wir saßen bei ihm zu Hause im Hof unter den Weinstöcken. Er sagte, er wolle mit mir nach Istanbul gehen, wie wir es vor kurzem noch geplant hatten, am Bosporus einen Kaffee trinken. Das war natürlich völlig unmöglich, der Putsch lag in der Luft. Du bist zu schwach, Sharo, sagte ich. Wie willst du nach Istanbul kommen, wie willst du das schaffen? Er gab mir ein Foto, das wir vor unserer Verhaftung von uns zusammen beim Passbildfotografen in Nusaybin hatten machen lassen. Siehst du den Unterschied, sagte Sharo und lachte. Unsere Haare sind weg, und dünn sind wir geworden, dabei waren es doch nur ein paar Wochen. Die Haare wachsen wieder, sagte ich. Und zunehmen werden wir auch, Sharo.

Ich nahm den letzten Bus zurück. Sharo habe ich in meinem ganzen Leben nie wiedergesehen.

Majed bestand darauf, mich nach Istanbul zu bringen. Wir fuhren mit dem Bus, zwanzig Stunden. In Istanbul stieg ich in ein Flugzeug. Ich landete in Hamburg, Leyla.

2

AM SPÄTEN ABEND des 15. Februar 2011, Leyla musste das Datum nachlesen, sprühte eine Gruppe von Jungen in Daraa im Südwesten des Landes einen Spruch auf die Mauer ihres Schulhofs.

So nahm alles seinen Anfang, oder einen neuen Anfang, stellte Leyla sich vor. Als einer der Jungen auf den Knopf seiner Sprühdose drückte, die rote Farbe aus der Düse drang und auf die ockerfarbene Schulhofmauer traf, war es, als käme alles, was von nun an geschah, direkt aus der Dose geschossen. Keine Revolution begann nur mit einer Sprühdose. Ohne vierzig Jahre Unterdrückung hätte es diese Revolution nicht gegeben. Aber jede Revolution brauchte nun einmal eine Erzählung.

Der Hausmeister der Schule in Daraa war der Erste, der am Morgen das Graffiti las: Du bist dran, Doktor! Nieder mit Assad!

Der Hausmeister informierte den Schulleiter, las Leyla. Der Schulleiter informierte die Polizei. Die Polizei nahm die Schüler fest. Die Schüler wurden gefoltert. Die Schüler waren einen Monat im Gefängnis.

Die Eltern wussten nicht, ob ihre Kinder noch lebten, sie forderten ihre Freilassung. Atef Najeeb, der Chef der Sicherheitskräfte in Daraa und ein Cousin des Präsidenten, antwortete ihnen folgendermaßen: Vergesst, dass ihr diese Kinder hattet. Geht nach Hause. Macht neue Kinder. Und wenn ihr das nicht hinkriegt, bringt uns eure Frauen, und wir machen euch neue Kinder.

Die Eltern der Kinder gingen aber nicht nach Hause, sondern auf die Straße.

Mehr und mehr Menschen schlossen sich ihnen an. Auch in anderen Städten protestierten die Leute. In Damaskus, aber auch im kurdischen Qamishlo, forderten sie die Freilassung politischer Gefangener und Reformen.

Zwei Jahre später fanden Journalisten einen der Jungen vom 15. Februar 2011. Sie hielten ihn für den, der damals in der Februarnacht auf den Knopf der Sprühdose gedrückt hatte. Sie fragten ihn, ob er seine Tat bereue. Falsche Frage, dachte Leyla, bereuen, was für ein Wort, als sollte jemand einen Kinderstreich bedauern. Aber was wussten die Journalisten schon von diesem Jungen? Er hatte in Klassenzimmern gesessen, an deren Wänden die Bilder des Präsidenten und des Präsidentenvaters hingen, er hatte Fächer belegen müssen, die Nationale und Militärische Erziehung hießen. Er hatte auf Paraden zu Ehren des Präsidenten marschieren müssen, er hatte unzählige Male Parolen zu schreien gehabt. Vielleicht hatte er einen Cousin dritten Grades oder eine Tante oder einen Großonkel gehabt, der oder die verhaftet worden war und gebrochen aus dem Gefängnis zurückkam. Vielleicht hatte er auch nur die Erzählungen über die Shabiha gehört, die Gespenster, die immer nur nachts kamen, in die Häuser eindrangen und verhafteten, töteten und vergewaltigten. Die großen Militärgefängnisse waren abgesperrt, dreißig von ihnen gab es im ganzen Land verteilt. Menschen wurden dort ohne Haftbefehl eingeliefert, verschwanden für lange Zeit, wurden niemals wieder gesehen oder freigekauft, waren danach für immer gebrochen. Angst, die irgendwann zu Wut wurde, dachte Leyla. Vielleicht war sie wie zu viel Druck in einem geschlossenen Gefäß, der nach draußen drängte, nach draußen schoss, und es gab keinen Weg zurück.

Der Vater saß immerzu auf dem Sofa, der Fernseher vor ihm eingeschaltet. Die Bilder der Nachrichten warfen fahles Licht auf die Wohnzimmerwände und sein Gesicht. Bei keiner von Leylas Schulfreundinnen lief der Fernseher so oft und so lange wie bei ihnen zu Hause. KurdSat, Kurdistan TV, Roj TV, Rudaw, al-Jazeera, Al Arabiya. Der Vater saß vor dem Fernseher und aß Sonnenblumenkerne und das Obst, das immer auf dem Wohnzimmertisch stand. Manchmal schaute er die Tagesschau, wenn die Mutter sie sehen wollte, aber danach wechselte er gleich wieder zu seinen arabischen und kurdischen Sendern.

Es war, als explodiere etwas hinter dem Bildschirm. Als zerbreche die Oberfläche und strömten der Lärm und die Bilder in den Raum hinein und über Leylas Familie auf dem Sofa davor hinweg. Ab 2011 wurde der Fernseher nicht mehr ausgeschaltet.

Der Vater beugte sich vor, stützte seine Arme auf den Knien ab. Er sah aufgeregt aus. Leyla, sieh dir das an. Im Fernsehen war eine große Menschenmenge zu erkennen, ein öffentlicher Platz, abends, es wurde schon dunkel, ringsum Gebäude. Die Menschenmenge, man konnte keine einzelnen Personen ausmachen, das Bild war unscharf, wackelte, tanzte, jubelte, hüpfte auf und ab. Hau ab, Baschar, jemand sang. Die Menge wiederholte: Hau ab, Baschar! Die Stimme des Sängers wurde von einem Megafon verstärkt, hallte über den ganzen Platz. Die Menge klatschte rhythmisch. Hau ab, Baschar!

Sieh dir das an, sagte der Vater. Sieh dir das nur an, Leyla.

Baschar, du bist ein Lügner. Die Freiheit steht vor der Tür. Es ist Zeit abzuhauen. Hau ab, Baschar!

Der Vater stand auf. Er reckte seine Fäuste in die Luft und jubelte vor dem Fernseher. Er lief zwischen dem Sofa und dem Schrank hin und her. Hau ab, Baschar, sang er und lachte.

Onkel Memo schickte eine E-Mail mit Anhang, ein Foto von Zozan und Mîran. Sie hatten beide Kurdistan-Flaggen umgebunden, standen Arm in Arm, um sie herum viele andere Menschen. Die beiden lachten glücklich in die Kamera. Qamishlo, sagte der Vater, sie sind alle zusammen nach Qamishlo gefahren, zur Demonstration.

In allen Städten, sagte der Vater, gehen sie auf die Straße. Sie rufen: Das Volk will den Sturz des Regimes. Araber, Kurden, Armenier, Aramäer, Drusen, sagte der Vater. Christen, Alawiten, Sunniten, Schiiten, Êzîden. Sie rufen alle: Das Volk will den Sturz des Regimes.

Es ist nur eine Frage der Zeit, sagte der Vater. Ein, zwei Monate noch, dann fahren wir drei in ein freies Syrien.

Wie dieses freie Syrien aussehen würde, darüber sprach der Vater bei den Abendessen in der Küche oder vor dem Fernseher wieder und wieder. Ein demokratisch gewähltes Parlament wird es geben, und natürlich Pressefreiheit, sagte er. Die Kurden werden nicht mehr Bürger zweiter Klasse sein, sondern Staatsbürger. Eins, sagte er, auf den Straßen rufen sie, eins, eins, das syrische Volk ist eins. Kannst du dir das vorstellen, Leyla? Sie rufen, Kurden, Araber, Christen, Alawiten, Sunniten, Syrien ist eins.

In solch ein Syrien, sagte der Vater, werde ich zurückkehren.

Warten wir erst mal ab, wie sich alles entwickelt, sagte die Mutter. Aber der Vater hörte ihr nicht einmal richtig zu. Er wechselte von al-Jazeera zu Al Arabiya, von Al Arabiya zu Rudaw, zu Kurd-Sat, zu BBC arabiya und wieder zu al-Jazeera. Er saß am Küchentisch vor seinem Laptop, hatte mehrere Nachrichtenseiten gleichzeitig geöffnet und guckte auf Youtube immer noch mehr Videos der Demonstrationen.

Neben dem Laptop stand wie immer seine Schüssel mit Sonnenblumenkernen, die Schalen spuckte er auf Papierservietten, die die Mutter beim Aufräumen in den Müll warf. Er saß noch vor dem Laptop, wenn Leyla und die Mutter längst schlafen gegangen waren, und guckte am nächsten Morgen schon wieder die Nachrichten und trank seinen Kaffee, bevor er zur Arbeit fuhr. Müde schien er nie zu werden.

Wenn Leyla freitagabends das Haus verließ, fragte er neuerdings nicht einmal, wohin sie ging. Leyla saß bei Boris mit Bernadette auf dem Sofa, und bei Boris war einfach nach wie vor alles wie immer. Er hockte vor dem Computer und kämpfte wie seit Jahren gegen feindselige Armeen. Bernadette hatte Musik angemacht, die Musik übertönte die Schüsse aus den Computerlautsprechern. Bernadette reichte Leyla den Joint und Leyla zog daran. Leyla strich mit ihrem Finger über die Brandlöcher in Boris' Sofa. Bernadette baute einen zweiten Joint, Boris holte eine Tüte Chips und setzte sich zu ihnen.

Leyla taumelte nach Hause, sie war ganz zugekifft. Im Wohnzimmer brannte immer noch Licht. Leyla zog die Schuhe aus, ging barfuß in die Küche, trank Wasser aus dem Wasserhahn. Sie hörte, wie der Vater den Fernseher im Wohnzimmer ausschaltete. Er kam zu ihr in die Küche. Du bist ja immer noch wach, sagte Leyla mühsam. Ihre Zunge war schwer. Vielleicht war Sprechen keine kluge Idee, dachte sie.

Der Vater fragte aber auch jetzt nicht, wo sie gewesen war.

Sie haben seine Leiche im Fluss gefunden, sagte er nur.

Wessen Leiche, fragte Leyla.

Die Leiche von Ibrahim Qashoush, sagte der Vater.

Von wem, fragte Leyla.

Er hat auf der Demonstration in Hama gesungen, du hast es im Fernsehen gesehen. Sie haben ihm die Kehle durchgeschnitten und ihm dann die Stimmbänder herausgerissen, sagte der Vater. Dann ging er sofort wieder in das Wohnzimmer.

Im Mai kam das Abitur. Leyla saß drei Tage lang in der großen Turnhalle an einem der vielen Tische und schrieb. Es lief weder gut noch schlecht.

Die Zeugnisse bekamen sie an einem Freitagmittag. In der großen Turnhalle war nun eine Bühne aufgebaut. Die Schulleiterin hielt eine Rede und rief danach jeden Schüler des Jahrgangs 2011 einzeln auf, der dann nach vorne zur Bühne ging, an der rhythmisch klatschenden Menge vorbei, vorne der Jahrgangsstufenleiterin die Hand schüttelte und schließlich von der Schulleiterin das Zeugnis überreicht bekam.

Später setzte sich die ganze Schulstufe hinter die Turnhalle. Bernadette holte eine Flasche Sekt aus ihrem Beutel, Leyla eine Packung Zigaretten aus ihrer Jackentasche. Irgendwer hatte eine Lautsprecherbox dabei und Musik eingeschaltet. Der Sektkorken knallte gegen die Hallenwand. Was solls, sagte Bernadette, von der Schule können sie uns ja nicht mehr werfen.

Von der ersten bis zur zwölften Klasse hatten Bernadette und Leyla in einer Klasse gesessen. Weil Bernadette in der siebten Klasse Latein gewählt hatte, hatte Leyla auch Latein gewählt, und weil Leyla in der zehnten Klasse Französisch gewählt hatte, hatte Bernadette auch Französisch gewählt. Sie hatten voneinander abgeschrieben und Pausenbrote geteilt, sie hatten all das getan, was beste Freundinnen in den Filmen und Romanen taten, die sie sich gemeinsam in der Stadtbibliothek ausliehen. Sie schenkten sich Freundschaftsbänder, schrieben ihre gemeinsamen Initialen auf ihre Heftseiten und in die Toilettenkabinen der Schule, sie kamen zusammen auf alle Partys und gingen zusammen wieder. Bernadette malte Leylas schwarze Lidstriche, weil sie eine ruhige

Hand hatte und weil Leylas Lidstriche immer krakelig aussahen, als hätte ein Kind es probiert.

Wer malt mir jetzt meine Lidstriche, sagte Leyla. Mit wem soll ich jetzt meine Serien schauen, sagte Bernadette.

Irgendwann fuhr Leyla nach Hause. Sie war betrunken. Der Vater war schon zu Hause von der Arbeit, natürlich saß er vor dem Fernseher. Sie stolperte, legte ihm das Zeugnis hin, der Vater nickte, sah nicht einmal richtig hin. Er starrte auf den Fernseher. Welcher Durchschnitt, fragte er. 2,7, sagte Leyla. Der Vater nickte wieder. Okay, sagte er.

Leyla ging in ihr Zimmer, sich umziehen. Hauptsache bestanden, würde die Mutter sagen und ihre praktische Kleidung für das Krankenhaus richten, und das würde es dann gewesen sein mit dem Abitur.

Leyla zog ihren neuen Bikini an und darüber ein kurzes Kleid. Sie fuhr durch den frühen Abend hindurch an den See, wo ihr Jahrgang weiterfeierte. Über Boxen lief laute Musik, alle tranken durcheinander, Bier und Wodka und Sekt. Leyla setzte sich auf die Picknickdecke, die Bernadette ausgebreitet hatte. Bernadette reichte Leyla ein Bier, zündete sich eine Zigarette an. Leyla überlegte, was das Ziel der Party war. Richtig abschießen, hatte Bernadette immer gesagt, wenn wir endlich unser Abitur haben, dann schießen wir uns richtig ab. Dabei wurde Bernadette von viel Alkohol immer nur müde und schlief irgendwo ein, ob auf einem der Sofas im Jugendzentrum oder im Bett des Gastgebers.

Bernadette nahm sich auch eine von Leylas Zigaretten und sagte, jetzt haben wir noch diesen ganzen Sommer. Diesen Sommer fährst du doch nicht nach Syrien, fragte sie.

Leyla schüttelte den Kopf, zu gefährlich, sagen meine Eltern.

Dann haben wir ihn endlich mal zusammen, sagte Bernadette. Auf diesen Sommer, Leyla! Sie hob ihre Bierflasche und trank.

Leyla legte ihren Kopf auf Bernadettes Beine. Wir können dann endlich zusammen auf Annalenas Geburtstagsparty gehen, Annalenas Geburtstagspartys sind die besten, sagte Bernadette. Und du hast sie immer verpasst. Leyla schloss die Augen. He, nicht einschlafen, sagte Bernadette. Boris kommt auch noch. Stell dir vor, er will seine Wohnung verlassen.

Mit Boris zusammen gingen sie später in den See. Ein Stück weiter hinten, sagte Bernadette, ich habe keine Lust, von den Jungs untergetaucht zu werden. Leyla schwamm voraus, blickte irgendwann zurück. Bernadette lag auf der Luftmatratze, ihre Arme hingen im Wasser, sie ließ sich treiben. Boris schwamm neben ihr, hielt sich manchmal an der Matratze fest, war immer noch ständig darauf bedacht, sie nicht zu berühren. Leyla hatte plötzlich kein Bedürfnis mehr, zu ihnen zurückzukehren. Das Wasser war kühl, Leyla tauchte ihren Kopf unter, machte große Schwimmzüge. Immer weiter schwamm sie, ließ die beiden weit hinter sich. Vor ihr lag nur der See, ringsum am Ufer reichten die Bäume mit ihren Wurzeln in das dunkle Wasser. Tauchte ihr Kopf unter, verstummten die Musik, die Rufe, das Geschrei der anderen. Dieses Jahr fuhren sie also nicht nach Syrien. Noch vor einem Jahr hatte Leyla im Sommer im Dorf ab und zu gehofft, sie könnten früher zurück nach Deutschland fahren, hatte sich gewünscht, sie könnte ein einziges Mal auch auf Annalenas Party gehen. Jetzt schämte sie sich für ihren Wunsch. Als sie gerade erst vier Jahre alt gewesen war, hatte man sie das erste Mal in ein Flugzeug gesetzt. Der Vater hatte ihr damals gesagt, wenn jemand sie frage, wohin sie unterwegs seien, solle sie zu ihren Großeltern sagen. Du darfst niemandem sagen, dass wir nach Kurdistan fahren. Leyla war aus einem Auto in den Hof der Großeltern gestolpert. Die alte Frau, die auf sie zueilte, die mit dem geblümten Kleid, die sie küsste und die weinte, das war ihre Großmutter. Der alte Mann, der aus dem Haus kam, langsam und auf seinen Gehstock gestützt, das war ihr Großvater. Und jetzt würde sie eben nicht zu ihnen fahren. Leyla fühlte sich wie ein Stück Treibholz, das man in einen trägen, wasserreichen Fluss geworfen hatte. Sie schwamm bis zur anderen Seeseite. Sie saß allein und erschöpft am Ufer und sah den Wassertropfen zu, wie sie an ihren Armen und Beinen hinunterrannen.

Wo warst du, fragte Bernadette. Wir haben uns Sorgen gemacht. Neben ihr auf ihrem Handtuch zündete Boris sich einen Joint an, hier, willst du? Leyla nickte, breitete ihr eigenes Handtuch aus, nahm sich noch ein Bier.

Irgendwann fingen die Leute an zu tanzen und sich zu küssen. Wenn die Mädchen betrunken waren, küssten sie auch andere Mädchen, allerdings mussten sie dafür betrunken sein. Normalerweise achtete Leyla darauf, zwischendurch auch Jungs zu küssen, damit es nicht so sehr auffiel, aber jetzt war es ihr egal. Irgendwann hatte Leyla keine Lust mehr zu tanzen und zu knutschen und trank nur noch.

Auf dem Weg nach Hause bremste Leyla, kletterte von ihrem Fahrrad, legte es vorsichtig auf den Boden und kotzte in ein Feld. Ihr wurde erst dabei so schwindelig, dass sie kaum stehen konnte, aber das Kotzen fühlte sich trotzdem gut an.

Bernadette stieg auch vom Fahrrad und hielt ihr die Haare aus dem Gesicht. Geht es, fragte sie. Leyla nickte und setzte sich an den Straßenrand, klemmte den Kopf zwischen die Knie. Die Augen offen, die Augen geschlossen, der Schwindel ging nicht weg.

Willst du Wasser, fragte Boris. Danke, sagte Leyla und trank.

Am liebsten wäre sie für immer hiergeblieben, hätte sich auf den Schotter zwischen Feld und Asphalt gelegt wie ein verwundetes Reh, das ein Auto angefahren hatte und das nun am Straßenrand lag und auf den Tod wartete, oder wie ein angeschossener Mensch. Leyla war zu müde, um sich für ihr Selbstmitleid zu schämen. Hinter den Feldern dämmerte der Morgen. Es war still um Leyla und die beiden anderen. Leyla wusste, dass Boris und Bernadette vor ihr standen und dass neben Boris und Bernadette ihr Fahrrad lag. Sie wusste, dass die beiden sich ansahen, weil sie hofften, dass der jeweils andere wusste, was jetzt zu tun war. Und dass sie dann auf Leyla hinuntersahen. Sie wusste, dass Boris und Bernadette darauf warteten, dass Leyla sich wieder rührte. Aber Leyla wollte sich nicht rühren, wozu denn, wofür denn?

Komm, Leyla, sagte Bernadette schließlich, du kannst hier nicht einschlafen. Wir schieben, sagte Boris.

Der Sommer war ein deutscher Sommer, manchmal zwanzig Grad und etwas Sonne, dann wieder Regentage oder bewölkte Himmel wie im Herbst, aber es war eben nicht Herbst. Irgendwann wurde es schließlich doch heiß, eine schwüle, drückende Hitze, von der Leyla Kopfschmerzen bekam. Der Vater saß jede freie Sekunde vor dem Fernseher, sie berichteten immer noch auf allen Kanälen. Die Mutter setzte sich von Zeit zu Zeit für einige Minuten neben ihn auf das Sofa, als ob sie ihn nicht alleine sitzen lassen könne. Sie schien zu erwarten, dass Leyla sich zu ihnen setzte. Zumindest sagte sie das immer wieder: Leyla, setz dich doch zu uns. Aber irgendwann stand dann immer auch die Mutter wieder auf und sagte, ich kann mir das nicht länger ansehen.

Im Fernsehen veränderten sich die Dinge über den Sommer hinweg. Baschar al-Assad verkündete Reformen, gleichzeitig wurde bei Demonstrationen in die Menschenmengen hineingeschossen. Irgendwer filmte irgendetwas mit der Handykamera, das Bild wackelte, jemand rannte, Leute schrien. Menschen wurden zu Grabe getragen, Beerdigungszüge wurden zu Demonstrationszügen. Die Klagegesänge gingen über in Protestlieder, dann wurde wieder geschossen.

Homs wurde abgeriegelt, war von der Lebensmittelversorgung abgeschnitten. In Daraa entdeckten die Bewohner ein Grab mit 13 Leichen. Syrische Sicherheitskräfte rückten mit Panzern in Hama ein. 136 Menschen starben.

Der Nachrichtensprecher sagte, seit Beginn der Revolution seien 12 000 Personen verhaftet worden.

Der Vater telefonierte über Skype mit Onkel Memo, starrte dabei auf den Fernseher. Das Bild auf dem Laptop hakte, Onkel Memos Gesicht fror immer wieder ein. Wenn das Bild weiterlief, verschoben sich die Pixel. Die Verbindung brach ab. Der Vater schaltete den Fernseher lauter.

Leyla fuhr mit Bernadette an den See. Sie legten ihre Handtücher in die Sonne. Leyla trug ihren neuen grünen Bikini mit den weißen Punkten und die Sonnenbrille mit dem roten Rahmen, Bernadette hatte dieselbe.

Leylas Arme und Beine waren braun von der Sonne. Waren ihre Eltern tagsüber nicht zu Hause, weil sie arbeiteten, zog Leyla manchmal auch ihren BH aus und legte sich auf die Wiese im Garten, damit auch die Brüste braun wurden.

Leyla blätterte eine Zeitschrift durch, die Bernadette mitgebracht hatte. Sie las solche Zeitschriften nicht mehr vor dem Vater, seit er sie einmal gefragt hatte, was sie da lesen würde, und sie die Zeitschrift hochgehalten hatte und er dann sagte: Immer nur Mode und Schminke, nichts anderes im Kopf. Schau lieber in deine Schulbücher, dann sind auch deine Noten besser. Seit er nur noch vor dem Fernseher saß, sagte er solche Dinge nicht mehr, aber Leyla schämte sich trotzdem für die Zeitschriften, seit sie im Fernseher die Toten zählten.

Leyla ließ die Zeitschrift neben sich fallen, stand auf und lief zum Ufer. Es gab hier an der Stelle spitze Steine im Wasser, sie wankte ein wenig. Vom lange in der Sonne Liegen war sie ganz benommen. Sie ging in das warme Wasser, schwamm ein paar Züge, ließ sich treiben. Neben ihr waren Enten, ebenfalls reglos und wie betäubt. Leyla tauchte unter, öffnete die Augen und starrte ins Trübe. Sie hob den Kopf erst wieder, als ihr die Luft ausging. Keuchend trat sie mit den Füßen, bis sie Boden fand. Dann ging sie zurück an Land.

Bernadette hatte währenddessen beim Kiosk Pommes geholt. Willst du, fragte sie. Leyla schüttelte den Kopf. Sie zündete sich eine Zigarette an. Sie rauchte und starrte in die Luft. An ihren Fingernägeln war der Lack abgeplatzt. Leyla dachte an Evîn, daran, dass Evîn immer so geraucht hatte wie jetzt sie, die Finger gespreizt, die Marlboro zwischen Zeigefinger und Mittelfinger. Wo Evîn gerade war, wo Zozan gerade war, wo Tante Havîn, wo Onkel Memo? Vermutlich saßen sie jetzt am Mittag in ihren Wohnzimmern oder lagen dort auf den Matten und schliefen. Die Großmutter bereitete das Mittagessen zu, schnitt Paprika. Es ist ruhig im Dorf, hatte Onkel Memo über Skype gesagt. Im Dorf spürt man nichts. Aber abends, hatte er gesagt, ist jetzt trotzdem niemand mehr draußen. Die Leute sitzen vor dem Fernseher, es ist so still wie noch nie hier. Leyla dachte an das Dorf, strengte sich an, es sich möglichst genau vorzustellen. Alles in Ordnung, fragte Bernadette. Leyla nickte.

Es war Spätnachmittag, als Bernadette sie weckte. Sie hatte einen ekligen Geschmack im Mund, griff nach ihrer Wasserflasche und trank. Das Wasser war warm und schmeckte abgestanden. Sie zog ihr Kleid über, packte langsam ihre Sachen zusammen. Sie machten sich auf den Weg. Weil sie müde waren, schoben sie. Der Weg vom See zurück in den Ort führte ein paar Meter durch ein Waldstück, das zu klein war, um es schon Wald zu nennen. Unter den Bäumen war die Luft feucht, es roch nach Erde. Sie liefen über die Autobahnbrücke und dann zwischen den Feldern hindurch zurück in ihre Reihenhaussiedlung am Rand des Ortes. Bernadette hatte Leyla einmal gefragt, wie sie die Hitze im Dorf nur aushalte, wenn es dort mindestens zehn Grad wärmer sei als hier. Fünfundvierzig Grad würden es sogar, hatte Leyla gesagt. Aber die Hitze sei eine andere.

Sie gingen in den Ort hinein und zum Eisladen.

Seit dem Kindergarten hatten sie hier auf den Plastikstühlen vor dem Laden gesessen, erst in Begleitung ihrer Mütter, dann alleine, als sie alt genug dafür waren.

Dass es auch damit jetzt zu einem Ende kam, dass das hier gerade der letzte Sommer war, den sie beide noch hier lebten, sagte Bernadette, und Leyla nickte dazu nur. Bernadette hatte einen Studienplatz in knapp zwei Stunden Entfernung gefunden und Leyla einen in Leipzig, weit weg, so dass sie nicht jedes Wochenende nach Hause fahren konnte. Warum Leipzig, sagte Bernadette, wer geht nach Leipzig? Du bist noch nie dort gewesen. Was ist, wenn es dir dort nicht gefällt? Ich verstehe nicht, warum du dich dort beworben hast. Wir hätten doch in dieselbe Stadt ziehen können, das war doch immer unser Plan, sagte sie. Wir hätten zusammenwohnen können.

Leyla wusste keine Antwort. Sie hatte sich für keine bessere oder schlechtere Stadt als irgendeine andere entschieden, höchstens, dass Leipzig weit genug weg lag von Norddeutschland, wo Tante Felek und Onkel Nûrî lebten und die vielen Cousins und Cousinen des Vaters, und ebenso vom Schwarzwald mit der Familie der Mutter. Leipzig, dafür hatte ihr Schnitt eben gereicht, und außerdem war weder sie noch irgendjemand aus ihrer Familie jemals dort gewesen, Leipzig war unbeschrieben.

Bernadette sagte, sie sei aufgeregt. Im Herbst würde sie beginnen, Grundschulpädagogik zu studieren. Schon in Leylas Steckbriefbuch damals in der Grundschule hatte Bernadette unter *Traumberuf* das Wort *Lehrerin* eingetragen, und Leyla wiederum in Bernadettes Steckbriefbuch das Wort *Flugbegleiterin*, weil Leyla die Flughäfen so geliebt hatte. Und jetzt wurde Bernadette also auch Lehrerin, Leyla aber hatte einfach nur ein einziges Mal die Liste mit den Studiengängen durchgelesen und sich dann für Germanistik beworben. Warum nicht Jura, hatte der Vater gefragt, und Leyla hatte mit den Schultern gezuckt. Warum nicht Medizin? Mein Schnitt reicht nicht, hatte Leyla geantwortet. Wem nützt Germanistik? Wem in der ganzen Welt? Als Leyla sagte, dass sie damit auch Lehrerin werden könne, hatte der Vater schließlich genickt und gesagt, ja, das ist gut, die Kinder sind die Zukunft eines Landes.

Bernadette sagte: Ich habe Angst, dass ich kein Zimmer finde. Ich werde dich vermissen. Ich werde Boris vermissen.

Leyla sagte: Ich bin mir sicher, du wirst ein Zimmer finden. Boris und du, ihr könnt euch doch besuchen. Und wir, wir telefonieren jeden Tag.

Bist du denn nicht aufgeregt, fragte Bernadette. Leyla zuckte mit den Schultern.

Sie saß auf dem Bett und lackierte sich die Fußnägel. Auf ihrem Laptop guckte sie ihre Lieblingsserie. Sie hatte Kopfhörer in den Ohren. Nahm sie die Kopfhörer ab, hörte sie den Fernseher im Wohnzimmer. Draußen war es längst dunkel. Leyla schwitzte, obwohl sie nur ein T-Shirt trug. Sie guckte erst eine Folge, dann eine zweite, dann eine dritte. Wieder nahm sie die Kopfhörer ab und lauschte. Der Fernseher war endlich ausgeschaltet, der Vater schlief also. Im Flur war es dunkel. Leyla ging in das Badezimmer, putzte sich die Zähne. Dann saß sie wieder vor ihrem Laptop. Auf Facebook hatte Rohat ein Video geteilt, eine Demonstration in Damaskus. Leyla sah es sich nur zur Hälfte an, dann das Ende, klickte auf das nächste Video. Dieses ließ sie laufen. Zu sehen war der nackte Körper eines Jungen. Er lag auf etwas, das wie eine Plastikplane aussah. Eine Männerstimme sprach ruhig aber bestimmt auf Arabisch. Die Kamera zoomte auf den Kopf des Jungen. Seine Haut hatte eine unnatürliche Farbe, Dunkelrot, an manchen Stellen Grau, Braun. Die Kamera zoomte auf den Brustkorb des Jungen, auf etwas, das wie eine Wunde aussah, das Leyla aber nicht genau erkennen konnte, weil das Bild unscharf war.

Das Video hatte englische Untertitel. Leyla las: Sein Name ist Hamza Ali al-Khatib. Er ist aus Jeeza, in der Provinz Daraa. Er war dreizehn Jahre alt. Am Freitag des Zorns hat er an einer Kundgebung teilgenommen, für das Ende der Belagerung von Daraa.

Er wurde verhaftet, las Leyla, und zurück zu seinen Eltern gebracht. Jetzt zoomte die Kamera auf seinen Arm. Eine Hand in einem Plastikhandschuh griff nach dem leblosen Arm, hob ihn etwas an. Eine Kugel durchschlug seinen rechten Arm, las Leyla. Und traf hier seine Brust.

Das Bild wackelte. Die Kamera zoomte auf den Bauch. Leyla las: Diese Kugel traf seinen Bauch. Und auch seinen linken Arm durchschlug eine Kugel und traf ebenfalls seine Brust. Wieder griff die behandschuhte Hand in das Bild, zeigte auf den anderen Arm und dann die Brust.

Leyla las: Eine vierte Kugel wurde direkt in seine Brust geschossen. Schaut euch die Blutergüsse in seinem Gesicht an. Sein Genick wurde gebrochen.

Wieder die Hand. Kurz sah man das Gesicht des Jungen, seine geschlossenen Augen. Dann wieder den Oberkörper, die Brust.

Schaut euch die Verletzungen an seinem rechten Bein an. Leyla sah eine Wunde.

Aber all diese Folterungen genügten ihnen nicht, las Leyla, sie haben ihm auch noch seinen Penis abgeschnitten. Sie haben seinen Penis abgeschnitten!

Schaut euch auch die Reformen an, die Baschar so hinterhältig angekündigt hat. Wo ist der Ausschuss für Menschenrechte, wo ist der Internationale Gerichtshof, wo sind die, die nach Freiheit rufen? Und damit war das Video zu Ende.

Leyla klappte den Laptop zu und stellte ihn neben das Bett. Obwohl es warm war im Zimmer, zog sie die Decke bis unter das Kinn. Sie schloss die Augen, aber sie konnte nicht einschlafen. Die Bilder waren noch da.

Leyla dachte an die Großmutter, an Tante Havîn, an Onkel Memo, an Zozan, Mîran, Welat und Roda, die jetzt gerade auf dem Hochbett im Hof liegen mussten oder unter dem Olivenbaum neben dem Hühnerstall schliefen. Schliefen sie überhaupt noch im Hof? Sie dachte an das dünne Moskitonetz, an vielen Stellen geflickt, das über ihnen hing, so dünn, dass man durch sein Geflecht hindurch in den Sternenhimmel sehen konnte. Leyla hatte so oft unter ihm gelegen, gleich neben der Großmutter, und den Geruch der Großmutter geatmet und den Geruch der Kopfkissen und der Matratze, die die Großmutter genäht und mit Schafwolle gestopft hatte. Die Zweige des Baumes, die sich über Leyla im Wind bewegten. Die Furcht, die sie überkam, wenn sie zu lange in den Sternenhimmel starrte. Was, wenn sich die Gesetze der Schwerkraft umkehrten und sie in das Unendliche stürzte? Das Bellen der Hunde im Dorf, das Klopfen der Ölpumpen wie ihr eigener Herzschlag.

Vielleicht schliefen sie nicht mehr draußen. Vielleicht war es zu gefährlich geworden, dachte Leyla. Als ob es im Haus weniger gefährlich wäre als draußen unter dem Netz. Das Haus hatte zwar dicke Mauern und vergitterte Fenster und eine Tür aus Metall und eine Tür aus Holz, aber sie waren beide nie abgesperrt gewesen, selbst nachts nicht. Vielleicht wurden sie jetzt abgeschlossen, dachte Leyla. Aber was sollte das schon helfen. Wenn es darauf ankam, dachte Leyla, war eine abgesperrte Tür genauso wenig wert wie ein Moskitonetz. Welat war dreizehn, wie der Junge im Video. Wie wäre es, plötzlich Welat in einem solchen Video zu sehen, sie konnte nicht weiterdenken, oder die Großmutter? Wie sie schliefen, wenn dann plötzlich –, dachte Leyla. Sie starrte in das Dunkel ihres Zimmers, dachte, dass das Dunkel hier ebenso bodenlos war wie der Himmel über dem Moskitonetz. Sie schloss wieder die Augen. Die Bilder waren noch da, an der Innenwand ihrer Augenlider.

Leyla fuhr mit Bernadette in die Stadt und kaufte sich einen großen Rucksack. Sie stand mit Bernadette in der Umkleidekabine, probierte Hosen an. Keine gefiel ihr. Was ist mit der, fragte Bernadette. Leyla schüttelte den Kopf, kaufte schließlich ein T-Shirt, das sie eigentlich auch hässlich fand und nicht einmal anprobierte.

Sind wir jetzt erwachsen, weil wir nicht mehr klauen, fragte Bernadette, lachte und stieß Leyla in die Seite. Schade, wir wären so gute Gangster geworden, sagte sie. Leyla nickte und wünschte sich die Zeit zurück, als sie noch Wache gestanden hatte, während Bernadette eilig T-Shirts, Schminke und Glitzerohrringe in ihre Schultasche stopfte. Und sie beide dann später zusammen bei Bernadette auf dem Bett saßen und die Löcher der herausgeschnittenen Magnetteile wieder zunähten.

Mit dem neuen Rucksack und dem T-Shirt, über das sich Leyla schon jetzt ärgerte, fuhren sie an den See. Auf dem Weg kaufte

Bernadette Bier, zwei Flaschen für jede, die beim Radfahren in ihrer Tasche klirrten und die sie am Ufer gleich öffneten. Eigentlich hatte Leyla keine Lust auf das Bier, aber jetzt waren sie eben schon am See. Sie saßen Schulter an Schulter auf dem Holzsteg, Bernadette hatte ihren Kopf auf Leylas Schulter gelegt. Sie sagte wieder, wie traurig sie es finde, dass sie nun nicht mehr in derselben Stadt leben würden.

Sie hatten ihr zweites Bier noch nicht ausgetrunken, als Wolken aufzogen. Leyla kippte den letzten Schluck in den See, während schon die ersten Regentropfen fielen. Als sie ihre Fahrräder erreichten, durchfuhr ein Windstoß die Bäume. Die Äste bogen sich, es donnerte und blitzte. Die Tropfen wurden schwerer. Als Leyla und Bernadette die Reihenhaussiedlung erreichten und sich unter die erste Bushaltestelle stellten, klebte der Stoff auf ihrer Haut.

Sie rauchten und zitterten vor Nässe dort in der Bushaltestelle, und Bernadette fragte nicht. Bernadette hatte auch vorhin auf dem Holzsteg nicht gefragt, und nicht, als sie auf dem Weg zum See waren, und auch nicht davor auf dem Weg in die Stadt. Gestern vor der Eisdiele hatte sie nicht gefragt, und auch nicht letzte Woche, als sie bei Boris auf dem Sofa saßen und kifften. Leyla sah Bernadette von der Seite an. Bernadette starrte auf die Straße und rauchte. Das Regenwasser stürzte in einem einzigen Schwall vom Dach der Haltestelle. Bernadette zündete sich die nächste Zigarette an und sagte: Zum Glück sind die trocken geblieben.

Schaute Bernadette keine Nachrichten, oder warum fragte sie nicht? Bekam sie nichts mit? War es ihr egal? Es war ihr sicher nicht egal, dachte Leyla. Aber verstand sie überhaupt, was los war? Alle sprachen doch darüber. Aber was hätte Bernadette sie fragen können? Ganz einfach, dachte Leyla: Bernadette hätte fragen können, wie es Leylas Großmutter ging, wie ihrer Cousine, ihrer Tante, ihrem Onkel. Oder irgendetwas ganz anderes hätte sie fragen können. Denn es ging doch gar nicht um ihre Großmutter, ihre Cousine, ihre Tante, ihren Onkel. Es ging um so viele Menschen, die Leyla ebenfalls nicht einmal kannte. Es ging um mehr, dachte Leyla.

Wie geht es dir *damit*, hätte Bernadette sie fragen können, ohne zu sagen, was dieses *damit* alles bedeutete. Der Regen hatte ein wenig nachgelassen, zumindest bildete sich Leyla das ein, und fast war Leyla froh, dass Bernadette das nicht fragte.

Bernadette hatte ein WG-Zimmer gefunden. Es war nicht groß, lag aber am Rand der Altstadt von Nürnberg. Leyla half Bernadette, die Möbel in ihrem alten Zimmer abzubauen, in den Transporter zu laden, im neuen Zimmer in Nürnberg wieder aufzubauen. Es war warm, sie schwitzten. Bernadettes Pony klebte an ihrer Stirn, Leyla kippte sich immer wieder Wasser über den Kopf.

Bernadette war aufgeregt. Obwohl ihr ihre Eltern halfen, ihre Schwester, Boris und Leyla. Bernadette war nervös, obwohl sie den Umzug wochenlang geplant und ihre Pläne immer wieder mit Leyla durchgesprochen hatte. Sie wollte ihre Wände streichen, nur in welchem Farbton, wusste sie noch nicht. Sie hatte gespart und wollte sich ein neues Bett kaufen, aber das, das sie wollte, war zu teuer, und die Betten, die sie sich leisten konnte, waren zu hässlich. Sollte sie ihren alten sperrigen Kleiderschrank mitnehmen oder doch lieber eine Kleiderstange kaufen? Du hörst mir gar nicht zu, hatte Bernadette irgendwann mitten in ihrem eigenen Satz zu Leyla gesagt. Es ist doch nur ein Umzug, hatte Leyla geantwortet. Dann hatten sie sich gestritten, wie sie sich noch nie gestritten hatten. Leyla hatte gesagt, sie kenne keinen

Menschen, der so selbstsüchtig sei wie Bernadette. Bernadette sagte, sie kenne keinen Menschen, der sich so wenig für seine Mitmenschen interessiere wie Leyla. Leyla war aufgestanden, auf ihr Fahrrad gestiegen und nach Hause gefahren.

Jetzt aber saßen sie zusammen in Bernadettes neuem Zimmer und aßen Pizza aus den Pizzakartons. Leyla war froh, dass sie zu erschöpft zum Reden waren. Zum Abschied umarmten sie sich lange. Dann stieg Leyla mit Boris in den Transporter, und sie fuhren zurück. Im Radio lief Popmusik. Leyla sah aus dem Fenster und dachte nicht an Bernadette. Sie fühlte sich leicht.

Leyla zog drei Wochen später um. Sie packte ihren neuen Rucksack mit ihren Klamotten voll, stopfte den Rest in eine Sporttasche, kaufte sich ein Zugticket und setzte sich mit Rucksack und Sporttasche in den Zug. Erst einmal hatte sie ein Zimmer zur Zwischenmiete. Vielleicht sei das gut so, hatte die Mutter zu Leyla gesagt, sie könne ja immer noch etwas anderes suchen. Und Leyla hatte genickt.

Die Wohnung lag im Westen Leipzigs. Leyla fuhr aus Versehen eine Station zu weit und musste den Weg zurücklaufen. Sie war müde, als sie ankam. Die Sporttasche war schwer und schnitt in ihre Schulter.

Aber ihr Zimmer hatte alles, was sie brauchte: ein Bett, einen Tisch und eine Kleiderstange. Leyla räumte ihren Rucksack aus, hängte ihre Kleidung auf die Kleiderstange, legte ihren Laptop auf den Schreibtisch, stellte Shampoo, Schminke und Haarbürste auf die Ablage im Bad. Das Zimmer hatte zwei große Fenster, die nach Süden rausgingen. Leyla öffnete ein Fenster. Auf dem Fensterbrett stand ein Aschenbecher. Unten in der Straße fuhr die Straßenbahn entlang. Leyla setzte sich auf das Fensterbrett und zündete sich eine Zigarette an. Später legte sie sich auf das Bett und starrte an die Decke. Sie war weiß, mit Stuck an den Rändern, in dem Spinnweben hingen. Unter den Spinnweben waren Blätterranken und Weintrauben aus Gips.

Sophie, deren Zimmer Leyla bewohnte und die gerade im Auslandssemester war, hatte ihr Fahrrad dagelassen, Leyla fuhr auf Sophies Fahrrad durch die Stadt. Der Sattel war zu hoch, Sophie musste größer sein als Leyla. Aber die Schraube klemmte, und Leyla machte sich nicht die Mühe, eine Zange zu suchen. Wenn sie auf Sophies zu hohem Fahrrad durch Leipzig fuhr, stellte sie sich vor, wie sie zu Sophie wurde. Aus Sophies Augen sah sie die Plattenwohnungen, die Gründerzeithäuser, die sozialistischen Prachtbauten, die verwilderten Brachflächen, den Stadtpark mit seinem kleinen See, ganz normale Häuser, Statuen kurz vor dem Herbst, Sonnenstrahlen, die auf Fassaden fielen. Noch war es warm, ganz vorbei war der Sommer noch nicht. Leyla stellte sich vor, wie sie als Sophie noch ein Stück weiterradelte, zum Fluss, wie sie dort auf der Fußgängerbrücke abstieg und sich eine Zigarette anzündete. Danach würde sie dann als Sophie zurückkommen, dachte Leyla, vielleicht würde sie einfach Sophie bleiben.

Leyla las auf ihrem Handy, die Shabiha seien machtvoll zurück, die Gespenster. Hatte man in den neunziger Jahren gedacht, sie wären verschwunden, fuhren sie jetzt wieder mit ihren schwarz lackierten Autos ohne Nummernschildern durch die Straßen. Große, muskelbepackte Männer in Turnschuhen, mit kahlgeschorenen Köpfen und langen Bärten. Sie riefen: Assad, oder wir brennen das Land nieder. Sie kamen in die Dörfer und Städte, schossen Menschen nieder, plünderten, vergewaltigten, folterten ihre Gefangenen so lange, bis diese sagten: Es gibt keinen Gott außer Assad.

Leyla las, dass die Geheimdienste in den Krankenhäusern waren. Ein Arzt aus Homs sagte: Du kommst mit einer Kugel im Bein rein und mit einer Kugel im Kopf wieder raus.

Leyla las, dass sich die Gefängnisse füllten, und dass sie die Leichen aus den Gefängnissen in Müllsäcke packten, einen Müllsack über den Oberkörper, einen über die Beine, und die Leichen in ihren Müllsäcken mit Müllwagen zu den Massengräbern fuhren. Sie las, dass vielen Toten zuvor die Organe entnommen wurden, dass die Organe weiterverkauft wurden, in den Libanon, nach Ägypten.

In Aleppo, in Deir-e-Zor und in Idlib, las Leyla, machten sie die Parks zu Friedhöfen, weil der Platz für die Toten nicht mehr ausreichte.

Leyla musste daran denken, wie die Großmutter damals in den Garten gegangen war und eine Grube ausgehoben hatte, um die verbotenen Bücher des Vaters hineinzulegen. Wie sie einfach alle Bücher hineingelegt hatte, ohne Unterschied. Sie stellte sich vor, wie die Großmutter die Grube über den Büchern zugeschüttet hatte. Als ob die Erde gierig wäre, dachte Leyla. Und dachte gleich darauf, dass die Erde natürlich nicht gierig war, der Erde war egal, wie viele Bücher und wie viele Tote in ihr vergraben wurden.

Die Sätze, die Leyla in dieser Zeit dachte, dachte sie nicht zu Ende. Aber vollständige Sätze braucht man, sagte sich Leyla immer wieder, ohne vollständige Sätze kann man niemandem davon erzählen. Aber wem hätte sie überhaupt erzählen können, woran sie ohne Ende dachte? Nicht einmal sich selbst konnte sie davon erzählen.

Leyla ging in ihre ersten Vorlesungen. Grundlagen der germanistischen Sprachwissenschaft. System der deutschen Sprache. Leyla saß in den Vorlesungssälen und hörte nicht zu.

Sie schrieb unbeteiligt mit, was die Professoren sagten, heftete die Mitschriften in Ordner, lud sich Skripte herunter. Sie saß in der Bibliothek und lernte. Sie mochte die Vorlesungen lieber als die Seminare, in denen die Dozenten Fragen stellten und erwarteten, dass man etwas sagte, seine Meinung darlegte. Leyla las schweigend, arbeitete sich durch die Theorien, konnte sich bereits Stunden später nicht mehr an sie erinnern.

Bald schon ging Leyla nur noch in Seminare mit so vielen Studenten, dass nicht auffiel, wenn sie nichts sagte. Leyla malte auf die Seitenränder ihres Schreibblocks in regelmäßigen Abständen drei parallele Striche, die Striche wiederum verband sie oben und unten so miteinander, dass sie ein Zopfmuster ergaben. Sie malte die Striche auf alle Seiten ihres Schreibblocks, bis jedes Papier links und rechts vom gleichen Zopfmuster gesäumt war. Den Block warf sie schließlich weg und kaufte einen neuen mit leeren, weißen Seiten.

Leyla meldete sich für einen Arabischkurs an. Sie stellte sich vor, Verbtabellen zu pauken, Vokabeln zu lernen, Grammatikübungen zu machen. Am Ende würde sie die Sprache sprechen können. Die Kommilitonen, die den Arabischkurs im letzten Semester belegt hatten, sagten, Arabisch sei sehr viel Arbeit, man wäre mit nichts anderem mehr beschäftigt, sie hätten selbst nachts nur noch Verbtabellen geträumt. Leyla dachte, wie gut es sein würde, wenn die Verbtabellen in ihre Träume treten und das Dorf verdrängen könnten, die Großmutter, die Toten.

Nach einer der ersten Stunden im Arabischkurs ging Leyla mit zwei Kommilitonen in die Mensa. Der eine hatte einen neuen Mitbewohner, der aus Syrien kam, und interessierte sich deswegen für die Sprache. Die andere sagte, sie wolle später gerne in einer NGO arbeiten, Arabisch sei da nützlich.

Der Vater sagte am Telefon: Warum lernst du die Sprache unserer Unterdrücker? Du kannst nicht einmal richtig Kurdisch, und jetzt willst du Arabisch lernen.

Leyla besuchte den Kurs nicht mehr. Die Prüfungen kamen. Leyla saß im Vorlesungssaal und hörte zu. Grundlagen der germanistischen Sprachwissenschaft. System der deutschen Sprache. Sprachliche Variation. Sprachliche Kommunikation.

Leyla las, Aktivisten hätten sich Zugang zu Baschar und Asma al-Assads E-Mails verschafft. 3000 Mails hätten sie durchgearbeitet. Die Nachrichten zwischen Assad und seiner Frau. Kleine Notizen, Belangloses, Sounddateien von Countrysongs. Die Nachrichten zwischen Assad und seinen Beratern, zwischen Asma und ihrer Assistentin. Schuhe, die Asma sich kaufen wollte, ihr Onlineshopping, ihr Schmuck. Kristallbesetzte Damenhandschuhe, Kerzenleuchter aus einer Pariser Goldschmiede, handgemachte Möbel aus London. Vorhänge, Vasen, Gemälde. Die beiden kauften über einen Mittelsmann in London ein, wegen der Handelsbeschränkungen. Leyla sah sich ein Video vom Staatsbesuch der Assads in London an, 2002. Beide strahlend, Baschar dennoch schmallippig, auf Asmas Arm ihr ältester Sohn, damals noch ein Kleinkind. Die Fotos aus London, las Leyla, waren in Syrien verboten, weil sie den Präsidenten als Familienvater zeigten und nicht als strengen Staatsmann.

Auf dem Weg von der Straßenbahnhaltestelle zum Seminargebäude bestand der Bürgersteig aus großen Steinplatten. Auf dem Weg vom Seminargebäude zur Bibliothek musste Leyla wieder über die Platten gehen. Sie musste dabei immer an die Fugen zwischen ihnen denken, in den Fugen sitzt der Tod, dachte Leyla.

Irgendjemand konnte kommen, von der Straße her, mit einem Pick-up, am Ortsschild vorbei, auf dem in abgeplatzten Buchstaben der Name des Dorfes stand, bis zur Abzweigung, dann den Schotterweg am Garten entlang und in den Hof hinein, wo gerade die Großmutter, Onkel Memo, Tante Havîn, Zozan, Mîran, Welat und Roda saßen und frühstückten. Während im gleichen Moment Leyla über die Steinplatten ging, von der Vorlesung zur Bibliothek, unter ihr die dunklen Fugen. Sie stolperte nicht einmal. Sie konnte auch in der Mensa sitzen oder im Supermarkt ihre Waren auf das Band legen oder auf einer Party sein, ein Bier in der Hand, oder wie letztes Wochenende mit Anne dastehen, als Anne sie an die Wand gedrückt hatte, die Bierflaschen, die neben ihnen auf dem Boden standen, kippten dabei um, aber das war egal, und Anne, Anne drückte sie an die Wand und küsste sie.

Leyla konnte von einer Party nach Hause kommen und sich in ihr Bett legen, während die Großmutter, Tante Havîn, Onkel Memo, Zozan, Mîran, Welat und Roda ebenfalls in ihren Betten lagen, und während nun noch einmal irgendjemand in den Hof kam. Würde der Hund bellen? Würden sie vom Bellen des Hundes aufwachen? Während Leyla am nächsten Morgen aufwachte, waren sie vielleicht längst tot. Lagen vielleicht genauso auf dem Boden wie all die anderen auf den Fotos und in den Videos, die Leyla so oft gesehen hatte.

Der Vater würde dann zu Leyla sagen, drei Tage später, am Telefon: Ich mache mir Sorgen. Ich habe sie seit drei Tagen nicht erreicht. Und irgendwann noch einmal später würden sie es dann erfahren. Irgendwie erfuhr man es immer.

Wenn jemand kam und sie tötete, konnte Leyla nichts machen. Sie würde dann weiterhin in die Vorlesung gehen, in den

Supermarkt. Es würde keinen Unterschied machen, ob sie in die Vorlesung ging oder in den Supermarkt.

Ging Leyla über die Steinplatten, versuchte sie immer weiter, nicht auf die Fugen zu treten. Sobald sie auf die Fugen trat, mussten sie sterben, sagte sie sich und wusste zugleich, dass die Fugen nichts mit irgendetwas zu tun hatten.

In ihren ersten Semesterferien fuhr Leyla zu ihren Eltern. Es war der zweite Sommer nacheinander, in dem sie nicht in das Dorf reiste, der zweite Sommer, in dem sie die Großmutter, die Tante, den Onkel, die Cousinen und die Cousins nicht sehen würde.

Leyla ging mit Bernadette an den See, sie lagen auf ihren Handtüchern in der Sonne, saßen auf den Plastikstühlen vor dem Eisladen, gingen zu Boris zum Kiffen, guckten ihm bei seinen Computerspielen zu, hörten Musik. Bernadette redete in einem fort von ihrem Studium, von Nürnberg und ihren neuen Freunden, deren Namen Leyla gleich wieder vergaß. Leyla nickte. Hörst du mir überhaupt zu, sagte Bernadette. Leyla fuhr mit Kopfhörern in den Ohren zu ihren Eltern nach Hause, aber sie hörte keine Musik. Die Kopfhörer in den Ohren dämmten die Geräusche von außen ab, das Rauschen des Fahrtwindes, wenn sie auf dem Fahrrad saß.

Der Vater war zu Hause und saß vor dem Fernseher. Im Fernseher tobte der Krieg. Die Freie Syrische Armee rekrutierte inzwischen Minderjährige. Zwischen den grün-weiß-schwarzen Flaggen der Syrischen Revolution tauchten immer mehr schwarze Flaggen mit dem islamischen Glaubensbekenntnis auf, ausländische Kämpfer waren zu tausenden ins Land gekommen. Neben der Freien Syrischen Armee kämpfte die Islamische Front, neben ihr die al-Nusra-Front gegen das Regime. Die al-Nusra-Front hatten Mitglieder von al-Qaida Irak und vom Islamischen Staat Irak gegründet. Ein Schulfreund von Onkel Memo, Ahmed, sagte der Vater, du kennst ihn, hatte sich ihr angeschlossen. Er war manchmal im Dorf zu Besuch gewesen, hatte dann stundenlang mit Onkel Memo im Hof gesessen und Tee getrunken und geraucht. Er war auch auf Onkel Memos Hochzeitsvideo zu sehen, wie er in einer Reihe mit den anderen tanzte, in ihrer Mitte der Trommler. Einmal waren wir auch bei ihm eingeladen, sagte der Vater, du warst noch klein. Du hast mit seinen Neffen und Nichten im Garten gespielt. Jetzt kam Ahmed nicht mehr ins Dorf, aber er hatte Onkel Memo wenigstens angerufen, hatte gesagt: Solange ich für die Provinz Hasake zuständig bin, lassen wir euch in Ruhe.

Im Fernsehen sah Leyla schwarz vermummte Männer hinter Sandsäcken stehen. Die Männer schossen, Staub und schwarzer Rauch zogen durch das Bild. Ein schwarz gekleideter Mann mit langem Bart lief durch eine Straße, hielt eine schwarze Flagge in die Luft. Eine Gruppe vermummter Männer posierte in irgendeiner Landschaft, sie reckten ihre Waffen in die Luft, schrien *Allahu akbar*, schossen.

Leyla war froh, als sie zurück in Leipzig war. Der Vater hatte noch gefragt: Warum bleibst du nicht länger? Aber Leyla musste in ihrer neuen Stadt umziehen, Sophie kam aus ihrem Auslandssemester zurück. Leyla packte ihre Kleidung wieder in ihren Rucksack, stopfte den Rest in die Sporttasche und fuhr mit der Straßenbahn einmal quer durch die Stadt. Leyla mochte auch das neue Zimmer im neuen Viertel. Auch hier gab es nahe bei ihrer neuen WG einen Park, aber einen ohne Teich und dafür mit niedergetretenem Gras, ausgeblichen vom Sommer. Es gab ein paar Skaterampen, ein Jugendzentrum und eine Wand, auf die man legal Graffiti sprayen sollte. Familien picknickten, grillten. Frauen, die die Sprache des Vaters und der Großmutter sprachen, saßen auf den Bänken hinter den Skaterampen. Männer fuhren mit laut aufgedrehter Musik durch die Straßen des Viertels. Auf den Gehwegen lagen die Schalen gesalzener Sonnenblumenkerne, es gab Shisha-Bars, arabische, türkische und kurdische Supermärkte, viele verschiedene Restaurants.

In einem der Supermärkte, in dem die Verkäufer normalerweise Kurdisch sprachen, mit Leyla aber Deutsch, kaufte Leyla sich eine doppelstöckige Teekanne, ein halbes Kilo Schwarztee, kleine runde Gläser und Untersetzer. Der Verkäufer packte alles in blaue Plastiktüten, und Leyla trug es nach Hause. In ihrer neuen WG war sie die Einzige, die Schwarztee trank. Die Teekanne war die kleinste, die es im Geschäft zu kaufen gegeben hatte, und dennoch immer noch riesig. Leyla kochte darin Tee wie für eine Großfamilie, die viel Besuch bekam. Leyla trank ihn mit viel Zucker, allein, nachts, wenn sie auf der Fensterbank saß, rauchte und auf die menschenleere Straße hintersah.

Die Dorfbewohner hätten jetzt einen Graben ausgehoben, sagte der Vater am Telefon. Jede Nacht lägen sie dort mit ihren Kalaschnikows und hielten Wache, jede Nacht eine andere Familie. Für den Fall, dass jemand kommt, sagte der Vater, um das Dorf zu verteidigen.

Mit was das Dorf verteidigen, fragte Leyla. Ein paar Hirten, ein paar Bauern mit Kalaschnikows? Das ist doch lächerlich, sagte sie. Konnten sie überhaupt schießen? Einmal im Jahr zu Newroz in die Luft, daran erinnerte sie sich, aber Krieg war doch etwas anderes. Niemand im Dorf hatte Militärdienst gemacht, doch, einer, er hieß Mîro. Niemand hatte einen syrischen Pass außer Mîro. Aber Mîro hatte seinen Militärdienst in Deir-e-Zor in der Kasernenkantine abgeleistet. Und war, erzählte man sich im Dorf, immer von den anderen verprügelt worden, wenn ihnen das Essen nicht schmeckte.

Leyla stellte sich die Dorfbewohner im Graben vor, der Alte Abu Aziz neben dem Onkel, Schulter an Schulter im Dunkeln, wie sie ihre im Mund knackenden gesalzenen Sonnenblumenkerne aßen, wie sie versuchten, nicht einzuschlafen. Leyla stellte sich die Männer dort im Graben vor, über ihren Köpfen der Sternenhimmel, hinter ihrem Rücken das Dorf, diese Ansammlung von für die Weltgeschichte uninteressanten Lehmhütten, in dem Abu Aziz' Familie und die Familie des Onkels schliefen, und währenddessen vor ihren Augen die Dunkelheit, diese geradezu unendliche Dunkelheit, in die sie die Läufe ihrer Kalaschnikows hineinhielten.

Jeder im Dorf, sagte der Vater am Telefon, hat sich jetzt einen Koffer gekauft. Zuvor gab es das kaum, Koffer. Wozu auch, sagte der Vater.

Urlaub hatte niemand, einen Pass auch nicht. Aleppo war fünf Autostunden entfernt, die Küste, Latakia, unerreichbar. Aber jetzt wurden die wenigen Koffer, die es im Dorf zuvor gegeben hatte, aus den Wandschränken geholt, aus den Ecken hinter den Getreidesäcken in der Speisekammer. Sie wurden ausgeklopft und abgewischt, standen bald darauf neben den neu gekauften Koffern an den Türen, bereits vollständig gepackt mit dem Wichtigsten.

Es ist eben ein êzîdisches Dorf, sagte der Vater. Leyla wusste: Weil es ein êzîdisches Dorf war, wusste man dort, dass für das Packen keine Zeit war, sobald man fliehen musste. Und dass der Koffer nicht schwer sein durfte, wenn man rennen musste. Und dass man manchmal auch ohne Koffer einfach losrennen musste.

Mit den neuen Mitbewohnerinnen ging Leyla in den Park. Sie kauften sich Bier, saßen auf der Wiese. Es war ein Samstagnachmittag im Oktober, noch immer warm. Ein Freund einer Mitbewohnerin kam vorbei, setzte sich zu ihnen. Leyla sagte ihren Namen. Der Freund der Mitbewohnerin wollte wissen, woher ihr Name komme, fragte: Bist du Araberin? Leyla schüttelte den Kopf: Nein, Kurdin. Der Freund der Mitbewohnerin sagte, das finde er toll. Lange sprach er über den kurdischen Befreiungskampf, über die Frauen bei der PKK. Leyla nickte. Woher ihre Familie sei. Aus Syrien, sagte Leyla. Da sei es jetzt ganz schlimm, sagte der Freund der Mitbewohnerin. Leyla nickte und trank von ihrem Bier.

Dann stand sie abrupt auf, ging im Café am Rand des Parks auf die Toilette. Auf dem Weg zurück kam sie an einer großen Familie vorbei, die auf der Wiese saß und grillte, Großeltern, Eltern und Kinder, dazu vielleicht Onkel, Tanten, Cousinen oder auch einfach nur die Freunde der Familie. Sie hörte, dass die Familie Kurdisch sprach. Auf einmal wollte sie nicht mehr zurück zu ihren Mitbewohnerinnen und deren Freunden. Am liebsten hätte sie sich zu der Familie gesetzt, aber es war nicht ihre Familie. Leyla musste an Picknickausflüge mit Onkel Memo, Tante Bahar, Zozan, Mîran, Welat und Roda an den Tigris denken. Sie hatten am Ufer des Tigris gesessen und gegrillt. Sie waren am Ufer spazieren gegangen. Waren wieder auf den Pick-up gestiegen und zurück in das Dorf gefahren, während die Sommersonne langsam unterging. Leyla hatte ihr Gesicht in den Fahrtwind gehalten, die Augen zusammengekniffen.

Im Herbst zog Assads Armee aus den kurdischen Gebieten ab, Leyla las es in der Zeitung.

Ein Jahr später gab die Regierung auch die Kontrolle über die Gebiete ab.

Die kurdischen Gebiete bekamen einen offiziellen Namen: Rojava, Westen. Rojava wurde in drei Regionen unterteilt, die man Kantone nannte: Afrîn, Kobani, Cizre. In den Kantonen übernahm die kurdische PYD die Verwaltung, zusammen mit der Christlich-Syrischen Einheitspartei. Die militärische Kontrolle hatten nun kurdische Einheiten, die YPG und die Frauenkampfverbände YPJ, Männer und Frauen in Leylas Alter in Uniform. Eine Verwaltung wurde aufgebaut, Assads Foto in den Schulen abgehängt und durch Bilder von Abdullah Öcalan ersetzt, diesem Mann mit dem runden Gesicht und dem Schnauzbart, der ein bisschen wie Leylas Onkel Memo aussah. In den Schulen wurde Kurdisch unterrichtet, und die Städte und Dörfer bekamen wieder ihre alten Namen zurück. Leyla musste sie erst lernen. Qahtaniyya hieß jetzt wieder Tirbespî, Ras'al Ain wieder Serekaniye, Ain al-Arab wieder Kobanê.

Leyla ging mit einer ihrer Mitbewohnerinnen auf eine Party. Die Partys hier in der Stadt waren anders als die Partys früher mit Bernadette. Mit Bernadette hatte sie sich hohe Schuhe angezogen und einen kurzen Rock, hatte sich geschminkt. Hier trugen die Leute Jeans, Sneaker und T-Shirts, feierten in ehemaligen Autowerkstätten, in Kellern oder leeren Läden. Bernadette hätte die Augen verdreht und gesagt, die halten sich für cool, und dann Bier geholt.

Auf der Straße war eine lange Schlange. Wir sind Freundinnen von Sascha, sagte die Mitbewohnerin zur Türsteherin. Die Türsteherin nickte, ging hinein, kam mit einer Frau zurück, die sich als Sascha vorstellte. Und du, fragte Sascha.

Leyla nickte nur.

Das ist Leyla, sagte die Mitbewohnerin.

Ich muss hinter die Bar, sagte Sascha. Leyla nickte wieder.

Leyla und die Mitbewohnerin tanzten und schwitzten. Die Musik war so laut, dass Leyla sich vorstellte, in ihr zu schwimmen. Irgendwann setzten sie sich auf ein Sofa im Nebenraum mit der Bar. Die Mitbewohnerin holte Leyla und sich Bier. Leyla trank. Sie war durstig. Vom Sofa aus konnte Leyla die Frau sehen, die Sascha hieß. Sie schaute ganz genau zu, wie Sascha an der Bar stand, Geld in die Spendenbox warf, Flaschen aus dem Kühlschrank holte, sich kurz an die Wand lehnte, wenn niemand kam, einen Schluck von ihrem Gin Tonic nahm oder sich eine Zigarette drehte, die gedrehte Zigarette neben die Spendenbox legte, weil jemand kam, ein Stück Zitrone abschnitt, Gin in einen Messbecher gab, Tonic Water in das Glas schüttete, sich die Zigarette anzündete, rauchte, zwischendurch zu ihnen herübersah, zur Mitbewohnerin und bestimmt auch zu Leyla. Sah Sascha zu ihnen herüber, fühlte Leyla sich ertappt und versuchte wieder, sich darauf zu konzentrieren, was die Mitbewohnerin ihr gerade durch den Lärm hindurch ins Ohr erzählte.

Sascha war schön, fand Leyla. So schön, dass Leyla kein anderes Wort einfiel, nur schön. Sascha war groß, dünn, trug ein T-Shirt, das ihr viel zu weit und dessen Pastellaufdruck verwaschen war, so dass es aussah wie eines, das Leyla nur noch zum Schlafen getragen hätte. Dazu eine weite Jeans, in die sie das T-Shirt gesteckt hatte, und um die Hüfte ein breiter Ledergürtel, und trotzdem sah sie elegant aus. Es war die Art, wie sie sich an die Wand lehnte, wie sie rauchte, wie sie Bier aus dem Kühlschrank nahm, dachte Leyla. Sie hatte ein schmales Gesicht, die Haare kurz, an den Seiten ausrasiert. Leyla hätte sie ewig anstarren können.

Ich gehe wieder tanzen, rief die Mitbewohnerin durch die Musik und stand auf. Kommst du mit? Leyla schüttelte den Kopf.

Sie blieb auf dem Sofa sitzen, rauchte und trank. Sascha sah wieder zu ihr herüber, und da stand Leyla dann doch auf und ging hinüber zur Tanzfläche.

Später ging Leyla zurück zur Bar und kaufte noch ein Bier, aber Sascha war nicht mehr da. Einmal sah sie sie in der Menge, aber dann hatte sie sie schon wieder aus den Augen verloren. Leyla trank viel, immer weiter. Die Mitbewohnerin bestellte Schnaps.

Irgendwann stand Leyla vor Sascha.

Na, rief Sascha durch die Musik.

Na, rief Leyla. Ist deine Schicht zu Ende?

Offensichtlich, rief Sascha.

Leyla nickte und wollte sich am liebsten umdrehen und gehen. Sie wusste nicht, was sie sagen sollte. Sie standen im Gedränge, sahen sich an. Leyla dachte, worüber sie jemals reden sollte, sie wollte gar nicht reden. Sie wollte Sascha anfassen, so wie Sascha jetzt dort im Flur vor den Toiletten stand, sie wollte sie an den Schultern packen, sie küssen, sie gegen die Wand drücken.

Dass Saschas Haare die Farbe von Schlamm hatten, sah Leyla erst Stunden später, als sie die Party verließen. Draußen war es hell. Die Bäckerei an der Ecke hatte längst geöffnet. Sie kauften zwei Schokocroissants. Sie stiegen die Stufen zu Saschas Wohnung hoch. Saschas Zimmer war voller Pflanzen. Auf den Fensterbrettern, auf dem Schreibtisch, auf dem Schrank standen Pflanzen, von der Decke hingen Pflanzen, selbst auf dem Boden neben ihrer Matratze waren welche. Sind das alles deine, fragte Leyla. Sascha nickte und sagte: Wem sollen sie sonst gehören. Sie sagte nacheinander ihre Namen, langsam, als wäre jeder von Bedeutung: Sukkulente, Korbmarante, Grünlilie, Monstera, Zwergpalme.

Außer den Pflanzen gab es in Saschas Zimmer nichts als

Bücher. Sie waren überall verteilt, stapelten sich auf dem Boden, Kunstkataloge, Romane, Theoriebände.

Die Matratze lag neben dem Fenster. Hinter dem Fenster stand ein großer Baum. Die Äste des Baumes füllten das ganze Fenster. Leyla legte sich neben Sascha auf die Matratze und sah hinauf in die Äste.

Sascha grub ihr Gesicht in Leylas Haare, küsste ihren Hals, zog ihr das T-Shirt aus, die Jeans.

Mit Sascha zu schlafen war anders, als mit Anne zu schlafen oder mit den anderen Frauen, mit denen Leyla schlief, seit sie nach Leipzig gezogen war. Sie konnte nicht sagen, was anders war, es war, als könnte Leyla die Grenze, die sie zwischen ihrem Körper und den anderen Körpern immer aufrechterhalten musste, plötzlich aufgeben. Irgendwann wusste sie nicht mehr, wo ihr Körper begann und Saschas endete. Ihre Hände, Finger, Lippen, Zungen griffen nach jedem bisschen Stück Körper, das sie voneinander fassen konnten. Kapitulation, dachte Leyla, als sie irgendwann erschöpft und ineinander verkeilt liegen blieben, und schlief gleich darauf in Saschas Halskuhle atmend ein.

Zwei Tage blieb Leyla bei Sascha. Es gab keinen Grund, nach Hause zu gehen. Der Samstag verstrich, der Sonntag. Leylas Handy war aus, sie dachte nicht einmal daran. Sie lag bei Sascha und sah sich mit ihr Konzertmitschnitte von Saschas Lieblingsband an, und als sie Hunger bekamen, gingen sie zu Mr Wok um die Ecke, trugen das Essen in weißen Plastikboxen und Plastiktüten hinauf in Saschas Wohnung. Sie saßen auf dem Sofa in der Küche und aßen. Während sie aßen, sprach Sascha viel und lachte, und Leyla sprach auch viel und lachte auch viel. Sie aßen nicht auf, räumten die halbvollen Boxen in den Kühlschrank, für später.

Als Leyla wieder zu Hause war und ihr Handy an das Ladekabel anschloss, hatte sie drei verpasste Anrufe von ihren Eltern.

Leyla wählte Bernadettes Nummer. Sie sagte: Sascha hat kurze Haare, an den Seiten ausrasiert, auf ihren Armen und Beinen Tattoos, die sie selbst gestochen hat. Sie sagte: Sascha hat ein Zimmer voller Pflanzen. Ich habe noch nie jemanden gesehen, der so viele Pflanzen hat. Das ist doch schön, sagte Bernadette. Ja, sagte Leyla. Dann weiß ich nicht, was dein Problem ist, sagte Bernadette.

Leyla wählte die Nummer der Eltern. Die Mutter hob ab. Ihr habt angerufen, sagte Leyla. Was gibt es?

Reber, der Sohn von Onkel Sleiman und Tante Xezal, war mit dem Bus unterwegs gewesen, von Deir-e-Zor nach Hasake zu seinem Cousin. Bei Deir-e-Zor waren sie angehalten worden. Drei Männer aus dem Bus hätten sie erschossen. Einer der drei, sagte die Mutter, sei Reber gewesen. Es ist furchtbar, sagte die Mutter. Ja, sagte Leyla. Die Mutter sagte: Dein Vater fährt morgen nach Bielefeld, zu Rebers Onkel.

Als sie aufgelegt hatte, vergrub Leyla ihr Gesicht in ihrem Kissen. Sie atmete in das Kissen, biss in den Stoff, bis sie die Daunen spüren konnte, schmeckte die Baumwolle, presste ihr Gesicht immer weiter hinein. Schließlich stand sie auf, ging in die WG-Küche, goss sich ein Glas Wasser ein, trank das Wasser, stellte das Glas in die Spüle, lief wieder in ihr Zimmer. Ihr war schlecht. Die Schuld schoss Leyla in den Kopf, strahlte in den Hals, in ihre Schultern, in ihren Oberkörper, ihre Arme, Hände, Fingerspitzen, in ihre Beine, die von der Schuld getroffen einknickten. Leyla musste sich setzen.

Es war, sagte sie sich, ihre Schuld. Sie hatte getanzt und getrunken und mit Sascha geschlafen, während Reber im Bus saß. Es war so, auch wenn Leyla wusste, dass es nicht stimmte, die Mutter hatte gesagt, es sei schon vor vier Tagen geschehen. Als sie getanzt hatte, war Reber längst tot gewesen. Dann war Reber eben gestorben, dachte sie, und sie hatte trotzdem noch getanzt.

Im November wurde Rebers jüngerer Bruder Welat eingezogen. Im Dezember kam die Nachricht, dass er gefallen war. Kannst du dich an ihn erinnern, fragte der Vater. Ein bisschen, sagte Leyla. Sie hatten sich immer nur bei Onkel Sleiman und Tante Xezal in Aleppo gesehen, wenn Leyla dort an jedem Anfang und jedem Ende ihrer Sommer übernachtete. Sie erinnerte sich, wie ihr Vater am Flughafen verhaftet worden war und sie mit Nesrin über deren Stickeralbum gesessen war. Wie sie ein anderes Mal mit ihr auf dem Balkon gestanden und die Taxis unten in der Straße gezählt hatte, wie sie noch ein anderes Mal bei einem Spaziergang zum Suq neben ihr gelaufen war. Vielleicht erinnerte sie sich nur an Nesrin, weil Reber und Welat zu cool gewesen waren, sich mit einem Mädchen wie ihr abzugeben. Auf den Fotos aus Aleppo waren auch nur immer Leyla und Nesrin nebeneinander zu sehen, beide mit Zöpfen, Tante Xezal hatte sie ihnen geflochten. Leyla dachte an Nesrin. Ihre ganze Familie war von Aleppo zu Verwandten nach Tirbespî gegangen, als die Kämpfe stärker wurden. Der Wechsel von der großen Stadt in die kleine, weg von ihren Mitschülern, dann der Tod der beiden Brüder, Nesrin nun alleine in Tirbespî mit ihren trauernden Eltern. Drei Brüder waren ihr noch geblieben, aber die waren alle schon verheiratet und fort, und zwei von ihnen inzwischen auf der Flucht nach Deutschland.

Im Kontingent, fragte Leyla am Telefon. Nein, ohne Kontingent, sagte die Mutter. Mit Schleppern.

Die Mutter schickte Leyla ein anderes Foto, Leyla konnte sich nicht an die Aufnahme erinnern. Auch auf diesem Foto war Sommer. Leyla saß im Hof der Großeltern unter den Weintrauben, links und rechts neben ihr zwei Jungen. Weder ihr Gesicht noch das der beiden Jungen war gut zu erkennen, der Schatten der Weinreben fiel über sie. In ihren Händen hielten sie alle drei Stücke einer Wassermelone, und auch in der Schüssel vor ihren nackten Füßen lag eine aufgeschnittene Melone. Wie alt du da wohl warst, sagte die Mutter, vielleicht vier oder fünf. Und Reber und Welat waren auch nur ein, zwei Jahre älter als du.

Leyla fuhr mit Sascha an die Ostsee. Saschas Großtante hatte dort ein Häuschen, das sie an Touristen vermietete. Im Winter stand es leer. Sascha hatte die Sommer ihrer Kindheit dort verbracht. Sie hatte gesagt, es ist schön dort, und Leyla an sich gezogen.

Im Zug aßen sie Nüsse und die Brote, die Leyla für beide geschmiert hatte. Sascha las und Leyla schlief ein, den Kopf auf Saschas Schulter.

Das Haus war kalt bei ihrer Ankunft, ausgekühlt. Sie trugen alle Decken des Hauses zusammen, legten sich darunter, umarmten sich, froren trotzdem.

Am Morgen schlug Sascha vor, gegen die Kälte zu baden. Sie ließen heißes Wasser in die Wanne, kochten mit dem Teekocher noch heißeres, lagen zusammen in der Wanne, tranken Kaffee und rauchten. Sascha las wieder und Leyla rauchte einfach nur, bis sie irgendwann Hunger bekamen und das Haus verließen und die Straße in den Ort hinuntergingen, zum Supermarkt, der im Winter nur den halben Tag geöffnet hatte.

Sascha stellte Leyla keine Fragen. Sascha redete kaum. Alles in Ordnung, fragte Leyla. Ja, alles in Ordnung, was soll sein, sagte

Sascha und zog ihre Augenbrauen hoch. Als Leyla kochte, saß sie einfach auf der Küchenbank und sah ihr zu.

Am Strand wehte die ganzen Tage eisiger Wind, und wenn sie den Strand entlanggingen, war es, als liefen sie gegen einen Widerstand an. Der Wind wühlte sich durch die Schichten ihrer Kleidung, durch die Jacken, Pullover und T-Shirts, bis unter ihre Haut. Möwen saßen auf hölzernen Pfosten und vergruben ihre Schnäbel in den Federn, das Meer war grau und hatte dieselbe Farbe wie der Himmel. Leyla sammelte Muschelschalen in ihren Jackentaschen, und als sie so viele Muschelschalen gesammelt hatte, dass ihre Jackentaschen voll davon waren, warf sie sie alle zurück ins Meer.

Das Meer war ihr fremd, die Möwen, die Muscheln, die Pfostenreihen, die man Buhnen nannte, der Wind. Für Sascha war es anders. Sie sagte: Hier sind wir immer baden gegangen. Dort hinten am Strand haben wir Eis gegessen. Leyla nickte zu allem. Nur wenn man in einer Landschaft zu Hause ist, dachte sie, kann man sie benennen. Sascha sagte, und es klang wie eine wichtige Information: Wenn man den Weg dort hinten entlangfährt, kommt man zum Bodden.

Nachts träumte Leyla vom Dorf. Von den Tagen, an denen der Wind den Staub so aufgewirbelt hatte, dass kein Horizont mehr zu sehen war und der Himmel von ihm ebenso grau war wie die Felder, die Häuser, das Dorf. Der Staub des Dorfes war so heiß gewesen, wie es hier am Meer kalt war. Eine Sehnsucht, die schmerzte, hatte sich wie Staub auf ihre Haut gesetzt, als sie erwachte, aber vielleicht träumte sie auch das. Sie dachte an die Berge hinter dem Haus der Großeltern, während sie neben Sascha am Strand saß und auf das Meer hinaussah. Sie dachte an die ausgeblichenen Felder, an den geblümten Rock der Großmutter, an die Brote im vor Hitze vibrierenden Ofen im Hof, an die langen, dösend verbrachten Sommernachmittage. An den heißen Wind. An die Städte, in denen sie ihre Verwandten besuchten, in Wohnzimmern saßen, miteinander aßen. An die Innenhöfe, die Hühner auf den Straßen. Heleb, Raqqa, Deir-e-Zor. Hasake, Qamishlo, Kobanê, Afrîn. Die Fahrt im Auto von Tirbespî nach Damaskus, durch die Wüste, als sie einmal Halt gemacht hatten in Palmyra, früh am Morgen und ganz alleine draußen vor den Häusern, das Museum hatte noch nicht geöffnet. Sie waren über die große Marktstraße am Baaltempel entlangspaziert, sie hatten Fotos gemacht, sie waren wieder in das Auto gestiegen und waren einfach für immer weitergefahren.

Sascha sagte: Ich habe meiner Mutter von dir erzählt. Sascha war nur bei ihrer Mutter aufgewachsen. Ihre Mutter war noch jung gewesen, als sie Sascha zur Welt brachte, so alt wie Sascha und Leyla jetzt. Saschas Mutter fuhr mit ihrer Tochter in den Urlaub, besuchte sie in der Stadt, rief Sascha einfach so an. Telefonierte Sascha mit ihr, dann redete sie wie mit einer guten Freundin. Sie sagte: Meine Mutter würde dich mögen.

Leyla wiederum konnte sich nicht vorstellen, ihren Eltern von Sascha zu erzählen. Ihre Eltern wollten vor allem wissen, dass es ihr gut ging. Der Vater fragte am Telefon: Wie geht es dir, und erwartete, dass Leyla einfach nur *gut* antwortete. Während er weiterhin alle Abende vor dem Fernseher verbrachte, von al-Jazeera auf Rudaw, KurdSat, BBC arabiya, Kurdistan24 wechselte, während die Mutter immer weiter nach Möglichkeiten suchte, die Familie aus dem Land zu bringen, E-Mails schrieb, telefonierte.

Weiß deine Familie über dich Bescheid, hatte Sascha gefragt. Leyla hatte nicht gewusst, was sie darauf antworten sollte.

Eine absurde Vorstellung: Sascha bei ihnen zu Hause, mit Leylas Eltern und Leyla selbst vor dem Fernseher, in dem der Krieg lief. Sascha bei Tante Pero in Hannover, die Saschas Teller mit Kutilk, Salat, Bulgur und Brot volllud, wie sie jedem, der zu Besuch kam, den Teller volllud. Deutsche Frauen, hätte Tante Pero später gesagt, so wie auch die anderen Tanten das immer wieder sagten, finden die das wirklich schön, so kurze Haare? Sie hätte von Sascha nur noch als *das Mädchen mit den kurzen Haaren* geredet. Immerhin, hätte die Tante gemeint, studierte die Nichte und hatte Freundinnen, und also noch keine Männer. Sie hätte Sascha noch einen Teller frisch gebackener Kûlîçe gebracht, hinüber in das Wohnzimmer, in dem genau wie beim Vater der Fernseher lief und im Fernseher der Krieg. Die Fernbedienung auf dem Wohnzimmertisch war in Plastikfolie eingepackt, sie hatten den Fernseher erst, seit sie nicht mehr im Heim lebten.

Am Strand und im Haus und wenn Leyla und Sascha zusammen unter sämtlichen Decken lagen, immerzu musste Leyla sich Sascha bei ihrer Familie vorstellen, seit Sascha gefragt hatte, ob die Eltern Bescheid wüssten. Unmöglich, dachte Leyla und küsste Sascha. Als sie schließlich im Zug zurück nach Leipzig saßen, versuchte sie plötzlich, von sich zu erzählen. Aber alles, was ihr in den Sinn kam, waren Geschichten über einen Menschen, den Sascha so nicht kannte, über eine ganz andere Leyla. Sie versuchte es trotzdem. Leyla sagte, dass sie nach drei Frauen benannt worden sei, nach Leyla Qasim, Leyla Zana und der Leyla, die der Vater hatte heiraten wollen, die aber zum Kämpfen in die Berge gegangen sei, und die nun als Fotografie im Wohnzimmer von Onkel Nûrî und Tante Felek über dem Fernseher hing. Leyla hörte bald wieder auf zu reden, strich nur über Saschas Hand. Dass es eine Art von Fotografien gab, die erst verbreitet wurden, wenn der Mensch schon gefallen war, und dass man einen Gefallenen

Şehîd nannte, was wusste Sascha davon, dachte Leyla. Manche Dinge, dachte sie, waren nicht zu erzählen.

Die Anfänge der Sommer zum Beispiel, wie Leyla in die Arme der Großmutter gestürzt war. Wie die Großmutter Leylas Haar küsste, ihre Augen, ihre Hände. Oder wie sie einmal auf eine Hochzeit eingeladen waren und die Großmutter ihr ein Tüllkleid anzog, in dem Leyla aussah wie eine Prinzessin, ihr ihre Haare kämmte und zu einem Zopf flocht, ihr schwarze Lackschühchen anzog. Leyla lief an der Hand der Großmutter durch das Dorf, sprang über die Abwasserkanäle. Nicht so schnell, nicht so schnell, sagte die Großmutter, bis sie die Hochzeit erreichten. Die Männer standen mit dem Bräutigam auf dem Hausdach und rauchten. Im Hof spielte ein Zurne-Spieler, jemand trommelte. Die Menge klatschte, und die Frauen stießen ihre spitzen Schreie aus. Immer wieder so laut ihr Trillern, als schließlich die Braut ankam.

Braut und Bräutigam standen vor der Türschwelle des Hauses. Sie hielten gemeinsam einen Tonkrug in den Händen, schmetterten den Tonkrug auf den Boden. Der Tonkrug zersprang, gab Münzen und Süßigkeiten frei. Die Kinder stürzten sich darauf. Los, Leyla, sagte die Großmutter. Renn schon.

Die Braut trug ein rotes Band um die Hüfte.

Leyla sah die Braut vor sich, ihre mit Haarspray fixierten Haare hochgesteckt und in Wellen über die Schultern fallend, der Goldschmuck an ihren Händen. Die Menge, die tanzte.

Kam Leyla aus dem Seminargebäude, saß Sascha schon auf einer Bank und rauchte. Auch vor der Bibliothek wartete Sascha auf Leyla. Kam Leyla aus dem Seminar oder aus der Bibliothek, hatte Sascha ihr schon eine Zigarette vorgedreht. Sie gingen dann zusammen in den Park und saßen auf den Bänken vor der Wiese, die im Winter leer war. Leyla wiederum holte Sascha in dem Café ab, in dem Sascha kellnerte. Ein Café war das, in das sie und Sascha sonst nie gegangen wären. Sascha trug dort eine Bluse, servierte zum Kuchen Sahne und brachte den Kaffee in Kännchen. Aber das Trinkgeld ist gut, sagte Sascha jedes Mal, wenn Leyla sie abholte. Sascha arbeitete auch in einer Bar. Dort gab es kein Trinkgeld, aber Sascha konnte in T-Shirt, Jeans und Sneakern herumstehen und rauchen, wenn sie nicht gerade Bierkästen aus dem Lager zum Tresen schleppte, Wodka in Shotgläser goss und Aschenbecher leerte. Die Bar hatte keine Schankgenehmigung, Sascha keinen Arbeitsvertrag. Die anderen und sie zahlten sich den Lohn bar aus und schlossen, sobald sie keine Lust mehr hatten. Arbeitete Sascha, saß Leyla am Tresen. Arbeitete Sascha nicht, hingen sie trotzdem zusammen in der Bar rum. Sascha ging auch in die Uni, aber nur unregelmäßig, manchmal drei Wochen lang nicht und dann wieder von morgens bis abends und danach noch in die Bibliothek. Jetzt schreibe ich meine Hausarbeit wirklich fertig, sagte Sascha dann, lieh sich so viele Bücher aus, dass ihr Leyla beim Tragen helfen musste, und sprach dennoch eine Woche später nicht mehr davon. Auch die Bücher las sie fast nie. Sie vergaß, sie zurückzugeben oder gab sie in der Hoffnung nicht zurück, sie irgendwann doch noch zu lesen, Leyla wusste es nicht. Irgendwann kamen dann Mahnungen von der Universitätsbibliothek, und Sascha packte die Bücher wieder zusammen und Leyla half ihr, sie zurückzutragen. Sie standen am Mahngebührenautomaten und Sascha schob Geldscheine in den Schlitz und sagte: Das war mein Trinkgeld von drei Wochen. Egal, nächste Woche verdiene ich neues.

Sascha kochte nie. Hatte sie Hunger, ging sie zu Mr Wok, zu Asia Express, zu Haci Baba oder Tito Pizza. Oder sie aß Brot mit

Aufstrich, oder Tütensuppen, über die sie Wasser aus dem Wasserkocher goss.

Ich koche, sagte Leyla zu ihr. Sie kaufte Weinblätter, Reis, Knoblauch, Hackfleisch, Petersilie, Zwiebeln, trug volle blaue Plastiktüten zu Sascha in die Wohnung. Sascha saß auf dem Sofa und rauchte und sah zu, wie Leyla die Weinblätter rollte, in einem Topf stapelte, Wasser über sie goss und sie mit einem Teller beschwerte, damit sie nicht hochschwemmten, wie die Großmutter es ihr beigebracht hatte. Leyla hackte Knoblauch klein, gab den Knoblauch in eine Schüssel mit Olivenöl. Sie stellte Teller auf den Tisch, rührte Joghurt mit Wasser an, gab Minze dazu. Meistens redeten sie wenig. Manchmal fragte sich Leyla, wer wen mehr brauchte, Leyla Sascha oder Sascha Leyla. Sie ging zu Sascha, blieb bei Sascha, ging nach Hause, duschte, wechselte ihre Kleidung, fuhr wieder zu Sascha.

Onkel Memo hat sich gemeldet, sagte der Vater am Telefon. Er sagt, Ahmed hat ihn angerufen und gesagt: Haut ab, ich kann euch nicht länger schützen. Al-Nusra hat an Macht verloren, sagte der Vater. Es gibt neue Milizen. Sie nennen sich Daesh, Islamischer Staat in Irak und Syrien.

Die Mutter fing an, noch mehr E-Mails und Briefe als sonst zu schreiben. Wie früher auch heftete sie Kopien der Briefe in dicken Ordnern ab, leitete die Mails an Leyla weiter. Betreff: Anfrage zur Aufnahme Angehöriger aus Syrien – Aufnahmeprogramm Syrien / [ref-nr.: 001929], Syrien: Aufnahmeanordnung des Bundesministeriums des Innern vom 23.12.2013. Die Mutter schrieb an das Bundesamt für Migration und Flüchtlinge, an das Staatsministerium des Inneren, an Syrien.unhcr.org. Dass die Großmutter alt sei, schrieb sie, dass ihre Füße müde seien, dass sie eine Flucht in ein Auffanglager in der Türkei oder im Libanon oder über das Mittelmeer oder den Balkan nicht überleben würde. Was es für Möglichkeiten gebe, fragte die Mutter. Dass sie für sie bürge, schrieb sie. Êzîdische Kurden, in den Augen der Milizen Ungläubige, *Kuffar*, schrieb sie. Sie appellierte an die Menschlichkeit. Gerade jetzt in der Weihnachtszeit, schrieb sie. Wie es sowohl für uns als auch für unsere Angehörigen ist, in dieser Angst zu leben. Die Assad-treuen Truppen auf der einen Seite, die islamistischen Milizen auf der anderen. Was ist möglich, was können Sie tun?

Bei jeder Kontaktaufnahme mit dem UNHCR wird mir erklärt, schrieb sie, dass unsere Verwandten keine Chance im Aufnahmeprogramm der Bundesregierung hätten, da sie sich nicht im Libanon, sondern in Syrien befinden. Es bleibt mir nichts anderes übrig, als Sie nochmals höflichst und eindringlichst zu bitten, einen Weg der Menschlichkeit und Solidarität für die von Krieg und Fanatismus bedrohten Menschen zu öffnen, ein Leben in Sicherheit und Frieden für unsere Angehörigen zu ermöglichen.

Hast du sie erreicht, fragte Leyla am Telefon.

Nein, sagte der Vater, seit fünf Tagen nicht. Ich glaube, der Strom ist wieder ausgefallen.

Zwei Tage später rief er wieder an: Ich habe sie erreicht. Wie ein Spiel war das, dachte Leyla. Sie fragte, der Vater antwortete. Als ob sie würfeln würden, ein Glücksspiel, und der Vater würde anhand der Würfelaugen sagen, ich habe sie erreicht oder ich habe sie nicht erreicht. Als ob sie um ihr Leben spielten, bloß spielten sie nicht.

Sascha neben ihr atmete leise und regelmäßig, Leyla lag wach. Sie stellte sich das Dorf in seiner Dunkelheit vor, sehnte sich dorthin in die Dunkelheit. Sie stellte sich vor, sie läge neben Onkel Memo und Mîran auf der Erde, zünde sich eine Zigarette an der anderen an, um nicht einzuschlafen. Vor ihnen der aufgeschüttete Erdwall, dahinter die Dunkelheit. Vereinzelt Geräusche, Wind, Hundegebell, Stille. Sie stellte sich vor, wie sie warteten und hofften, dass das, worauf sie warteten, nicht eintrat. Wie viel lieber sie mit den anderen im Graben gewartet hätte, als hier im Bett neben Saschas gleichmäßigen Atemzügen zu liegen. Das Warten war einsam, wenn man die Einzige war, die wartete.

Immer wieder Stromausfälle. Seit sieben Tagen habe ich sie nicht erreicht, sagte der Vater. Sein Schweigen danach am anderen Ende der Leitung, wie er sich räusperte. Leyla fragte, ob er sich Sorgen machte. Und sagte, natürlich, was für eine dumme Frage. Leyla lag neben Sascha und starrte hinaus zum Baum hinter dem Fenster. Seine Äste verloren sich in der Dunkelheit. Was, wenn sie die Großmutter nie wieder sah? Leyla dachte an das geblümte Kleid der Großmutter, an ihren krummen Rücken. Daran, wie die Großmutter im Wohnzimmer saß und ihr langes, weißes Haar nach dem Duschen kämmte, es zu Zöpfen flocht. Leyla stand auf, ging leise in das Badezimmer, zog die Tür hinter sich zu. Ihr war noch immer schlecht. Die Übelkeit wich nicht, zog sich nicht zurück. Leyla beugte sich über die Toilettenschüssel, steckte sich einen Finger in den Hals, bis sie würgte und ihr Tränen in die Augen schossen. Sie zog ab, wusch ihre Hände mit Seife, spülte ihren Mund, trank Wasser, ging wieder zurück in das Zimmer zur schlafenden Sascha, legte sich wieder neben sie.

Sie sterben. Sie sterben nicht. Sie sterben. Sie sterben nicht. Die Angst und die Übelkeit, die Leyla gemeinsam überfielen, hatten keine Struktur. Sie überkamen Leyla ohne Vorankündigung, im Bett, in der Bibliothek, beim Gehen über die Fugen der Steinplatten. Wie ein mögliches Stolpern waren sie, in jedem Schritt und jedem Moment versteckte sich die Gefahr zu stolpern.

Sie stand im Supermarkt vor dem Kühlregal mit den Milchprodukten. Sie wusste nicht, was sie hier sollte. Lange lief sie mit ihrem Stoffbeutel durch die endlosen Regalreihen, ging schließlich nach Hause, ohne etwas gekauft zu haben.

Assads Armee belagerte Städte, riegelte sie ab, ließ die Bevölkerung aushungern, warf Bomben in Wohngebiete und auf Krankenhäuser.

Über die Umzingelung von Yarmouk las Leyla, dass die Bewohner Schnee zu Wasser schmolzen, Hunde und Katzen schlachteten. Eine Mutter sagte: Wir haben Kräuter in Wasser gekocht und das Wasser dann getrunken. Wir haben Gras gegessen, bis kein Gras mehr da war.

Wie konnte sie essen, fragte Leyla sich. Wie konnte sie schlafen, die Vorlesungen besuchen, vor der Bibliothek auf den Treppenstufen sitzen, rauchen, abends in Saschas Bar Bier trinken, während zur gleichen Zeit –, Leyla wollte nicht zu Ende denken.

Sie konnte nicht mehr essen. Allein die Vorstellung zu essen widerte sie an. Obwohl ihr das nicht zustand. Sie sagte sich das immer wieder, das steht mir nicht zu. Wie konnte sie Probleme mit dem Essen haben, wenn sie davon so viel hatte? Leyla sagte sich, sie dürfe jetzt kein Mitleid mit sich haben. Um sie ging es doch nicht.

Die Angst machte Leyla abergläubisch. Immer wieder formte sie die Namen lautlos mit der Zunge. Oma, Onkel Memo, Tante Havîn, Zozan, Mîran, Welat, Roda. Als könnte sie damit etwas ausrichten, als wäre es eine Art Schutz.

Wann hörte man auf, von einer Revolution zu sprechen, wann begann man, von Krieg zu reden? Als die Opposition sich bewaffnete, als die ausländischen Kämpfer ins Land kamen, Männer mit Kampferfahrung in Afghanistan und im Irak, die das islamische Glaubensbekenntnis auf ihre Flaggen geschrieben hatten, als die ersten Autobomben in die Luft gingen, als Menschen sich Sprengstoffgürtel umschnallten, als das Regime anfing, Städte zu bombardieren? Leyla besuchte ihre Vorlesungen, ging nach den Vorlesungen noch einkaufen, arbeitete ihre Liste ab, Milch, Brot, Käse, trug das Essen nach Hause.

Leyla füllte Saschas Spülbecken mit Wasser und Spülmittel, tränkte den Schwamm, machte den Abwasch. Sascha sagte: Lass das, das musst du nicht. Leyla spülte trotzdem. Leyla fing auch an, den Müll runterzubringen, wenn er überquoll. Sie wischte die Mülleimer aus, trocknete sie in der Badewanne. Sie goss Saschas Pflanzen mit der Blechkanne, die auf dem Schreibtisch stand. Sie staubte die Pflanzen mit einem feuchten Tuch ab, wie es Sascha manchmal auch tat, wenn Sascha daran dachte.

Leyla lag neben Sascha auf dem Bett, hatte ihr Gesicht in Saschas rotem Pullover vergraben. Sascha strich ihr über das Haar, bis Leyla einschlief.

Sascha sagte: Du bist immer hier, willst du nicht hier bei mir wohnen?
Leyla sagte: Ich wohne doch schon hier.
Aber du hast immer noch dein Zimmer, sagte Sascha.

Doch Sascha sagte auch alle paar Tage: Ich kann nicht mehr, das ist mir alles zu viel. Dann fuhr Leyla zurück in ihr Zimmer in ihrer WG, lag dort auf dem Bett, starrte an die Decke, konnte nicht schlafen, ging am nächsten Morgen trotzdem in die Vorlesungen.
Der Weg in die Seminare, die Tauben, die auf dem Platz vor der Universität aufflogen, der starke Wind, der ihr Tränen in die Augen trieb.

Die vielen Menschen in der Mensa und neben ihnen Leyla, die allein mit ihrem Essenstablett an einem der Tische saß, keinen Hunger hatte, trotzdem aß, das Gebäude wieder verließ und auf ihr Handy sah, Sascha hatte nicht geschrieben. Leyla ging wieder über den Platz, scheuchte die Tauben ein zweites Mal auf, stieg in eine Tram und wusste nicht, wohin mit sich. Zurück in der WG warf sie sich wieder auf das Bett, vergrub ihren Kopf in der Decke, sah wieder auf das Handy.

Sascha schrieb ihr erst Tage später. Sie trafen sich im Park. Setzten sich auf eine Bank und rauchten. Leyla hatte sich Marlboros gekauft. Sascha drehte schon die nächste Zigarette und sagte: Es geht so nicht weiter. Mir ist das zu viel. Ich brauche Raum. Du kannst nicht alleine sein. Leyla nickte. Sascha sagte: Ich will es nicht beenden, aber es geht nicht. Was weißt du schon von irgendwas, sagte Leyla. Sascha stand auf, Leyla stand auf. Es tut mir leid, sagte Sascha. Sie liefen in entgegengesetzten Richtungen davon, beide durch den Park nach Hause.

Abends ging Leyla in die Bibliothek, der Lesesaal war schon fast leer. Leyla saß an einem der riesigen Holztische inmitten des Saals. In den schwarzen Flügelfenstern spiegelte sich die Bibliothek mit ihren Bücherregalen, Tischreihen und Stühlen. Leyla stellte sich vor, es gebe nichts weiter als die Bibliothek, eine Insel, die sich im Wasser um sie herum spiegele, die Bibliothek sei der letzte Ort auf dieser Welt. Leyla stellte sich vor, wie sie tagelang durch die Gänge streifte, durch die Freihandbereiche, Computerplätze, das offene Magazin mit seinen verschiebbaren Regalen im Keller. Der raue Teppichboden, der ihre Schritte schluckte, der Geruch von altem Papier.

Um Mitternacht schloss die Bibliothek. Leyla ging an den

Security-Männern am Eingang vorbei, war müde, aber nicht müde genug. Sie ging auf Umwegen, Seitenstraßen, streunte, ohne dass sie wusste wohin, und stand irgendwann doch vor ihrer eigenen Haustür.

Sie schloss auf. Bist du noch wach, schrieb Sascha.

Ja, schrieb Leyla. Kann ich vorbeikommen.

Ja, schrieb Sascha.

Leyla kehrte im Hausflur um, lief schnell durch den menschenleeren Park.

Sascha öffnete sofort.

Leyla blieb einen Tag bei Sascha, ging nach Hause, um zu duschen und ihre Sachen zu wechseln, fuhr in die Vorlesung. Sie saß im Vorlesungssaal und hörte keine einzige Sekunde zu. Sie saß da und schrieb mit, aber alle Sätze waren unvollständig. Worüber sprach die Professorin überhaupt? Die Professorin öffnete ihren Mund und schloss ihn wieder. Sie gestikulierte mit ihren Händen, wechselte die Folien, die auf die weiße Wand hinter ihr projiziert wurden. Leyla konnte so nicht weitermachen, das wusste sie. Sie konnte hier auch nicht sitzen bleiben, unmöglich. Aber wohin sollte sie gehen? Sollte sie aus dem Vorlesungssaal rennen? Aber wieso rennen, es gab doch keinen Grund zur Eile. Sie konnte in aller Ruhe Stift und Block in die Tasche packen, sich die Tasche umhängen, mit der umgehängten Tasche aus dem Saal gehen. Sie würde die Tür hinter sich schließen, die Treppe hinunterlaufen, das Universitätsgebäude verlassen. Und dann, wohin? Leyla blieb sitzen, bis die Vorlesung zu Ende war, räumte langsam Stift und Block in ihre Tasche, ging mit den anderen hinaus.

Sascha saß vor dem Universitätsgebäude und wartete.

Ich habe allen geschrieben, sagte die Mutter am Telefon. Ihre Stimme klang dünn, aber sie brach nicht. Ich kann nicht mehr, sagte die Mutter. Ich weiß nicht, wem ich noch schreiben soll. Was soll ich bloß tun? Ich habe dem Bundesamt für Migration geschrieben, ich habe dem UNHCR geschrieben, ich habe den Bundestagsabgeordneten geschrieben, ich habe sogar dem Bundespräsidenten geschrieben.

Droh ihnen mit Presse, sagte Leyla. Schreib ihnen, unsere Familie ist in Gefahr. Sag, dass wir an die Öffentlichkeit gehen.

An welche Öffentlichkeit sollen wir denn gehen, sagte die Mutter.

Wenn sie sterben, sagte sich Leyla, gehe ich mit einer Kalaschnikow, mit so einer Kalaschnikow, wie sie der Onkel hatte, und mit der er jedes Jahr zu Newroz in die Luft schoss und mit der er später in den Graben gegangen ist, um das Dorf zu bewachen, mit so einer Kalaschnikow gehe ich dann in das Bundesamt für Migration und Flüchtlinge. Das Bundesamt hatte geschrieben, Leylas Mutter hatte es Leyla abfotografiert: Bitte wenden Sie sich an die zuständige Behörde. Die zuständige Behörde aber hatte schon im ersten Brief darauf verwiesen, dass sich die Angehörigen bis 2012 im Libanon hätten befinden müssen, um auf die Liste der Kontingentflüchtlinge für Familiennachzug nach Deutschland zu kommen, und da das nicht der Fall sei, sehe sich die zuständige Behörde eindeutig als nicht zuständig an. In diese sich als nicht zuständig erklärende zuständige Behörde werde ich hineingehen, sagte sich Leyla. Mit einer Kalaschnikow, mit Onkel Memos Kalaschnikow.

Auf Youtube fand Leyla ein Video: Drone fly over Aleppo. Sie sah sich das Video wieder und wieder an. Menschenleere Straßen und Plätze, zerbombte Häuser, überall Schutt. Ganze Wohnblöcke waren in sich zusammengefallen, nur der Himmel darüber war ein unversehrt blauer Himmel. Über vierzig Prozent Aleppos seien zerstört, der ganze Osten der Stadt, hieß es im Video. Es gebe kaum noch Obst und Gemüse zu kaufen, die Märkte seien leer, las Leyla. Wir haben immer weniger Brennstoff, wir verbrauchen die letzten Reserven. Bald schon werden wir in kompletter Dunkelheit leben.

Ich war im Viertel Al-Mashhad unterwegs, dort, wo mein Büro ist. Ich stand gerade im Laden in unserer Straße, um mir etwas zu trinken zu kaufen, als die erste Fassbombe einschlug, nur fünf Häuser entfernt. Ich duckte mich für einige Sekunden, wegen den umherfliegenden Metallteilen. Dann rannte ich raus auf die Straße. Nur wenige Sekunden später schlug eine zweite Fassbombe ein. Ein Metallsplitter bohrte sich in meinen Rücken, ein anderer in mein Bein. Ich rannte von der Straße zurück zum Laden. Sieben Menschen, die dort Schutz gesucht hatten, waren tot, zerquetscht vom Schutt der eingestürzten Decke. Sie starben nur, weil sie sich in den Sekunden der Explosion anders als ich entschieden hatten und sich zwischen den Regalen versteckten, während ich auf die Straße lief.

Sascha wollte nicht mehr, dass Leyla sie abholte, wenn sie im Café arbeitete, oder dass sie am Tresen saß und Bier trank und rauchte, wenn Sascha hinter der Bar stand. Sascha sagte, ich kann das nicht mehr, ich brauche Raum. Leyla musste an diesen Satz denken, selbst wenn Sascha ihr die Tür öffnete und Leyla die letzten Stufen hinaufgelaufen kam, die Schuhe abstreifte, den Rucksack, die Jacke, wenn sie ihre Hände in Saschas Haaren vergrub, Sascha nach ihr griff, wenn ihre Lippen Saschas Mund suchten, ihre Hände Saschas Jeansknopf öffneten, sie mit ihrer Zunge Saschas Schamlippen teilte, Sascha unter ihr aufstöhnte, sie nebeneinanderlagen, atmeten und einfach nur atmeten.

Sascha ging wieder mehr in ihre Seminare, malte nach langer Zeit wieder. Sie kam jetzt immer spätabends nach Hause und schrieb Leyla dann, sie sei müde und wolle einfach nur noch schlafen. Sascha ging tanzen. Du solltest auch etwas für dich tun, sagte sie. Leyla ging daraufhin mit ihren Mitbewohnerinnen auch tanzen. Die Mitbewohnerinnen und sie fuhren mit der Straßenbahn nach Hause. Bevor Leyla das Licht ausmachte, schrieb sie Sascha, ich bin zu Hause angekommen. Schlaf gut. Sascha antwortete nicht. Leyla sah um fünf Uhr auf ihr Handy, als sie wach wurde, sie wusste nicht, von was, sie war mit dem Handy in der Hand eingeschlafen. Um neun Uhr, dann nochmal um elf, schrieb Leyla: Alles gut bei dir.

Lass uns später reden, antwortete Sascha schließlich.

15 Uhr im Park, schrieb Sascha noch ein paar Stunden später. Auf den Bänken hinter der Wiese.

Sascha zündete sich eine Zigarette an. Leyla nahm das Feuerzeug, zündete sich auch eine Zigarette an. Bald darauf gingen sie wieder in entgegengesetzten Richtungen aus dem Park, nach Hause. Leyla dachte gar nichts.

Sie sah die beiden zusammen auf einer Ausstellungseröffnung. Sie hatte blondes Haar, das war fast das Einzige, was Leyla Bernadette darüber am Telefon sagte. Blondes Haar und eine große Brille, die Brille hatte einen dicken roten Rand. Die Leute auf der Ausstellungseröffnung waren schön. Sie hatten sich alle nur kurz die Bilder an den weißen Wänden angesehen, die Videos, die daneben projiziert wurden. Leyla war mit ihren Mitbewohnerinnen da gewesen. Es hatte Wein in Plastikbechern gegeben. Leyla erzählte Bernadette, dass die andere Frau wasserblaue Augen hatte, hinter ihrer Brille mit den dicken Gläsern. Sie hatte neben Sascha gestanden. Bist du sicher, sagte Bernadette. Ja, sagte Leyla. Ich bin mir sicher.

Sascha verließ den Raum, kam zurück, stand dann wieder neben der Frau mit den wasserblauen Augen und den blonden Haaren. Leyla kippte ihren Wein in einem Zug hinunter, sagte ihren Mitbewohnerinnen Bescheid und drehte sich um.

Auf dem Weg nach Hause regnete es. Zu Hause duschte Leyla lange und heiß, bis die Fenster und der Spiegel beschlagen waren. Was für eine Wasserverschwendung, dachte sie. Aber sie fror nicht mehr. Sie wickelte sich in ein Handtuch, saß auf dem Wannenrand.

Die Tage waren wie gelähmt. Leyla zog sich an, band ihre Haare nach hinten, fuhr in die Vorlesung. Leyla saß in der Straßenbahn, wickelte ihren Schal fester um ihren Hals. Was für ein hässliches Land das hier war. Immer dieses Grau, es war nicht zum Aushalten.

Leyla konnte sich später nicht mehr erinnern, wie der Tag angefangen hatte. Vermutlich waren ihre Eltern schon lange bei der Arbeit, als Leyla aufstand, in die Küche ging, die Espressokanne auf den Herd stellte, müde vom langen Schlafen am Tisch saß, wartete, bis die Kanne zu zischen anfing und der Kaffee in den oberen Teil der Kanne hochkochte. Mit dem Kaffee in der Hand setzte sie sich zum Rauchen in die Sonne.

Der Vater kam viel früher als sonst von der Arbeit. An diesem Tag zog er sich nicht einmal um, setzte sich sofort vor den Fernseher. Leyla fragte, was ist los, aber der Vater beachtete sie nicht. Auf allen Kanälen waren dieselben Bilder. Leyla konnte später nicht sagen, wann sie begriff, was gerade passierte. Sie erinnerte sich nur, dass sie nicht sprachen. Der Vater schaltete ununterbrochen um.

Leyla und er starrten auf die Frauen in den Kleidern ihrer Großmutter, ihrer Tanten, ihrer Cousinen. Leyla sah eine weite kahle Ebene, ausgetrocknetes Gras, Stroh. Leyla sah Männer wie den Großvater, den Vater, den Onkel. Sie sah, wie sie alle mit nichts außer dem, was sie bei sich trugen, um ihr Leben rannten. Sie sah, wie ihre Schritte den Staub aufwirbelten. Sie sah die Sonne, sah Mütter, die ihre Säuglinge umklammert hielten, Frauen, die in ihre weißen Kopftücher weinten, Menschen, die vor Erschöpfung nicht einmal mehr weinen konnten.

Sie verbrachte die Tage vor dem Fernseher. Shingal sei umzingelt, hieß es, Shingal sei verwundet. Der Nachrichtensprecher wiederholte seine Sätze immer wieder, nur manchmal änderte sich der Wortlaut oder wechselte sein Gesicht. Die Bilder hingen in einer nicht enden wollenden Schleife. Die Frauen mit ihren Säuglingen in den Armen. Der Staub. Die weinenden Gesichter. Die schwarzen Flaggen. Auf der Erde der Körper eines Mannes, dessen Gesicht mit einem kreisrunden Filter überblendet wurde, so dass es aussah, als liege er unter einer Milchglasscheibe. Es ist Hochsommer, sagte die Stimme aus dem Off. 45 Grad im Schatten. In den Bergen verdursten Kleinkinder, Alte, Kranke. Die ersten Flüchtlinge erreichen Duhok. Zehntausende haben es nicht hergeschafft, sie stecken in den Bergen fest. Ein Mann sagte: Im Gebirge gibt es kein Wasser, keinen Strom, keine Straßen, kein Brot, nicht einmal ein grüner Baum ist da. Leyla sah den Moderator und den zugeschalteten Reporter im kurdischen Fernsehen, wie sie, als sie von Shingal berichteten, gleichzeitig in Tränen ausbrachen. Leyla sah die Aufnahmen von den Rettungsflügen der irakischen Armee, die Wasserflaschen, die aus den Hubschraubern abgeworfen wurden und an den Felsen zerschellten. Sie sah Kinder weinen und schreien, sah Menschenmengen, die auf einen einzelnen Hubschrauberladeraum zudrängten. Sie sah die êzîdische Abgeordnete Vian Dakhil bei ihrer Rede vor dem irakischen Parlament zusammenbrechen. There have been 73 genocide campaigns on the Êzîdi and now it is being repeated in the twenty-first century. We are being slaughtered. We are being exterminated. An entire religion is being exterminated from the face of the Earth. Brothers, I appeal to you in the name of humanity to save us!

Leyla sah Videos von Massenerschießungen, die vermummten Kämpfer, die vor ihnen knienden Dorfbewohner, die Schüsse, aufgewirbelter Staub.

Leyla sah Videos von Frauen und Mädchen, die an Ketten gingen, sah die Sklavenmärkte für die Kämpfer des IS. Bärtige Männer, die lachend in die Kamera sagten: Ich will eine blauäugige Êzîdin. Berichte von geflohenen Frauen, die von Kämpfer zu Kämpfer weiterverkauft wurden. Dreißigjährige, Siebzehnjährige, Neunjährige, die so oft vergewaltigt wurden, dass sie an inneren Verletzungen starben. Leyla schaltete den Fernseher aus.

Die Übelkeit wich nicht mehr aus ihrem Körper. Die Übelkeit war noch da, wenn sie sich über die Toilettenschüssel gebeugt und den Finger in den Hals gesteckt hatte. Leyla saß tagsüber allein auf dem Sofa, grub ihre nackten Zehen in den Wohnzimmerteppich. Sie sah, wie das Licht wanderte, wie der Staub in den Strahlen wirbelte, die durch die Vorhänge fielen. Draußen war Sommer.

Leyla aß nur, wenn ihr auffiel, wie lange sie schon nicht mehr gegessen hatte. Sie duschte nur, wenn sie ihren eigenen Schweiß roch. Schlaf kam fast nie über sie, trotz aller Müdigkeit. Die Nächte verbrachte sie in ihrem Zimmer vor dem Laptop, während der Vater mit der Mutter unten vor dem Fernseher saß und die gleichen Bilder sah. Sie sah Videos von Hinrichtungen, von Sklavenmärkten, von Flüchtlingscamps, von Männern und Frauen in ihrem Alter, die zum ersten Mal eine Waffe in die Hand nahmen.

Leyla fuhr auf Demonstrationen in München, die für jeden Tag der Woche angemeldet waren, wie in Hannover, Bielefeld, Berlin, Hamburg, Köln. Der Vater sagte, ich schaffe das nicht. Ich muss arbeiten. Aber auch am Wochenende, wenn er frei hatte, fuhr Leylas Vater nicht mit, sondern blieb vor dem Fernseher sitzen, stand nicht auf, sprach stundenlang nicht, sagte dann irgendwann Sätze wie, ich verstehe das nicht, warum, er wiederholte das Wort, warum. Die Mutter kam zweimal mit, musste wieder arbeiten.

Von den Demonstrationen fuhr Leyla nie sofort zurück nach Hause, sondern verbrachte danach jedes Mal noch Zeit damit, ziellos durch die Stadt zu irren. Sie waren immer alleine auf den viel zu großen Plätzen oder in der Fußgängerzone. Sie weinten dort, schrien. Manchmal blieben Passanten stehen, beobachteten sie eine Weile, gingen dann einfach weiter. Aber in der Tagesschau wurde einmal über die Demonstrationen berichtet, dann noch einmal. Trotzdem war es, als sähen sie immer nur in ihre eigenen Gesichter. Im ersten Bericht der Tagesschau zeigten sie ein weinendes Mädchen in Bremen, es sagte: Meine Tante ist in Shingal, seit einer Woche haben wir nichts von ihr gehört. Leyla saß neben den Eltern vor dem Fernseher. Niemand von ihnen sagte etwas. Auf dem Tisch stand wie immer die Schale mit den Sonnenblumenkernen, aber der Vater rührte sie nicht an. Als Leyla schlafen ging, sah sie, dass Bernadette angerufen hatte, aber Leyla rief nicht zurück, und auch die nächsten Tage nicht.

Später versuchte Leyla, die Ereignisse in eine Ordnung zu bringen, aber es gelang ihr nicht. Im Juni erst hatte die irakische Armee Mossul dem IS überlassen. Sie hatte nicht einmal gekämpft. Am 3. August fiel dann der IS in Shingal ein, und jede Ordnung brach zusammen. Leyla hatte an diesem Tag nicht auf den Kalender gesehen, das Datum 3. August 2014 fügte sie erst später den Ereignissen hinzu, die sie im Fernsehen sah, und ebenso die Worte Völkermord und Ferman, wie sie es nannten. Der 3. August war der Tag, an dem, so schien es Leyla später, die Zeit einen Bruch bekommen hatte. An alles, was danach geschah, wie sie die Wochen genau verbrachte, wem sie auf den Demonstrationen begegnete, wie sie wieder nach Leipzig kam, konnte sie sich nicht einmal erinnern. Es spielte auch keine Rolle. Es gelang der kurdischen YPG, einen *Fluchtkorridor* von Syrien bis in die Bergebene von Shingal durchzubrechen. Aber im September schon griff der IS die Stadt Kobanê an, und im Oktober wurde *Straße um Straße* gekämpft. Trotzdem wurde es Herbst.

Zurück in Leipzig ging Leyla nicht mehr in die Seminare, in die Vorlesungen, in die Bibliothek. Sie zog um, wieder, diesmal in die Wohnung eines Bekannten der Mitbewohnerin, der nach seinem Bachelor eine Fahrradreise machte. Osteuropa, Balkan, vielleicht weiter, er habe alle Zeit der Welt.

Leyla verbrachte die Nächte vor dem Küchenfenster, blickte hinunter auf die Straße, als ob sie auf etwas warte. Unten wirkte alles ruhig. Leyla schaute in das gelbe Licht der Straßenlaternen, starrte immer weiter vor sich hin.

Irgendwann begann sie, hinauszugehen. Sie lief nachts herum, schaute zu den Fenstern der Wohnungen hinauf, in denen nur vereinzelt Menschen wach waren und Fernseher flackerten, betrachtete die erloschenen Straßenbahnanzeigetafeln. Sie lief an geschlossenen Geschäften und lautlos blinkenden Leuchtreklamen vorbei, bog an leeren Kreuzungen ab, ging durch Seitenstraßen, folgte Bahnschienen. Stundenlang lief sie an großen Wohnblocks entlang und an Spielplätzen mit schmutzigen Sandkästen, lief über Steinplatten und dunkle Wiesen und Asphalt, lief in die Parks und an den Bars vorbei, in denen sie mit Sascha gewesen war, lief bis hinter die Reihenhäuser in den Vorstädten mit ihren gestutzten Hecken, lief so lange, bis endlich die Müdigkeit sie einholte.

Der Vater lachte traurig und sagte am Telefon: Es ist seltsam, aber zum ersten Mal wissen die Deutschen, wer wir sind.
 Die Mutter sagte: Ich kann nicht mehr. Seit drei Jahren sehen wir uns das ununterbrochen an. Und jetzt Shingal. Wer hält das aus, vier Jahre lang, fragte die Mutter. Das hält man nicht aus.
 Das Schlimmste, sagte Leyla, ist das Zusehen. Ich kann nicht mehr zusehen.

Leyla und ihre alte Mitbewohnerin saßen in einem Café, am Fenster. Draußen fuhr die Straßenbahn vorbei. Im Café arbeiteten die Leute an ihren Laptops, blätterten in Zeitschriften, aßen Kuchen. Die alte Mitbewohnerin sprach über etwas, das Leyla sofort wieder vergaß. Leyla nickte, wenn die alte Mitbewohnerin sprach, sie strengte sich an, konzentrierte sich. Dann sprach Leyla über Shingal. Plötzlich konnte sie nicht mehr aufhören zu reden. Sie zählte alles auf, was sie gelesen, gesehen und gehört hatte. Sie redete immer weiter. Sie versuchte, ihre Stimme unter Kontrolle zu halten, aber ihre Stimme geriet ins Zittern, drohte, das Gleichgewicht zu verlieren, als sie sagte, 7000 Frauen und Kinder sind immer noch in IS-Gefangenschaft. Leyla war sich nicht sicher, ob nur sie das Wanken ihrer Stimme bemerkte. Die alte Mitbewohnerin nickte immer wieder, während Leyla sprach. Erst irgendwann, nach vielen Minuten, unterbrach sie sie. Sie sagte: Das ist schlimm, ich weiß, aber ständig passieren schlimme Dinge auf der Welt. Leyla wusste nicht, was sie darauf sagen sollte. Sie schwieg, sprach mit ihrer wankenden Stimme von etwas anderem, bezahlte hastig ihren Kaffee, verabschiedete sich, ging nach Hause. Als Leyla zu Hause angekommen war, sah sie, dass Sascha angerufen hatte. Aber Leyla rief nicht zurück.

Morgens betrachtete Leyla die Kuhle im Kopfkissen, da, wo ihr Kopf gelegen hatte. Das Messer vom Frühstück gestern auf dem Küchentisch, neben dem Teller mit den Brotkrumen, daneben seit 24 Stunden die halbvolle Kaffeetasse. Wie Zeichen kamen ihr die Gegenstände vor, Spuren, die darauf hindeuteten, dass sie wirklich hier lebte, dass sie in dieser Wohnung und dieser Stadt und diesem Land zu Hause war. Es war ihr Handtuch, das feucht im Badezimmer auf dem Boden lag, sie hatte es an den Haken gehängt, es war aber hinuntergefallen, es war ihre halbvolle Kaffeetasse, die genau so dastand, weil sie, Leyla, sie genau so hatte stehen lassen. Leyla stand da und betrachtete die Gegenstände, die sie umgaben. Ihr fiel es schwer zu glauben, dass es eine Verbindung gab zwischen ihr und den Gegenständen genau hier, um sie herum. Würden die Gegenstände, wenn sie fort von hier ginge, hier bleiben, bis sie Staub ansetzten, bis jemand käme, ihre Spuren zu verwischen und zu löschen?

Leyla wünschte sich, sie könnte ihren Namen hinter sich lassen. Ihn fallenlassen wie eine Zigarette, die sie irgendwo draußen mit ihrer Schuhspitze ausdrückte, und niemand konnte den Stummel jemals mit ihr in Verbindung bringen. Sie wollte ihren Namen und alles mit ihm Zusammenhängende abstreifen wie die Haut einer Schlange. So dass dann nicht mehr ihr Name ihre Geschichte schreiben könnte, sondern sie die Geschichte ihres Namens. Unbeschrieben sein, dachte Leyla, ein Mensch ohne Name, ohne Geschichte.

Ihr Name war der Name von Märtyrerinnen, Şehîd. Der Tod von zweien von ihnen, die Gefängnishaft der dritten, das alles war ihr eingeschrieben, vorgeschrieben. Ihr Leben, ihre Geschichte, wurde an ihrem Namen gemessen. Leyla dachte, dass ihr Name nicht ihr gehörte. Sie gehörte dem Namen.

Wann sie den Entschluss fasste, konnte Leyla später nicht mehr sagen. Vielleicht war das Wort Entschluss auch falsch dafür, vielleicht fasste sie gar keinen Entschluss. Sie las, dass die IS-Kämpfer den êzîdischen Frauen als Erstes die Bänder abnahmen. Die Bänder, die auch Leyla jedes Jahr zum Neujahrsfest Çarşema Sor im April bekommen hatte, Tante Felek brachte sie ihnen. Man durfte die Bänder niemals abschneiden, und lösten sie sich schließlich von allein, dann sollte man sie um den Ast eines Baumes binden und konnte sich etwas wünschen. Sie sah weinende Menschen, die in Zelten lebten und die Fotografien ihrer getöteten oder verschleppten Töchter, Söhne, Mütter, Väter, Großmütter, Großväter in die Luft hielten. Das monatelange Zusehen war unerträglich, Leyla konnte trotzdem nicht wegsehen.

Der Vater sagte am Telefon, dass die Nichte der Großmutter, die in einem Dorf im Shingal verheiratet war, mit ihrer Familie in ein Auto gestiegen war, als die IS-Kämpfer das Dorf erreichten. Mit dem Auto schafften sie es aus dem Dorf. Sie haben nichts mitgenommen, sagte der Vater, nur das Auto. Hätten sie das Auto nicht gehabt, wären sie nicht mehr am Leben.

Leyla dachte daran, dass das Haus der Nichte der Großmutter immer noch da war, obwohl sie mit ihrer Familie geflohen war. Die Außenmauern, die Innenmauern, der Hof, die Bäume im

Garten, die Kissen und Decken, unter denen sie geschlafen hatten, die Teller, von denen sie gegessen hatten, die Gläser, aus denen sie getrunken hatten. Leyla stellte sich vor, dass vielleicht noch das Tablett auf dem Boden im Wohnzimmer stand, vom Abendessen, darauf die Kanne mit dem Tee, der Bodensatz Zucker in den Gläsern.

Leyla las von der Familie Şeşo, von Bäckern, Politikwissenschaftlern, Studenten, die Deutschland verließen, um sich den êzîdischen Einheiten anzuschließen.

Leyla schrieb eine Nachricht auf Facebook, eine zweite, eine dritte.

Leyla sah sich Videos an. Die Kämpferinnen flochten sich gegenseitig ihr langes Haar zu Zöpfen. Sie trugen weite ockerfarbene Hosen, dazu Westen, alles in Camouflage-Mustern. Sie hielten Kalaschnikows in den Händen, sie riefen: Jin jiyan azadî, Frauen, Leben, Freiheit. Berxwedan jiyan ê, Widerstand ist Leben. Nachts tanzten sie um Lagerfeuer, sangen. Tagsüber schossen sie, auch davon gab es Videos. Nie schienen sie zu schlafen.

Ich habe mich den Kämpferinnen 2011 angeschlossen, sagte eine von ihnen, die sich Nesrin nannte. Damals gab es noch keine Militärakademien, an denen wir ausgebildet wurden. Wir waren im Untergrund, versteckten unsere Waffen bei befreundeten Familien. Ich bin nicht nur für diese sieben Kämpferinnen hier verantwortlich, sondern für das ganze Bataillon.

Als Scharfschützin muss man Ruhe bewahren und das Ziel im Auge behalten. Ich kann nicht zählen, wie viele ich getötet habe, es waren viele.

Gingen die Kämpferinnen in die Schlacht, stießen sie in den Videos Freudenschreie aus, hohe spitze Triller, wie die Frauen es sonst bei den Hochzeiten machten. Den IS-Kämpfern machten die Schreie der Frauen Angst, das sagten zumindest die Kämpferinnen. Wurden die IS-Kämpfer von einer Frau getötet, kamen sie nicht ins Paradies.

Ich werde nicht mehr in mein altes Leben im Dorf zurückkehren, sagte Nesrin. Nicht, wenn so viele Kameraden und Freunde gestorben sind. Anfangs hatten wir noch Angst vor dem Tod. Doch jetzt kämpfen wir einfach in diesem Krieg. Ich habe keine Angst mehr. Menschen bringen Menschen um. Der Tod ist jetzt nichts.

Starb eine Kämpferin und wurde zur Şehîd, dann wurde ihr Körper in ein Tuch gewickelt und kam unter die Erde, und das eigens dafür von ihr angefertigte Foto wurde an die Wohnzimmerwände gehängt.

Leyla, sie kommen, sagte die Mutter am Telefon. Wir haben endlich den Bescheid. Sie klang erleichtert. Leyla packte ihren Rucksack, ging zum Bahnhof, stieg in den Zug. Die Eltern holten sie ab. Die Mutter sagte auf der Fahrt zum Haus: Gott sei Dank, ich bin so froh. Endlich. Leyla sagte: Ich kann mich nicht freuen. Sie kommen ja, weil sie fliehen müssen. Die Mutter fragte, was ist die Alternative? Leyla sagte nichts. Der Vater nickte vor sich hin.

Leyla stand neben der Mutter und dem Vater in der Ankunftshalle des Flughafens. In einer Menschentraube, Männer warteten auf ihre Frauen, Mütter auf ihre Töchter, jeder wartete auf irgendwen. Leyla lief unruhig zwischen den Geschäften hin und her. Immer wieder strömten Leute mit Koffern und Rucksäcken aus der Tür. Manche von ihnen machten Ferien. Leyla kaufte in einem der Geschäfte eine Packung Kaugummis. Wie sehr sie die Flughäfen geliebt hatte früher. Das Flugzeug aus Istanbul landete, stand an der Anzeigetafel. Zeit verging, noch mehr Zeit, dann strömten wieder Reisende durch den Ausgang, alle an ihnen vorbei. Und plötzlich ein Schrei, wer von ihnen schrie zuerst, Leyla oder Zozan, sie liefen aufeinander zu, Zozan mit der winzigen Großmutter an der Hand. Küsse, Umarmungen, noch mehr Schreie, der Onkel war am Leben, die Tante war am Leben, Zozan war am Leben, Mîran, Welat und Roda waren am Leben, die Großmutter war am Leben. Leyla vergrub ihr Gesicht im Kopftuch der Großmutter, Leyla weinte in das Kopftuch der Großmutter, atmete ihren Geruch, diesen Geruch nach alter Frau und Sonne und Feld und den Sommern und dem Garten. Und die Großmutter sah sie nur mit weit aufgerissenen Augen an und zupfte nervös an den Ärmeln ihrer Strickjacke.

Die anderen hatten, so erzählten sie es Leyla später, der Großmutter nicht gesagt, dass es für immer sein würde. Die anderen hatten der Großmutter bloß gesagt: Du wirst einen Ausflug machen, eine Reise. Du wirst für ein paar Wochen deine Kinder in Almanya besuchen. Die Großmutter hatte dazu nur genickt.

Sie hatten ihr gesagt, sie solle ihre Sachen packen. Onkel Memo hatte ihr einen Koffer gebracht. Die Großmutter hatte nicht gewusst, wie das ging, einen Koffer packen.

Sie war als junge Frau aus dem Dorf geflohen, in dem sie geboren und aufgewachsen war, hatte ein paar Monate im Shingal bei Verwandten gelebt, war dann in das Dorf gekommen und hatte es seither nie wieder lange verlassen. Viele Jahrzehnte hatte sie in ihrem Haus mit dem Garten und den Hühnern gelebt, hatte ihre Kinder geboren, ihre Enkelkinder im Arm gehalten. Auf dem Hügel in der Mitte des Dorfes war ihr Mann begraben, im Dorf waren ihre Tage und Jahre getaktet in Feste und Erntezeiten, in Sonnenaufgänge und Sonnenuntergänge, in Morgengebete und Abendgebete, in das Füttern der Hühner und die Arbeit auf dem Feld, in das Backen von Brot und das Einlegen von Kohl, in das Bewässern des Gartens und den Tee mit den Nachbarn.

Das Dorf war alles, was sie kannte, mehr kannte sie nicht. Die anderen erzählten Leyla, wie sie Onkel Memos Koffer öffnete und in seine Leere starrte. Der Koffer war verbeult, das Innenfutter zerfetzt. Mit ihren knochigen Händen strich sie darüber. Es war ein kleiner Koffer, aber immer noch zu groß für alles, was sie besaß. Ihre paar Röcke, Schürzen, Kleider und geblümten Kopftücher, alles von ihr selbst genäht und viele Male geflickt, faltete sie sorgfältig und stapelte sie in ihn hinein. Dazu dann noch die Erde und den getrockneten Olivenzweig aus Lalish und von ihrer Ablage über der Tür das Metallkästchen, in dem sie Nadel und Faden aufbewahrte, ein Stück Seife, den grünen Kamm für ihr weißes Haar und die paar Fotos, die mit einer Schnur zusammengebunden waren. Bevor sie den Koffer zuklappte, legte sie noch ein weißes Tuch dazu, ihr Leichentuch, das sie in den Tagen zuvor bestickt hatte.

Die Abreise war an einem frühen Morgen. Der Onkel hob sie auf die Ladefläche des Pick-ups. Die Großmutter zog ihr Kopftuch in das Gesicht, hielt es mit einer Hand fest, so dass nur noch ihre Augen zu sehen waren, umklammerte mit der anderen Hand die Heckklappe, als fürchte sie, im Fahrtwind davonzufliegen.

Vielleicht blickte sie noch einmal auf das Dorf zurück, vielleicht hielt sie sich auch einfach nur die Hand vor die Augen, gegen den Staub in der Luft.

Sie fuhren aus dem Hof über den Schotterweg bis zur geteerten Straße, am Garten vorbei, mit seinen Oliven, dem Granatapfelbaum, den Orangenbäumen und Zitronenbäumen, den Sträuchern und Beeten, dem Bienenhaus. Auf der Straße beschleunigten sie. Bald schon verschwammen die Häuser mit der Farbe der Erde, bald schon waren die Häuser nicht mehr zu sehen.

Fünf Stunden brauchten sie für die achtzig Kilometer, sie fuhren Umwege über bestimmte Checkpoints, von denen sie gehört hatten, dass man ihnen dort keine Probleme machen würde. Das letzte Stück gingen sie zu Fuß. Die Großmutter war erschöpft, Onkel Memo trug sie auf dem Rücken.

Als sie die Grenze zu überqueren versuchten, wurden sie zu Flüchtlingen, nicht zum ersten Mal im Leben der Großmutter. Auch damals, als sie noch ein Kind war, hatte man ihr Dorf umzingelt und sie alle töten wollen, weil sie Êzîden waren. Einen Tag lang mussten sie warten. Die Grenzsoldaten wollten sie nicht durchlassen, die Türkei nehme keine weiteren Flüchtlinge auf.

Sie hätten aber Bescheide, und zwar nicht aus der Türkei, sondern aus Deutschland, sagte der Onkel. Die Grenzsoldaten sprachen nicht die Sprache der Großmutter. Die Großmutter verstand nicht, was sie sagten. Die Soldaten stellten ihr Fragen, die Großmutter konnte nicht antworten. Sie fasste mit ihrer Hand nach dem Stoff ihres Kleides, strich es glatt, starrte vor sich hin.

Mardin erreichten sie spät am Abend.

Die Pension lag im Neubaugebiet der Stadt im Norden und hatte dünne Wände. Sie bekamen ein Zimmer im zweiten Stock. Weil der Aufzug kaputt war, trugen Onkel Memo und Tante Havîn die Koffer hinauf, und Zozan und Mîran nahmen die Großmutter an der Hand und gingen mit ihr Stufe für Stufe. Straßenlärm drang zu ihnen hoch, Stimmen und Geschrei aus den anderen Zimmern. Die Großmutter war unruhig, konnte nicht schlafen. Als der Muezzin zum Abendgebet rief, geriet sie in Panik, ihre Schultern bebten. Hier sind Muslime, schrie sie, die Muslime kommen zu uns herauf.

Niemand kommt zu uns herauf, sagte der Onkel.

Als er rausgehen wollte, um für alle etwas zu essen zu besorgen, fragte die Großmutter von ihrem Hotelbett aus: Wohin gehst du?

Essen holen, sagte der Onkel, so erzählten sie es Leyla.

Du kannst jetzt nicht gehen, sagte die Großmutter. Sie sind draußen. Wenn du gehst, werden sie dich töten.

Tage später stieg die Großmutter zum ersten Mal in ihrem Leben in ein Flugzeug. Sie wusste nicht genau, was das war, ein Flugzeug. Onkel Memo schnallte sie an. Die Großmutter fasste immer wieder an die Metallschnalle des Sicherheitsgurtes, umklammerte den festen Nylongurt, als das Flugzeug sich in Bewegung setzte und beschleunigte. Dann waren sie über den Wolken, die Sonne schien, hinter den Plastikfenstern leuchtete es. Das Anschnallzeichen über ihren Köpfen erlosch. Die Großmutter sagte: Das Wetter ist schön, ich gehe jetzt raus.

Mit ihren viel zu dünnen Händen strich sie über den ausklappbaren Plastiktisch, über die Armlehne und das in Plastik eingeschweißte Croissant. Sie packte es nicht aus, sie hielt es noch in der Hand, als Leyla sie in ihre Arme schloss.

Das Haus, in das man die Großmutter brachte, hatte ein rotes Ziegeldach, dunkelbraun lackierte Holzfensterläden, schwere Türen. Es war riesig. Der Onkel sagte: Das ist das Haus deines zweitältesten Sohnes, das Haus von Silo und deiner Enkeltochter Leyla. Die Großmutter nickte und lehnte höflich das Hühnchen ab, das sie ihr zum Essen hinstellten. Vielen Dank, aber ich habe keinen Hunger, sagte sie, als sei sie im Haus eines Fremden.

Sie baten sie lange, bettelten fast, bis sie endlich zu essen begann. Und auch dabei legte sie noch mehrmals ihre Gabel beiseite und fragte: Haben die Kinder schon gegessen?

Ja, die Kinder haben schon gegessen, antworteten sie.

Als die Großmutter fertig war, wischte sie ihre Hände an der Schürze ab. Der Vater gab ihr eine Papierserviette. Die Großmutter hielt die Serviette lange in ihrer Hand, faltete sie dann und steckte sie in die Tasche ihres Kleides.

Die Großmutter saß dabei auf einer Matratze in der Ecke der Küche, die sie ihr hingelegt hatten, weil sie es nicht gewohnt war, auf Stühlen zu sitzen.

Sie saß da und fror. Sie trug zwei Jacken, eine dünne, eine dicke, und zwei Paar Socken übereinander, einen Schal, eine Wollmütze über dem Kopftuch. Sie sagte dennoch von Anfang an: Mir ist kalt.

Die Großmutter war über die vergangenen vier Jahre hinweg dünn geworden, noch dünner und kleiner, als Leyla sie in Erinnerung hatte, und auch älter, die Furchen in ihrem ausgezehrten Gesicht waren tief.

Die Großmutter langweilte sich. Schon am zweiten Tag fragte sie: Wann kommen die Nachbarn zum Tee? Und dann: Was ist das für ein Haus, warum kommen keine Nachbarn zum Tee?

Sie sagten ihr: Du bist in Deutschland. Hier ist das so.

Die Großmutter stand am Gartenzaun und sprach die Nachbarin, die gerade von der Arbeit kam, auf Kurdisch an. Leyla sagte: Sie versteht dich nicht, du bist in Deutschland. Leyla sagte: Komm, Oma, wir gehen rein.

Die Großmutter sagte: Lass mich, ich will mich noch ein bisschen unterhalten. Sie kicherte und hielt sich die Hand vor den Mund, als gehöre es sich nicht, beim Lachen Zähne zu zeigen.

Leyla fand die Großmutter vorne an der Straße. Die Großmutter ging gebeugt vom Haus weg, einen Schritt nach dem anderen, zielstrebig. Wo gehst du hin, sagte Leyla. Die Großmutter sagte: Ich gehe nach Hause, da hinten ist mein Dorf. Ich kann schon die Häuser sehen. Sie zog die Jacke enger um ihren knochigen Körper. Mir ist kalt.

Leyla sagte: Du bist in Almanya. Die Großmutter lachte. Almanya ist weit weg, sagte sie.

Nachts sperrten sie schon bald die Haustür ab, weil die Großmutter immer wieder aufstand, zur Haustür ging, hinaus auf die Straße trat. Nun stand sie an der Tür, rüttelte an ihr und weinte. Wo willst du hin? Nach Hause, sagte die Großmutter.

Du bist in Almanya, sagten sie. Sie setzten sich mit ihr vor den Fernseher, guckten kurdisches Fernsehen. Wurde über die Massaker in Shingal berichtet, schaltete der Vater weg. Die Großmutter soll das nicht sehen, sagte er.

Die Großmutter bekam trotzdem alles mit. Sie wusste, dass man sein Dorf immer dann verließ, wenn sie kamen, um einen zu töten.

All die Jahre hatte sie nicht davon gesprochen, wie ihr Vater getötet worden war und wie sie aus dem Dorf vertrieben wurden, als sie noch klein war, jetzt plötzlich fing sie an zu reden.

Sie sagte: Mein Vater war auf dem Weg nach Sirte. Es war ein heißer Tag. Er war schon einige Stunden mit den anderen unterwegs und müde. Es war Mittag, sie rasteten. Jeder suchte sich einen Platz im Schatten. Als Erstes kamen sie zu ihm. Sie forderten ihn auf, das islamische Glaubensbekenntnis zu sprechen. Er sagte: Ich spreche das islamische Glaubensbekenntnis nicht. Da töteten sie ihn. Die Großmutter erzählte die Geschichte ein zweites, ein drittes Mal. Leyla saß neben ihr und nickte. Beim vierten Mal sagte Leyla, ich weiß. Beim fünften, du hast das schon erzählt. Aber die Großmutter setzte trotzdem von neuem an.

Sie saß auf dem Küchenboden und sang Klagelieder, als wäre ihr Vater gerade erst gestorben. Sie sang eine Stunde, genug jetzt, sagte der Vater, sie sang noch eine Stunde, der Vater verließ das Haus. Sie sang noch, da war ihre Stimme nur noch ein Krächzen.

Die Großmutter wimmerte, vergrub ihr Gesicht in ihren Händen, schluchzte. Sie schlug sich mit der Faust gegen die Brust, zerrte an ihrem Kleid. Was ist los, fragte der Vater.

Sie haben meinen Vater umgebracht, rief die Großmutter. Was hat er getan, dass sie ihn umgebracht haben?

Pass auf, sagte die Großmutter zu Leyla und griff nach ihrer Hand, sie haben uns eine Falle gestellt. Sie haben uns umzingelt. Sie wollen uns töten.

Es war ein Fehler, sagte der Vater. Sie ist eine alte Frau. Wir hätten sie nicht hierherbringen sollen.

Leyla biss sich auf die Lippen, um nicht in Tränen auszubrechen. Der Vater sah zur Seite, weil er merkte, dass Leyla mit den Tränen kämpfte. Die Mutter wahrte als Einzige die Fassung, wie sie immer die Fassung wahrte. Nicht zu Hause, nicht im Krankenhaus, selbst unter größtem Druck, wenn die Patienten halbtot in die Notaufnahme eingeliefert wurden und jede Sekunde zählte, die Mutter blieb immer ruhig.

Komm, Leyla, sagte sie jetzt, hilf mir, die Großmutter zu waschen. Tante Havîn hat mir gestern schon geholfen. Leyla wich erst aus, sagte, ich weiß doch gar nicht, wie das geht, ich habe noch nie einen Menschen gewaschen. Es ist nicht schwer, sagte die Mutter nur. Sie halfen der Großmutter aus der Strickjacke, zogen ihr das Kleid über den Kopf, streiften ihre weiße Unterwäsche hinunter. Als Leyla die spitzen Ellbogenknochen der Großmutter sah, die hervorstehenden Rippen, über die sich nur ein wenig Haut spannte, zuckte sie zusammen. Sie half der Großmutter in die Badewanne. Ist das Wasser warm genug, fragte die Mutter in ihrem schiefen Kurdisch. Die Großmutter nickte. Was ist, sagte die Mutter zu Leyla, hilfst du mir?

Leyla stellte sich vor, wie sie alle eines Tages aufwachten und der Krieg vorbei war. Wie sie alle gemeinsam mit der Großmutter wieder in ein Flugzeug stiegen, beim Aussteigen auf der Gangway standen und hinaus in die vor Hitze flirrende Landschaft sahen, dann zusammen mit der Großmutter vom Flughafen zurück in das Dorf fuhren. Wie sie mit ihr die Hühner fütterten und Brot buken, als wäre nichts gewesen.

Leyla fuhr zurück nach Leipzig.

Hadia. Leyla las den Namen auf dem Dokument, das ausgestellt wurde, als die Großmutter starb. Leyla las den Namen zum ersten Mal. Sie half der Mutter, die Formulare für die Überführung der Leiche auszufüllen. Hadia, der Name war wie der einer Fremden. Als ob es nicht ihre Großmutter wäre, die überführt werden sollte. Doch, sagte die Mutter, das war der Name, der in den syrischen Dokumenten vermerkt war. Neben dem fehlenden Geburtsdatum, neben dem Vermerk: Nationalität adschnabi, Ausländerin. Hadia war ein arabischer Name, der ihrem kurdischen Namen wahrscheinlich am nächsten gekommen war. Es war auch der Name, den die deutschen Behörden in ihre Akten aufgenommen hatten, der auf ihrem Bescheid zur Einreise nach Deutschland eingetragen war und auf ihrem Asylbescheid, der Name, unter dem sie noch drei Monate gelebt hatte, ehe sie starb.

Niemand hatte sie jemals Hadia genannt.

Leyla musste an die Namen denken, die ihr Vater vor über dreißig Jahren in der Türkei getragen hatte, als er im Bus als Cemil Aslan von Nusaybin nach Mardin reiste und sich dann anmeldete als Firat Ekinci, neuntes Kind von Majed und Canan Ekinci. In den Jahren, in denen er noch geschrieben und Reden gehalten und Transparente getragen hatte, in Zeitschriften und bei Versammlungen und auf Demonstrationen, hatte er sich *Azad* genannt, Freiheit. Aber die Freiheit war nicht gekommen, dafür Behördengänge, Asylentscheid unklar, Landgericht Hildesheim, Entscheidung vertagt, Duldung, Residenzpflicht, Briefe, immer wieder Briefe an Behörden. Der Vater war müde geworden. Er hatte sich irgendwann wieder bei seinem alten Namen genannt, Silo.

Leyla dachte an Leyla und an die anderen Frauen und Männer in Uniform, deren Fotos in den Wohnzimmern von Onkel Nûrî, Tante Felek und Tante Pero hingen, und deren kurdische Namen andere waren als die Namen, unter denen sie registriert waren, und wiederum auch andere als die kurdischen Namen, die sie sich gaben, wenn sie zum Kämpfen in die Berge gingen, ihre letzten Namen, mit denen sie dann starben.

Drei Tage lang kamen sie im Mala Êzîdiya in einem Industriegebiet in Bielefeld zusammen. Das Gemeindehaus bestand aus zwei Hallen, in denen lange Reihen von Tischen und Stühlen standen, eine Halle für die Männer, eine für die Frauen, dazwischen eine Großküche, die sie miteinander verband. In der Küche standen Tante Felek und Tante Havîn vor riesigen Töpfen und gaben Anweisungen. Tante Felek, die Ältere der beiden, klatschte in die Hände. Jetzt Frühstück, rief sie.

Die ersten Gäste kamen bereits. Leyla war lange nicht mehr unter so vielen Leuten gewesen. Sie stand ein wenig abseits, ratlos und überfordert mit all den Gesichtern, aber nur kurz. Tante Felek klatschte abermals in die Hände. Los, rief sie, es gibt zu tun. Leyla trug Tabletts mit kleinen Gläsern und Untersetzern, reichte den Frauen in der Halle Schwarztee. Ein Teeglas kippte um, Leyla ging wieder zurück in die Küche, holte einen Lappen, ging danach in die Halle der Männer, in der an einer Theke ihre Cousins halfen. Ich brauche noch mehr Tee, sagte sie, und Kaffee.

Schon bald bewegten sich Leylas Hände, ohne, dass sie darüber nachdachte. Sie ging zwischen der Küche und den Hallen hin und her, als wäre sie Teil eines größeren Organismus, der immer noch funktionierte, obwohl schon so oft auseinandergerissen und zusammengesetzt.

Leyla spülte Teegläser, schnitt Brote, Gurken und Tomaten, füllte Oliven in kleine Schüsseln, wartete auf die nächsten Anweisungen.

Tante Felek wusste jederzeit, was als Nächstes zu tun war. Sie trug Töpfe von der Herdplatte zum Tisch, hob sie wieder zurück auf die Platte, salzte riesige Mengen Reis, Bulgur, Trshik. Während sie rührte, unterhielt sie sich mit ihren Schwestern und Cousinen, lachte, erzählte Geschichten, lästerte. Leyla trug Kisten voller Tomaten und Gurken aus dem Auto in die Küche. Die kommen da hin, sagte Tante Felek, und die da.

Leyla stellte sich vor, sie alle würden ewig so weitermachen, sie selbst immerzu zwischen Küche und Hallen hin und her laufend, den Anweisungen der Tanten folgend. Dass es einfach kein Ende nehmen würde, dass sie für immer hier bleiben dürfte, stellte sie sich vor, und der Gedanke tröstete sie.

Immer weiter füllten sich die zwei Hallen. Frauen, die Leyla gar nicht oder nur flüchtig kannte, mit denen sie aber dennoch verwandt sein musste, kamen zum Helfen in die Küche. Immer mehr Gäste nahmen Platz an den langen Tafeln. Die alten Frauen umringten Tante Pero, die aufgestanden war, um neu eingetroffene Gäste zu begrüßen. Alle zusammen brachen sie in lautes Weinen aus, hielten sich gegenseitig an den Schultern, trockneten ihre Tränen mit ihren Kopftuchzipfeln. Dann setzten sie sich wieder, tranken Tee, aßen Gebäck. Aber kaum trafen neue Gäste ein, standen Tante Pero und die anderen wieder da und weinten und klagten.

Die Cousins waren da und der Teil der Familie, der in Norddeutschland lebte, aber auch viele andere, die Leyla zuletzt in ihren Sommern im Dorf gesehen hatte, oder in Tirbespî, Afrîn, Aleppo. Die Nachbarn aus dem Dorf, die in die Türkei verheirateten Nichten der Großmutter und deren Kinder, sie alle lebten mittlerweile in Deutschland. Sogar die 2014 aus Shingal geflohenen Verwandten waren da, wenigstens ein Teil von ihnen hatte es mittlerweile nach Deutschland geschafft, Fremde, die Leyla noch nie gesehen hatte, die aber dennoch, wie alle ständig betonten, ihre Familie waren. Leyla betrachtete sie genau, die paar Männer mit dunklen Jacken und Schnurrbärten, die vor der Halle standen und rauchten, die alte Frau mit weißem Kopftuch und weißem Haar, deren Hand sie küsste. Zozan, die ihre Haare blond trug, seitdem sie ihre Ausbildung im Friseursalon begonnen hatte, nannte den Namen der alten Frau, sagte, ihr Sohn hat sie nach Deutschland nachgeholt, und zählte die Namen der restlichen Familienmitglieder auf, die weiterhin in den IDP-Camps im Irak waren und darauf warteten, dass auch sie als Familienzusammenführung nach Deutschland geholt werden konnten oder genug Geld zusammengespart hatten, um Schlepper zu bezahlen. Leyla nickte, wollte etwas sagen, aber schon schob man sie weiter. Die Frau, der du vorhin die Hand geküsst hast, sagte Zozan später, ihr erster Mann ist im Kampf gegen Saddam gefallen, und zwei ihrer Söhne kämpfen jetzt.

Leyla stand mit den Frauen hinter der Halle und rauchte, als sie merkte, dass ihr Handy in der Jackentasche vibrierte. Leyla ließ den Anruf verstreichen. Zurück in der Küche sah sie, dass Bernadette drei Mal angerufen hatte. Sie hatte auch Nachrichten geschrieben, alles gut bei dir? Und zehn Minuten später, was ist los, warum rufst du nicht zurück. Und tatsächlich nahm sich Leyla vor zurückzurufen, nur jetzt nicht, sie wusste einfach nicht, was sie Bernadette erzählen sollte, Bernadette war viel zu weit weg, die, die sie einmal gewesen waren, als sie zusammen T-Shirts und Sonnenbrillen geklaut oder am See gelegen hatten, waren zu weit weg, und außerdem wurde Leyla gerade in der Küche gebraucht. Aber auch am nächsten Tag rief Leyla nicht zurück, und am übernächsten nicht.

Leyla erkannte sie sofort, als sie die Küche betrat.
Evîn.
Auch wenn Evîn sich verändert hatte, sich sogar sehr verändert hatte. Leyla betrachtete sie wie eine Fremde, während sie dastand und wartete, bis die anderen Frauen Evîn begrüßt, sie umarmt und geküsst hatten. Je länger sie wartete, desto nervöser wurde sie. Alles war so lange her. Leyla war erwachsen geworden in der Zwischenzeit. Sie war von zu Hause ausgezogen, hatte angefangen zu studieren. Und 4000 Kilometer entfernt war auch Evîn bei ihren Eltern und ihrem Bruder, um dessen Kinder sie sich all die Jahre gekümmert hatte, ausgezogen, aber anders als Leyla hatte sie geheiratet, einen Witwer, hatte eigene Kinder bekommen. So viel hatte Leyla gehört, aber wusste nicht einmal, wie viele Kinder es waren. Als im Krieg dann die Lebensmittelpreise immer weiter stiegen, und die Angriffe des IS auf Rojava sich häuften, hatte auch sie irgendwann ihre Koffer gepackt und war mit ihrer Familie nach Deutschland aufgebrochen.

Als Evîn mit ihrem noch immer lauten Lachen und ihrer großen Nase schließlich alle anderen Frauen begrüßt hatte und vor Leyla stand, wusste Leyla nicht, was sie sagen sollte. Sie waren jetzt plötzlich gleich groß, das war nie so gewesen.

Leyla küsste Evîns Wangen und wusste nicht, wohin mit sich. Evîn trug ein dickes Baby im Arm, das sich seine Faust in den Mund steckte und Leyla aus großen Augen ansah.

Hübsch, sagte Leyla.

Mein erster Sohn, sagte Evîn und lachte. Ich habe mich so gefreut, endlich einen Sohn zu bekommen. Ich habe schon drei Mädchen. Mein Mann ist draußen mit ihnen. Leyla nickte.

Evîns Haare waren mit einem Zopfgummi nach hinten gebunden, der graue Haaransatz war noch größer als früher. Die Fältchen um ihre Augen waren mehr geworden, viele kleine Fältchen. Noch immer trug sie roten Nagellack, aber sie sah sehr müde aus, das war es, was sich an ihr so sehr verändert hatte. Sie war älter, als Leyla sie sich jemals hatte vorstellen können, bloß steckte ihr Alter nicht im Lachen, in den Falten, den Augenringen, den grauen Haaren.

Evîn lächelte noch immer. Wie geht es dir, fragte sie.

Gut. Es geht. Und dir?

Schon gut. Bist du denn inzwischen auch verheiratet, fragte Evîn.

Nein, sagte Leyla.

Verlobt, fragte Evîn.

Nein, sagte Leyla und schob dann schnell hinterher: Ich studiere noch.

Das ist gut, sagte Evîn. Dann machst du erst mal die Uni fertig und heiratest danach. Aber hast du schon einen Freund?

Leyla schüttelte den Kopf.

Mir kannst du es doch erzählen, lachte Evîn, drehte sich einfach um und begrüßte die nächste Frau.

Leyla nahm ein Schneidebrett aus dem Schrank und begann, Fladenbrote vorzubereiten. Sie war enttäuscht. Es fühlte sich die ganze Zeit schon wie Verrat an, dass Evîn geheiratet hatte. Und wie ein zweiter Verrat heute, dass Evîns einzige Frage an Leyla gewesen war, ob auch sie mittlerweile geheiratet habe. Nach dem Studium hatte Evîn nicht gefragt, ausgerechnet Evîn, die im Dorf immer die Einzige gewesen war, die gefragt hatte, was Leyla las.

Evîn war stets die gewesen, die eine eigene Meinung hatte, die am lautesten lachte, die die größte Klappe und die größte Nase hatte, so sagten es die Leute, die neonfarbene T-Shirts trug, die ihre Nägel rot lackierte, die Marlboros rauchte. Evîn hatte anders als die anderen Frauen nicht ununterbrochen über das Heiraten und Kinder gesprochen, Evîn war die gewesen, von der Leyla gedacht hatte, dass sie eines Tages so sein wollte wie sie. Aber was hatte Leyla erwartet? Natürlich hatte Evîn geheiratet, so wie Rengîn geheiratet hatte, so wie Zozan heiraten würde, so wie sie alle es auch von Leyla erwarteten.

Leyla wusste, dass genau jetzt, während sie mit den anderen Frauen in der Küche auf dem Boden kniete und Weinblätter rollte, Paprikas und Auberginen füllte, Kûlîçe und Meschebek auf Teller verteilte, die Mutter und Tante Havîn noch zu Hause waren und den Körper der Großmutter wuschen, ihn mit Wasser aus der heiligen Quelle Zimzim besprenkelten.

Leyla stand gerade am Herd und füllte Weinblätter in einen Topf, als die beiden Tanten auf ihrem Handy anriefen.

Dein Vater geht nicht an sein Telefon, sagte Tante Havîn, sie klang aufgebracht. Dein Onkel auch nicht. Aber wir können Omas Leichentuch nicht finden. Wir finden es einfach nicht, sagte sie. Bring deinem Vater das Telefon, bitte. Leyla klemmte sich das Handy zwischen Schulter und Ohr, wusch Bulgur und Hackfleisch von ihren Händen und ging in die Halle der Männer.

Sie suchte die Tischreihen ab, all die alten und mittelalten Männer mit ihren Schnurrbärten, in stundenlange Gespräche verwickelt. Die Halle war voll. Mîran, Welat, Roda und einige andere der Jüngeren liefen in ihren Jeans und weißen Sneakern zwischen den Tischreihen hin und her, servierten Tee und Kaffee.

Es dauerte, bis sie den Vater fand. Er saß an einem Tischende, zwischen fünf anderen Männern, die er Leyla alle als seine Cousins vorstellte, zwei von ihnen damals vor Jahrzehnten wie er Mitglieder in der Kommunistischen Partei. Natürlich sprachen sie über Politik.

Zu Hause kann Tante Havîn Omas Leichentuch nicht finden, sagte Leyla.

Woher soll ich wissen, wo es ist, sagte der Vater und schien genervt. Sag ihnen das. Sie sollen einfach ein anderes Tuch nehmen.

Leyla ging zurück in die Küche. Die Frauen waren inzwischen fertig mit den Weinblättern, Leyla stellte sich dazu und trocknete Teller ab. Da stand Rohat, längst einen Kopf größer als Leyla, aber immer noch so ernst wie seit seiner Ankunft in Deutschland, in der Küchentür. Leyla, dein Vater ruft nach dir.

Der Vater schenkte sich Tee ein, rührte den Zucker um. Noch mehr Männer waren inzwischen im Saal, die Halle war brechend voll. Das Klirren der Löffel in den Teegläsern ging unter in den Gesprächen, die Luft war stickig. Leyla quetschte sich am Rand des Tisches auf einen Stuhl. Hast du Hunger, fragte der Vater. Leyla schüttelte den Kopf.

Der Vater nahm einen Schluck von seinem Tee.

Als die Großmutter bei uns ankam, sagte er dann durch das Stimmengewirr hindurch, habe ich gesehen, was sie in ihren Koffer gepackt hatte. Ihren Kamm, ihre Seife, ihre Schürze, die paar Kleider und Strümpfe. Und das weiße Tuch, das Leichentuch. Das Leichentuch habe ich nicht ertragen, sagte er. Ich habe alles ertragen. Aber nicht den Gedanken, dass ihr klar war, als sie aus unserem Dorf aufbrach, dass sie nie mehr nach Hause kommen würde.

Er trank.

Ich habe es weggeschmissen, sagte er. Als würde ich glauben, sie würde es zum Sterben noch einmal nach Hause schaffen, wenn sie nur kein Leichentuch hätte.

Er leerte sein Glas auf einen Zug und sagte dann, ohne Leyla anzusehen: Ihr habt sicher viel zu tun in der Küche. Leyla nickte.

Die Cousins trugen den Sarg auf ihren Schultern in den Saal. Das Holz, dachte Leyla, ist schwerer als der Körper darin. Der Sheikh stellte sich an den Kopf des Sarges. Er sprach das Totengebet. Leyla aber hörte seine Worte nicht, denn kaum hatte er begonnen, brach ein Tumult los, ein gellendes Weinen und Schreien der Frauen. Sie zerrten an ihren Kleidern, rauften sich die Haare, schlugen sich mit aller Kraft mit ihren Fäusten gegen die Brüste. Leyla war verstört, auch wenn sie gewusst hatte, dass die alten Frauen klagen würden. Ihr Ausbruch war trotzdem so plötzlich und heftig, so weit weg von allem hier, von Bielefeld, von Deutschland. Vorhin hatte sie noch für immer hier bei den anderen bleiben wollen, jetzt hätte sie am liebsten die Halle verlassen, wäre ganz für sich immer weiter in irgendeine Richtung gegangen, bis ihre Füße nicht mehr hätten gehen können und sie sich hätte setzen müssen. Aber Rengîn fasste sie an der Hand, legte dann ihren Arm um Leylas Schulter. Es war gut, von Rengîn gehalten zu werden, es war gut, mit den anderen hier zu stehen. Und es war, als würde das Schreien der Frauen einen Damm in Leyla einreißen, der lange, lange ihre Tränen zurückgehalten hatte, wie einen Fluss. Sie hatte Tee serviert, Geschirr gespült, Tomaten und Gurken geschnitten, sie hatte ihre Lippen zusammengekniffen, geschluckt, eingeatmet, ausgeatmet. Jetzt aber brachen ihre Tränen hervor, flossen ihr über die Wangen, tropften vom Kinn in den Stoff ihrer Bluse. Neben Leyla stand Zozan, neben Zozan der Vater, neben dem Vater Onkel Memo, neben dem Onkel die

Nichte der Großmutter, neben der Nichte der Großmutter deren Mann.

All die Menschen um Leyla schwammen unter ihrem Blick davon. Zozan griff nach ihrem Arm, auch sie weinte stumm, wie Leyla. Die alten Frauen heulten, schrien. Die Männer weinten nicht, starrten vor sich auf den Boden, auf den Sarg, an den heulenden Frauen vorbei ins Leere. Und schließlich, irgendwann, rief der Vater ganz aufgelöst: Genug jetzt! Der Sarg wurde unter dem lauten Weinen der Frauen aus der Halle getragen.

Drei Tage später brachten Siyabend und Rohat den Sarg in die Türkei, nach Nusaybin, zur syrischen Grenze. Die letzten Menschen, die noch im Dorf zurückgeblieben waren, übernahmen dort den Sarg, Siyabend und Rohat flogen wieder zurück nach Deutschland.

Die Dorfbewohner schickten Fotos, aufgenommen aus einem Auto, das hinter dem Pick-up fuhr, auf dessen Ladefläche der Sarg festgezurrt war. Wie ein Korso sah das aus, wie Leyla ihn bei den Hochzeiten oft gesehen hatte. Links und rechts neben dem Sarg hockten im Fahrtwind ein Mann und eine Frau, gegen den Staub, die Kälte und den Wind mit Tüchern vor den Gesichtern. Leyla zoomte an sie heran, aber je näher Leyla zoomte, desto unschärfer wurde das Bild.

Leyla sah sich die Fotos der Dorfbewohner von der Überführung der Großmutter zu ihrer Beerdigung immer wieder an. Der begrünte Mittelstreifen, die Paradestraßen in der Stadt. Auf dem Bürgersteig eine Mutter, ein Kind an der Hand, man sah nur ihren Rücken. Häuser und zwischen den Häusern eine Brachfläche, auf der Schafe weideten. Die Farbe der Häuser, die Farbe der Erde. Der Staub, der den roten Lack des Pick-ups bedeckte, der Staub im Fell der Schafe.

Im Dorf war nur geblieben, wer kein Geld gehabt hatte, um die Schlepper zu bezahlen, oder wer zu alt oder zu krank war, um zu gehen. Flüchtlinge aus Shingal waren in die aufgegebenen Häuser gezogen, sie bereiteten Essen zu und verteilten es an alle.

Die Leute aus dem Dorf schickten ein neues Video, aufgenommen auf dem Hügel in der Dorfmitte. Der Vater schaute es an und sagte danach, wenn er sterbe, wolle er in Kurdistan begraben werden.

Im Video waren die Dorfbewohner zu sehen, wie sie die Großmutter neben dem Großvater beerdigten. Um das Grab herum die anderen Gräber. Rings um den Hügel die Ebene, im Norden die Berge, die türkische Grenze.

Sie ließen den Sarg in die Erde.

Sie häuften Steine auf den Sarg, eine Steindecke. Dann der große Kopfstein. Der Vater sagte, man erzähle sich, dass die Toten den Lebenden folgen wollten, abends mit ihnen zurück in das Dorf. Am Kopfstein stießen sich die Toten ihre Stirnen, wussten dann wieder, dass sie tot waren.

Leyla saß neben den Eltern vor dem Fernseher. Es war schon spät und sie müde, aber keiner von ihnen schaffte es aufzustehen. Im Fernseher lief ein Videoclip nach dem anderen. Alle drei aßen sie gesalzene Sonnenblumenkerne, die Schalen knackten zwischen ihren Zähnen. Im Fernseher waren kahle Bäume zu sehen, eine Landschaft im Herbst. Unter den Bäumen saß Şivan Perwer und spielte auf seiner Saz, seine Hände glitten über den langen Hals des Instruments. Şivan trug şal û şapik, die weite Hose und das weite Hemd, das lange Tuch um die Taille geknotet. Sein Hemd hatte Schulterklappen, es sah aus wie eine Uniform. Plötzlich waren Schüsse zu hören, Maschinenpistolen, so laut, dass sie die Musik zerrissen. Jetzt stand Şivan in einem Schützengraben hinter einem Bollwerk aus Sandsäcken, neben ihm Soldaten, er sang: Ich bin ein junger Kurde.

Die Soldaten hielten ihre Maschinengewehre im Anschlag. Sie schossen in die weite karge Landschaft hinein, in der keine Menschen zu sehen waren. Leyla hatte diese Bilder so oft gesehen, das weite Land, die vereinzelten Häuser.

Şivan sang: Du trägst Bombe und Gewehr.

Im nächsten Bild ein Wohnzimmer, in dem ein Fernseher stand. Im Fernseher kahles Gebirge, Hochsommer, diese Aufnahmen aus Shingal hatte Leyla wieder und wieder gesehen, die Menschen, die um ihr Leben rannten, die Mütter mit ihren Säuglingen auf dem Arm, die Kinder, Väter, Großväter, Großmütter, der Staub und die Erschöpfung auf ihren Gesichtern.

Ein junger Mann saß im Wohnzimmer vor dem Fernseher und betrachtete das Gebirge und die Gesichter der fliehenden Menschen im Fernsehen. Ich bin ein junger Kurde, sang Şivan.

Der junge Mann fuhr sich mit der linken Hand über das Gesicht als wische er sich Tränen aus den Augen.

Şivan stand wieder auf den Sandsäcken und sang.

Eine Frau war zu sehen, vermutlich die Mutter des jungen Mannes. Sie saß hinter ihm auf einer Schaumstoffmatte, wie es sie auch im Wohnzimmer der Großeltern gegeben hatte, trug ein weißblau geblümtes Kopftuch, ein bodenlanges Kleid aus demselben Stoff, darüber eine rote Strickjacke.

Der junge Mann, erst jetzt sah Leyla, wie zart er war, wie schmächtig und schmal, erhob sich ruckartig, nichts schien ihn halten zu können. Die Mutter sah erschrocken auf zu ihm.

Der junge Mann stand vor einem Schrank. Er öffnete beide Türen, nahm eine tarngemusterte Hose aus dem Schrank, eine tarngemusterte Jacke.

Ich gehe in den Krieg, sang Şivan.

Der junge Mann kniete vor seiner Mutter, küsste ihre Hand, ihr Haar. Wenn ich getötet werde, Mutter, weine nicht, sang Şivan. Ich gehe in den Krieg, ich gehe in die Schlacht.

So. Genug, sagte der Vater und schaltete den Fernseher aus. Ich bin müde, ich gehe schlafen. Er stand auf, verließ das Wohnzimmer. Die Mutter strich über Leylas Haar und folgte ihm.

Leyla saß einfach noch weiter da und starrte den schwarzen Bildschirm an. Dann zog sie sich eine Jacke über und ging hinaus in den Garten. Aus ihrer Jackentasche kramte sie Tabak, Filter und Blättchen. Sie fühlte sich plötzlich leicht. Ihre Entscheidung war längst getroffen worden, dachte sie, bloß hatte sie es nicht gewusst. Sie zündete ihre Zigarette an, sog den Rauch ein, blies ihn in die Luft.

Als sie wieder in Leipzig war, fuhr sie gleich am ersten Tag zum Verein. Die Adresse hatte sie in ihren Facebook-Nachrichten suchen müssen. Nur eine Gruppe alter Männern saß im Vereinsraum an einem der Tische und trank Tee. Auf dem Bildschirm an der Wand liefen die Nachrichten, Ronahî TV.

Die Männer sahen Leyla erstaunt an, als sie sagte, ein Bekannter habe ihr vor einer Weile erzählt, dass sich hier im Verein jeden Dienstag eine Gruppe kurdischer Studierender treffe. Ja, das stimmt, sagte einer der Männer schließlich, nur trifft sich die Gruppe inzwischen jeden Donnerstag. Leyla nickte und wollte schon wieder gehen. Da fragte der Mann, wer denn der Bekannte sei, durch den Leyla von der Gruppe erfahren habe. Leyla sagte seinen Namen. Ob sie Kurdin sei, wollte der Mann daraufhin wissen. Leyla nickte. Wie heißt du, fragte er. Leyla nannte ihren Namen. Der Mann sagte, sie solle doch noch einen Moment warten, er rufe seine Tochter an, sie wohne ganz in der Nähe. Am besten sprichst du mit meiner Tochter, sagte der Mann. Ich will keine

Umstände machen, sagte Leyla. Ob sie einen Çay wolle, die Tochter komme gleich, sagte der Mann. Leyla nickte, zog ihre Jacke aus und setzte sich an einen der Tische. Der Mann brachte ihr den Tee. Leyla nahm zwei Löffel Zucker, rührte um, wartete.

Ah, da ist endlich Rûken, sagte bald darauf der Mann. Wie schön, sagte Rûken, nahm ihre Brille mit den beschlagenen Gläsern ab, ihre Mütze, ihren Schal, ihre Jacke, und begrüßte Leyla mit Küssen auf die Wangen. Sie lächelte. Wie schön, dass du gekommen bist.

Es war noch nicht Morgen. Leyla saß am Küchentisch und zündete sich eine weitere Zigarette an, an einer gerade verglühenden. Über den Häusern wurde der Himmel grau. Leyla putzte ihre Zähne, packte die Zahnbürste in ihren Rucksack, den sie damals mit Bernadette gekauft hatte. Die Heizung aus, alle Fenster zu. Die Lichter aus. Der Himmel wurde grau, vielleicht würde es Regen geben.

Zu gehen ist in erster Linie eine Abfolge von Schritten. Leyla stand auf, schulterte ihren Rucksack, machte einen Schritt durch das Zimmer, dann einen zweiten, trat in den Flur, öffnete die Wohnungstür, stand im Treppenhaus, schloss die Tür hinter sich, ging die Treppenstufen hinunter, warf den Schlüssel in den Briefkasten, zog die Haustür auf, trat über die Schwelle, machte die ersten Schritte.

ICH DANKE meinem Vater für die Geschichten und meiner Familie, besonders meiner Schwester Nesrin, meinen Brüdern Dilovan und Jindi, meinen Freund*innen, besonders Julia, Judith, Luna, Cemile, Sakî, Svenja, Eser, Beliban, Düzen und Isabel. Ich danke meiner Community, meinen Mentor*innen und allen anderen, die mich unterstützt und von denen ich gelernt habe, meiner Agentin Elisabeth Botros und meinem Lektor Florian Kessler.

Ich danke dem Künstlerhaus Lukas für das Aufenthaltsstipendium, dem Literaturbüro Lüneburg für das Heinrich-Heine-Stipendium, der Landeshauptstadt München für ein Literaturstipendium.